BRANDGERUCH

SONJA MARGOLINA

BRAND GERUCH

ROMAN

BERLIN VERLAG

MIX
Papier aus verantwortungsvollen Quellen
FSC® C083411

Umschlaggestaltung: Nina Rothfos & Patrick Gabler, Hamburg
Typografie: Birgit Thiel, Berlin
Gesetzt aus Scala von Greiner & Reichel, Köln
Druck und Bindung: CPI – Clausen & Bosse, Leck
Printed in Germany
ISBN 978-3-8270-1046-9

www.bloomsbury-verlag.de

BLOOMSBURY
LONDON • BERLIN • NEW YORK • SYDNEY

Meinen Lehrern Valeria Gerlin
und Juri Aichenvald

INHALT

DEUTSCHLAND ÜBER ALLES

Von den fünf Absolventen seines Lehrgangs, die sich freiwillig zum Kriegseinsatz gemeldet hatten, kehrten drei in Zinksärgen zurück. Fracht 200 hießen diese Lieferungen mit den verstümmelten Leichen. Dem angehenden Agenten Nikolaj Gribojedow wurde die Ehre zuteil, eine dieser Ladungen mit den sterblichen Überresten eines gefallenen Freundes in dessen Heimat zu begleiten, ein kleines, abgelegenes Kaff im Norden.

Erbarmungslos war der Sarg auf der Fahrt des Kleinbusses über die holprige Landstraße durchgerüttelt worden, und Gribojedow, der ihn die ganze Zeit über hatte festhalten müssen, war halbtot vor Erschöpfung, als er am Haus der Familie ankam. Kaum war die Fracht ausgeladen, stürzte sich die Mutter des Gefallenen heulend auf ihn, versetzte ihm Faustschläge und stieß Flüche aus. Zwei angetrunkene Männer zerrten sie von ihm weg, doch sie hörte nicht auf zu schreien und verlangte, dass der Sarg geöffnet werde. Sie war überzeugt, dass man ihr die Leiche eines Fremden unterschieben wollte. Doch der Sarg war bereits in Afghanistan fest verschweißt worden. Vorsorglich, damit die verzweifelten Angehörigen nicht zu sehen bekamen, was von ihren Liebsten übrig geblieben war.

Die kleine Prozession aus ein paar alterslosen Frauen, betrunkenen Männern und eingeschüchterten Kindern machte sich, begleitet von einer Meute herrenloser Hunde, schweigend auf den Weg zum Dorffriedhof. Musik gab es keine. Auf dem von Unkraut überwucherten Friedhof sah Gribojedow zwei frisch aufgeschüttete Gräber, auf denen verblichene Papierblumenkränze lagen. Zwei Jungen aus der Ortschaft waren bereits in Zinksärgen zurückgekehrt. Auf ihren Gräbern erhoben sich kleine Pyramiden aus grau gestrichenem Holz mit Fotos der Gefallenen, darunter standen ihre Geburts- und Todesdaten. Außer dem roten Stern auf der Spitze wies nichts darauf hin, dass hier Zwanzigjährige in Erfüllung ihrer »internationalen« Pflicht gefallen waren.

Für die letzte Ruhestätte der jüngsten Fracht 200 war in der schweren Tonerde eine Grube ausgehoben worden. Schweigend und ohne die Papirossi aus dem Mund zu nehmen, ließen die Männer den Sarg hinab, schluchzende Frauen warfen eine Handvoll Heimaterde darauf und machten sich anschließend wieder auf den Heimweg. Die Mutter des Toten, die nicht mehr weinen konnte und in eine Art Starre verfallen war, musste von den anderen Frauen fast über den staubigen Boden geschleift werden. Für die Teilnahme am Leichenschmaus hatte Gribojedow sich entschuldigt, weil er es sonst nicht mehr zu seinem Zug nach Moskau geschafft hätte. Der aufgelösten Mutter konnte er kaum in die Augen sehen.

Was das Schicksal auch für ihn bereithalten mochte, Leute seinesgleichen waren nicht für solche Zinkkisten bestimmt. Auf den besten Absolventen der militärisch-diplomatischen Akademie und vielversprechenden Mitarbeiter der I. Hauptverwaltung Aufklärung des KGB wartete eine andere Zukunft. Seit nunmehr einem Jahr bereitete er sich auf seinen ersten Auslandseinsatz in der Hamburger Residentur vor. Die Papiere zur diplomatischen Deckung waren bereits unterwegs. Im Zug versuchte er, sich von den unangenehmen Gedanken an die Bestattung abzulenken, indem er von seiner bevorstehenden Mission in der Hafenstadt träumte. Er stellte sich vor, wie er auf einem weißen Dampfer ins offene Meer stach, sah die bleierne Weite der Nordsee vor sich, hörte das Hupen der gigantischen Containerschiffe und schmeckte das Salz im feuchten Wind.

Das monotone Rattern des Zugs ließ ihn einnicken.

Doch zurück in Moskau erwartete ihn die Nachricht, er werde statt nach Hamburg zur Westgruppe in die DDR abkommandiert. In ein sozialistisches Land, noch dazu in eine Militärgarnison, sandte man allenfalls stupide KGB-Nichtstuer und Quoten-Parteikader, deren Ambitionen nicht über deutsches Bier und Klamotten für ihre Ehefrauen hinausgingen, wie man in der Hauptverwaltung spottete. In Dresden etwa, wo Gribojedow in seinem zweiten Studienjahr ein Praktikum absolviert hatte, hockten stattliche Kerle – darunter sogar ein Judomeister – den lieben langen Tag nur im Büro, spielten Karten und erzählten sich schlüpfrige Witze. Jeden Freitag gab es ein Treffen an der Elbe: ausufernde Picknicks mit Schaschlikspießen und reichlich Wodka. Die drei Monate, die der angehende Aufklärer in der Gesellschaft dieser Dickwanste verbrachte, hatten ihm die wahren Zustände beim KGB vor Augen geführt. In Dresden waren ihm so zum ersten Mal Zweifel gekommen, ob sein Vaterland tatsächlich in sicheren Händen war. Der KGB, der sich rühmte, ein Grundpfeiler der sozialistischen Großmacht, ihr *Schild und Schwert*, zu sein, schickte einfallslose, korrupte Typen ins Ausland, die seine Ehre beschmutzten.

Den ihm bevorstehenden Posten in der Wünsdorfer Garnison empfand Gribojedow deshalb als eine Demütigung. Doch eine Absage kam nicht in Frage. Schließlich war er Soldat – wenn auch einer unsichtbaren Armee. Seinem Chef General Dawydow, dem Leiter des deutschen Referats, war die kaum verhohlene Enttäuschung Gribojedows nicht entgangen. Deshalb hatte er ihn zu einer persönlichen Unterredung in sein Büro in die Zentrale der Hauptverwaltung Aufklärung einbestellt – in den *Wald*, der sich hinter hohen Zäunen in einem Moskauer Außenbezirk verbarg.

Zaghaft klopfte Gribojedow an die Tür.

»Herein!« Der stattliche Dawydow, auf dessen Adlernase eine Hornbrille thronte, erhob sich hinter seinem gewaltigen Holzschreibtisch, auf dem neben einer ganzen Batterie Telefone lediglich ein leeres Blatt Papier lag. Hinter ihm an der Wand hing ein Porträt des sowjetischen Spions Richard Sorge; Bilder der Dreieinigkeit MarxEngelsLenin wie auch das obligatorische Führerbild des gegenwärtigen Generalsekretärs fehlten jedoch.

»Oberleutnant Gribojedow, du weißt, warum ich dich herbestellt habe«, sagte Dawydow und deutete auf einen Stuhl. »Du bist sicher der Ansicht, wir würden dich auf ein Nebengleis abschieben, dich in irgendein Loch stecken, in dem du mit den Vollidioten vom KGB und den Stabsratten saufen musst, wo du doch zu Höherem berufen bist. Es kränkt dich, und du findest, das sei keine Karriere für einen Nachrichtendienstler, sondern käme einer Bestrafung gleich. Habe ich recht?«

»Genosse General, ich habe mich auf eine ernsthafte, verantwortungsvolle Aufgabe vorbereitet und möchte mit all meinem Wissen und Können dem Vaterland dienen. Was soll ich in Wünsdorf? Abhöraufnahmen übersetzen oder die Stabsratten, wie Sie richtig sagen, bespitzeln und Ihnen Meldung machen, wenn eine von ihnen eine Nähmaschine per Militärtransporter in die Heimat schickt?«

Dawydow musterte den Absolventen schweigend, als überlegte er, was man mit ihm anstellen sollte.

»Hör zu, Gribojedow«, sagte der General schließlich und ging zur Tür, um anzudeuten, dass das Gespräch vorerst beendet war. »Komm heute Abend ins ›Schild und Schwert‹, da können wir in Ruhe darüber reden.«

Der geschlossene, nur für Mitarbeiter der Geheimdienste zugängliche Klub »Schild und Schwert« lag im Erdgeschoss eines siebenstöckigen Gebäudes Stalin'scher Bauart in der Nähe der Lubjanka verborgen. An seiner Tür befand sich kein Schild, und seine riesigen Spiegelfenster warfen den Passanten lediglich ihr eigenes Abbild zurück. Die Gäste des Klubs hingegen konnten das Geschehen auf der Straße beobachten. Doch die schlecht gekleidete, mürrische Masse des Büroplanktons wurde von diesen Unsichtbaren eigentlich gar nicht zur Kenntnis genommen. Sie hatten Wichtigeres im Sinn.

Gribojedow traf eine Viertelstunde zu früh ein und setzte sich an einen kleinen Tisch am Fenster, den eine grüne Lampe dezent beleuchtete. Der Kellner war sofort zur Stelle, doch Gribojedow entschied, mit seiner Bestellung auf Dawydow zu warten. Seine Stimmung war auf dem Nullpunkt.

Auf der Türschwelle zeichnete sich die bärenhafte Figur Dawydows in einem grauen Mantel ab. Reflexartig schaute er sich um. Schließlich blieb sein Blick an Gribojedow hängen. Dawydow trat an seinen Tisch, ließ sich in den schweren Sessel sinken und winkte den Kellner herbei, der eine Karaffe mit Cognac brachte.

»Weißt du, Nikolaj«, hob er plötzlich auf Deutsch an, »ich habe volle zehn Jahre in der DDR gedient und kann mich nicht beklagen. Vor dem Afghanistankrieg war unsere Vertretung in Halle die größte ausländische Nachrichtenagentur mit Hunderten von Mitarbeitern. Meine Güte, was sind da für Menschen durch meine Hände gegangen! Halb Deutschland! Einige habe ich selbst angeworben, andere von meinem Vorgänger geerbt. Da gab es Leute, die haben seit zwanzig, dreißig Jahren mit uns kooperiert und konnten sich überhaupt kein anderes Leben vorstellen.

Nach all den Jahren drüben kann ich dir versichern: Die Deutschen sind geborene Agenten. Hätten wir sie nicht angeworben, hätten unsere Gegner es getan, und sie hätten gegen uns operiert. Sie haben ihre inoffizielle Mitarbeit immer sehr ernst genommen und waren mit Leib und Seele dabei. Ein paar von ihnen sind meine engsten Vertrauten geworden und mir, nun ja, richtig ans Herz gewachsen. Nach meiner Abberufung musste ich da drüben einen Haufen Freunde zurücklassen. Manchmal vermisse ich sie.«

Gribojedow spürte, dass hinter der Sentimentalität seines für gewöhnlich zugeknöpften Mentors nicht nur Sympathie für seine alten Freunde steckte.

»Und wenn ich ehrlich sein dürfte – was in unserem Beruf ja nicht zu empfehlen ist –, wenn ich also ehrlich sein darf«, sagte Dawydow schmunzelnd und schaute nachdenklich in sein Cognacglas, in dem sich das grüne Lampenlicht schillernd brach, »ich bin Russe und stolz darauf. Aber die deutsche Mentalität liegt mir einfach. Könnte man ein zweites Mal geboren werden, würde ich gern als Deutscher auf die Welt kommen. Du verstehst, was ich meine, du bist ja schon ein großer Junge.«

Von der Germanophilie des Generals wusste Gribojedow bereits seit dem ersten Ausbildungsjahr. Sein Spitzname im Lehrgang war »Der Deutsche« gewesen, denn er las deutsche Philosophen, verehrte Kant und hatte ein ungewöhnliches Hobby: Er spielte Geige und sammelte Klassikschallplatten. Wie ein echter deutscher Bildungsbürger.

»Deutschland«, setzte der General seinen Gedankengang fort, »ist ein großes Land, und die Deutschen sind ein großes Volk. Jahrhundertelang waren die Feinde Russlands und Deutschlands darauf aus, unsere Völker gegeneinander auszuspielen, was ihnen auch immer wieder gelang. Wir haben uns gegenseitig aufgestachelt und abgeschlachtet, und sie strichen die Dividende ein. Und obwohl es drei zu null für uns steht – schließlich waren wir drei Mal in Berlin, die Deutschen aber kein einziges Mal in Moskau –, wäre es für uns, die beiden größten Nationen in Europa, allmählich an der Zeit, diese schwachsinnigen Konfrontationen endlich ruhen zu lassen. Die Russen haben, was die Deutschen nicht haben. Die Deutschen können, was die Russen nicht können. Wir ergänzen einander hervorragend und brauchen uns deshalb. Gemeinsam wären wir unbesiegbar.«

Dawydow verstummte. Es entstand ein längeres Schweigen. Der Kellner brachte geräucherten Stör.

Schließlich fragte Gribojedow: »Genosse General, aber unser Verbündeter ist ja nicht Deutschland, sondern die

DDR, und wir arbeiten gegen die imperialistische BRD und die NATO. Wie könnten wir uns da auf einmal mit ganz Deutschland zusammentun?«

»Nicht alles unter dem Mond währt ewig«, erwiderte der General. »Warum ich dir überhaupt von Halle erzähle? Wir haben kein Problem, was inoffizielle Mitarbeiter betrifft, die laufen in Scharen zu uns über. Dass wir mit unserem Agentennetz in der BRD immer wieder Pannen hatten, steht freilich auf einem anderen Blatt.«

Das Gesicht des Generals hatte sich verfinstert, geistesabwesend tastete er in seiner Jacketttasche und zog eine Pfeife heraus. Noch nie hatte Gribojedow ihn Pfeife rauchen sehen. Dawydow öffnete ein Päckchen und entnahm etwas Tabak, stopfte die Pfeife und zündete sie an. Das Ritual schien ewig zu dauern. Dann zog er genüsslich den Rauch ein und sagte:

»Ich habe dir versprochen, ehrlich zu sein. Hör jetzt genau zu. Im Kapitalismus kommt es bekanntlich immer wieder zu Krisen, im Sozialismus sollte es laut Theorie dagegen keine geben. Nun ist die Theorie das eine, die Wirklichkeit leider Gottes etwas anderes. Kurzum, wir haben große Probleme in unserem *Wald*. Der Laden ist von Informationsmaterial förmlich überflutet: Vierzigtausend wissenschaftlich-technische Berichte stapeln sich in den Sicherheitsschränken, werden aber nicht aufgearbeitet. Unsere Agenten setzen ihre Freiheit und manchmal auch ihr Leben aufs Spiel, um an brisante Informationen zu kommen. Und bei uns vergammeln sie dann in den Regalen. Wenn du also jetzt für uns noch mehr Informanten anwerben und noch mehr Informationen beschaffen würdest, wüchsen die Papierstapel lediglich weiter in die Höhe.«

Gribojedow war überrascht. Nicht, dass er von den Zuständen in der Hauptverwaltung keine Ahnung gehabt hätte. Aber die direkte Art, in der Dawydow die Gerüchte bestätigte, kam ihm ungewöhnlich vor. Andererseits schmeichelte ihm das Vertrauen des Chefs.

»Wie konnte es bloß so weit kommen?«

»Na ja, Nachrichtendienste sind naturgemäß die Avantgarde der Gesellschaft, aber sie sind trotzdem ein Teil der Gesellschaft. Überall sind die Aufstiegskanäle dicht. Die Parteibürokraten bringen ihre Honoratioren oder eine Komsomolzenbrut auf den entscheidenden Posten unter, und die haben keinen blassen Schimmer von unseren Besonderheiten und pfuschen uns ins Handwerk. Auf diese Weise wird die Aufklärung, die von Risikobereitschaft und Begabung lebt, von mittelmäßigen Karrieristen untergraben. Kurzum, wir leben in schwierigen Zeiten. So kann es nicht weitergehen, im *Wald* muss sich vieles ändern.«

»Wehe dem, der in der Zeit des Wandels lebt, wie ein chinesisches Sprichwort sagt«, erwiderte Gribojedow.

»Genau.«

»Dann werde ich also doch in eine Art Ehrenverbannung abkommandiert? Was hat eine solche Arbeitsbeschaffungsmaßnahme denn für einen Sinn? Ich bin jung, ich kann Berge versetzen. Schicken Sie mich doch lieber an irgendeinen Brennpunkt, wo ich nützlich sein könnte.«

»Sachte, sachte. Sehnst du dich etwa nach Afghanistan? Hast du die Fracht 200 noch nicht miterlebt?«

»Doch, ich habe einen unserer Gefallenen in die Heimat begleitet.« Gribojedow wollte dem General erzählen, wie armselig die Bestattung gewesen war, dass die Mutter des Gefallenen nicht erfahren durfte, ob im Sarg tatsächlich ihr

Sohn lag, und dass die Holzpyramide auf dem Grab etwas Unwürdiges hatte. Aber er schwieg.

»Nein, so verheizen wir unsere wertvollen Absolventen nicht. Wenn du deine Abordnung in die DDR vor fünf Jahren gekriegt hättest, würde ich dir recht geben. Aber sei ganz beruhigt, man schiebt dich nicht ab. Denn schon sehr bald könnte sich vieles ändern, und in zwei, drei Jahren wird sich deine scheinbare Ehrenverbannung als einer der verantwortungsvollsten Posten in unserem unsichtbaren Netzwerk erweisen, als unentbehrlich für unseren Dienst. Es ist durchaus vorstellbar, dass das alte Netz auffliegt.«

Gribojedow wunderte sich, dass der General über die Zukunft wie über eine verdeckte Operation sprach.

»Verräter gibt es schließlich auch bei uns«, fuhr Dawydow fort. »Sie könnten unsere Treffpunkte und Agenten für gutes Geld an die CIA und den BND verkaufen. In diesem Fall wäre es deine Aufgabe, mit unserer Sisyphusarbeit wieder bei null anzufangen – also ein neues Agentennetz aufbauen, neue Informanten anwerben, je nach Wetterlage. Vielleicht wird es auch unsere Truppen im sozialistischen Ausland gar nicht mehr geben. Dann müsste man die Vorbereitung zum Abzug begleiten. Nicht auszuschließen, dass wir auf die Schnelle Bankkonten einrichten und nicht unerhebliche Summen überweisen müssen. Auf jeden Fall wirst du ein Zeichen von mir bekommen. In der Regel haben unsere Militärangehörigen drüben lediglich Wehrdienstausweise. Du dagegen erhältst einen echten DDR-Pass und bist damit ein Staatsangehöriger der DDR. In der Garnison wird das für dich zwar keinen praktischen Nutzen haben, aber bei der Gelegenheit ...«

»Wie, keine Truppen mehr?« Gribojedow traute seinen

Ohren nicht. »Da geht es doch um Hunderttausende von Soldaten, das Doppelte der DDR-Streitkräfte. Wohin mit denen?«

»Wohin, wohin? Hinter die sieben Berge. Also, jetzt fahr du nur einfach und schau dich in Ruhe um. Du bist vorerst ein Maulwurf. Man wird mit dir Kontakt aufnehmen, wenn die Zeit reif ist.« Dawydow trank seinen Cognac aus, winkte dem Kellner und zahlte. Sie verließen den Klub. Verstört ging Gribojedow zur U-Bahn. Wie hatte der General das gemeint? Was wusste er? Im Kopf des angehenden Aufklärers drehten sich Satzfetzen – »die Truppen wird es nicht mehr geben« ... »Konten einrichten« ... –, aber ein konkretes Bild der Zukunft konnte er daraus nicht zusammenfügen.

Die Bremsen quietschten und der Militärzug »Moskau–Wünsdorf« zischte ein letztes Mal, bevor er zum Halten kam. Auf dem grell beleuchteten Güterbahnhof wurden die neu angekommenen Militärangehörigen in der klirrenden schneelosen Kälte nach ihren jeweiligen Bestimmungsorten eingeteilt. Gribojedow stieg in den Bus nach Zossen. Schon nach wenigen Minuten Fahrt öffnete sich ein Eisentor, auf dem ein roter Stern prangte und das von Stacheldraht wie von vertrocknetem Efeu umrankt war. Der Bus bog in das abgeriegelte Militärstädtchen ein. Gribojedow stieg aus, reihte sich in die Schlange vor der Kommandantur ein und schaute sich um.

Überall sah es nach deutscher Ordnung aus. Rechts und links waren die Bäume und Bürgersteige weiß getüncht. Den Weg säumten pinguinförmige Mülleimer. Zwischen den von spärlichen Bäumen bewachsenen Gebäuderuinen standen hier und da ohne eine erkennbare Ordnung hübsche Backsteinhäuser, die noch aus der Kaiserzeit stammen mussten. Im Erdgeschoss eines solchen Hauses mit Ziegeldach wurde ihm eine kleine Wohnung zugeteilt. Unmittelbar vor seinen Fenstern erhob sich ein Riesenkegel aus grauem Beton – eine merkwürdige Einrichtung, die Gribojedow nicht einordnen konnte und die einem gigantischen Termitenhaufen ähnelte. In der Offizierskantine erklärte man ihm, dass dies ein Bunker gewesen sei, der die Bezeichnung »Betonzigarre« trug. Die Bomben hatten beim Einschlag von ihm abprallen sollen. Und in Zossen hatten einige von ihnen tatsächlich den Krieg überstanden.

Sein Arbeitsplatz befand sich im unterirdischen Nachrichtenbunker »Zeppelin«, Tür an Tür mit der Kommandozentrale der Streitkräfte. Gribojedow musste in Schichtarbeit die abgefangenen Gespräche übersetzen, und immer wieder wurde er zum Dolmetschen in den Stab bestellt.

Im Getriebe des Garnisonslebens kam sich Gribojedow wie ein kleiner Beamter vor, der in eine sinnlose Formularproduktion gezwungen war. Die Berichte und Meldungen rieselten auf irgendwelche Ämter nieder, wurden angeheftet und landeten ungelesen im Archiv.

Der junge Offizier stellte verblüfft fest, dass gelangweilte Offiziersfrauen in ihm eine lohnende Beute sahen. Während ihre Männer in MIGs über die Zone dröhnten, lauerten sie ihm in der Mittagspause auf oder spazierten an der Betonzigarre vor seiner Wohnung auf und ab.

Auf Gegenseitigkeit durften sie jedoch nicht hoffen, denn Gribojedow hütete sich davor, sich mit irgendwelchen Ehemännern anzulegen. Laut Überlieferungen hatte es in der Westgruppe etliche dramatische Vorfälle gegeben, als gehörnte Männer den Verführern kurzen Prozess machten. Allerdings war dies nicht der einzige Grund für seine Zurückhaltung; sein Verhältnis zu Frauen ließ generell zu wünschen übrig.

Gribojedow hatte eine enge Bindung zu seinem Vater gehabt, der bei einem Testflug verunglückt war, als Nikolaj sich noch in der Ausbildung befand. Er hatte dessen Tod noch längst nicht überwunden. Doch ebenso häufig wie ihn die Sehnsucht nach seinem Vater überkam, dachte er auch an seine Mutter, wie sie im speckigen Morgenmantel und mit umgekämmten Haaren vor der flimmernden Glotze hing.

Sie war mit dem eintönigen Leben einer Offiziersfrau auf einem Militärflughafen an der chinesischen Grenze nicht zurechtgekommen. Regelmäßig erlitt sie hysterische Anfälle, wenn ihr Mann mit Alkoholfahne aus dem Offiziersklub nach Hause kam, und schrie, dass es in der gesamten Nachbarschaft zu hören war. Schon als kleiner Junge bemerkte Nikolaj die vorwurfsvollen Blicke, mit denen die Offiziersfrauen seine Mutter musterten, und häufig hörte er die Nachbarin flüstern: »Ach herrje, so ein herrlicher Mann und geht an dieser blöden Zicke kaputt! Den würde ich auf Händen tragen!«

Dabei war der Vater immer bemüht, seine Frau zu besänftigen. Als Nikolaj vierzehn wurde, hatte er es gewagt, ihn nach einem ihrer hysterischen Anfälle zu fragen: »Papa, wieso hast du eigentlich so viel Geduld mit ihr? Wir sollten uns von ihr scheiden lassen.« Der Vater hatte ihn daraufhin wortlos und unter Tränen umarmt.

Als der Vater verunglückte, gab der Sohn allein der Mutter die Schuld, obwohl die Katastrophe laut Bericht auf einen technischen Defekt zurückzuführen war. Sie war es, wollte er glauben, die ihn in den Tod getrieben hatte. Bald darauf hatte die Mutter sich zu Tode gesoffen. Zu ihrer Beerdigung war er nicht gefahren.

Aber wer für den Zwist in der Familie auch verantwortlich gewesen sein mochte, der Sohn trug einen bleibenden Schaden davon. Und sobald ein hübsches Mädchen anfing, ihm Avancen zu machen, stellte sich bei ihm unwillkürlich der Blick hinter die verputzte Fassade ein, wo er eine launische, hysterische Zicke vermutete, die nur darauf wartete, ihn an sich zu binden und zu dominieren.

Von Offiziersfrauen bedrängt, absolvierte Gribojedow schließlich eine Notlandung im Bett einer 30-jährigen Grundschullehrerin, die er im Offiziersklub kennengelernt hatte. Er war zu der Zeit damit beschäftigt, das abgehörte Bettgeflüster eines »Romeo« mit der Sekretärin des Auswärtigen Amts in Bonn zu übersetzen. Er hob ihr Stöhnen mit Auslassungspunkten hervor und hatte dabei kein gutes Gefühl. Je mehr die erzwungene Anwesenheit bei den Orgasmen der frisch angeworbenen Agentin seine angeschlagene sozialistische Moral zersetzte, umso stärker kam bei ihm der Verdacht auf, die Lehrerin wolle von ihm, was die alle von den Männern schon immer wollten.

Schließlich geschah genau das: Er schwängerte sie, obwohl er keine sowjetischen, sondern solide DDR-Kondome benutzt hatte. Er war sich sicher, sie habe das Präservativ manipuliert. Die Folge war, dass die Lehrerin den Erzeuger vor eine Disziplinarkommission zerrte.

Als Gribojedow vor die sechs uniformierten Schulterstückenträger trat, die sich selbst durch die halbe Garnison vögelten, erfuhr er aus dem Gesuch der Lehrerin, er hätte geschworen, sie zu heiraten – das war eine glatte Lüge. Die Mitglieder redeten ihm ins Gewissen, doch die Kommission wagte es am Ende nicht, ein Verfahren zum Parteiausschluss eines Geheimdienstlers einzuleiten.

Nach dem Vorfall kühlten sich seine Beziehungen zu den Kollegen weiter ab. Er blieb den allwöchentlichen Offiziersgelagen fern und war in der Garnison als hochnäsiger Sonderling verschrien, der, so die einhellige Meinung, der inneren Sicherheit Meldung über die privaten Gespräche der Mitarbeiter machte.

Später wechselte er in die analytische Abteilung. Die Arbeit dort war alles andere als anspruchslos, doch Gribojedow fühlte sich durch die Uniform, die monotone Schichtarbeit, die Betonzigarre vor seinem Fenster und den Stacheldrahtzaun wie eingesperrt. Die übrigen Angehörigen der sowjetischen Streitkräfte wähnten sich in der abgeschotteten Militärsiedlung hingegen im Schlaraffenland: zwei Schulen, ein Kindergarten, ein Kaufhaus mit dem Namen »Freundschaft«, ein »Haus der Offiziere« – was wollte man mehr? Jottwede und Zaun drum: Ganz gemäß der kommunistischen Verheißung erhielt hinter dem Stacheldraht jeder nach seinen Bedürfnissen.

In dieses Paradies waren zeitgleich mit Gribojedow auch Iwan Drosdow, seine Frau und ihr Sohn Koljan eingetroffen. Iwan diente in Wünsdorf als Unteroffizier, und seine Frau Swetlana hatte eine Anstellung als Küchengehilfin in der Offizierskantine gefunden. Iwan war ein braver Soldat, doch seine Kameraden hielten ihn für sonderbar. Das lag daran, dass er Wodka – diesen Zaubertrank männlicher

Freundschaft und Geselligkeit – nicht vertrug. Bereits nach einem halben Glas versank er in eine Art Koma, aus dem er erst nach etwa einer Stunde wieder erwachte. Ein Arzt hatte ihm erklärt, er leide vermutlich unter Epilepsie und solle sich vor Alkohol hüten. Die Einberufungskommission hatte allerdings keine Gesundheitsschäden festgestellt. Unter seinen Kameraden galt er als schwarzes Schaf, seine Vorgesetzten dagegen, die montags wie die ganze Garnison mit einem heftigen Kater zum Dienst erschienen, schätzten ihn.

Iwan war ein ruhiger und zuverlässiger Geselle. Selbst für stupide Tadschiken, die des Russischen nicht mächtig waren und seine Befehle kaum verstanden, brachte er Geduld auf. Bei den Trinkgelagen ließ man ihn gnädig mit am Tisch sitzen, obwohl seine beharrliche Abstinenz immer wieder für Ärger sorgte. Dabei spielte sich immer wieder dasselbe Ritual ab. Einer der Saufkumpanen erhob sich mit vollem Glas in der Hand wie zu einem Trinkspruch und schob ihm mit den Worten »Wanja, sei doch nicht so trübselig, trink, nur ein einziges Tröpfchen« die Flasche über den Tisch. Iwan errötete dann, nahm die Flasche und stellte sie, ohne den Querulanten anzuschauen, wieder auf den Tisch zurück.

Sofort erhoben sich ein paar Stimmen, um die Situation zu entschärfen. »Lass ihn in Ruh, er kann doch nichts dafür.« Dann wurde der Streithahn mit Gewalt auf die Bank zurückgezwungen, und das Gelage nahm seinen gewohnten Lauf.

Seine freie Zeit verbrachte er beim Angeln, ein Hobby, das ihn mit Nikolaj Nikolajewitsch Gribojedow zusammenbrachte. Stundenlang saßen sie gemeinsam in einem Boot, schwiegen und beobachteten den zitternden Schwimmer. Iwan dachte dabei an nichts und war glücklich. Hin und wieder, wenn die Stille lästig zu werden drohte und kein Fisch anbeißen wollte, seufzte der Dolmetscher: »Ein schlechter Tag« – und griff nach einer Zigarette. Iwan nickte dann und erwiderte: »Der ist satt, der will nicht.« Irgendwann tauchte der Schwimmer dann doch in die Tiefe, Iwan spürte den Zug, erhob sich in dem schwankenden Boot, zog die angespannte Angel schräg nach oben und dirigierte den zuckenden Silberfisch an Bord. Schweißgebadet zog er seine Beute dann vom Haken und schlug sie mit dem Kopf auf die Sitzbank. Wenn es nach Iwan gegangen wäre, hätte er sein ganzes Leben auf dem Wasser verbracht und dem tanzenden Schwimmer zugesehen.

Sein Sohn Koljan besuchte die Garnisonschule und planschte mit seinen Kumpeln im See, bis seine Lippen blau angelaufen waren. Manchmal tauchten auch deutsche Kinder dort auf, die unbemerkt ein Loch unter dem Stacheldrahtzaun durchgebuddelt hatten. Alle zehn Meter warnten Schilder unübersehbar: »Sperrgebiet: Unbefugten ist das Betreten oder Befahren verboten.« Aber Koljan und seine Spielkameraden verrieten sie nicht. Im Gegenteil, sie stellten Posten auf, damit die Erwachsenen die Eindringlinge nicht schnappten. Sah der »Wachsoldat« einen Offizier sich dem Wasser nähern, pfiff er auf zwei Fingern, und die »Faschisten« stoben auseinander und retteten sich in ein dichtes Gebüsch. Bei den »Faschisten« schnappte Koljan sogar ein paar Brocken Deutsch auf.

Gelegentlich kaufte er am Kiosk von Frau Luise Bonbons, wobei er stolz darauf war, in der fremden Sprache sowohl die Zahlen als auch »bitte« sagen zu können. Frau

Luise lächelte ihm jedes Mal zu und sagte: »Pass bloß auf deine Zähne auf.« Die meisten Soldaten konnten die deutschen Zahlen nicht und zeigten lediglich mit dem Finger auf das, was sie kaufen wollten. Koljan merkte dann, wie der Blick von Frau Luise gläsern wurde und sie ihnen die Einkäufe wortlos über die Theke schob.

Koljan wusste, dass er irgendwann, spätestens nach dem Schulabschluss, die Garnison würde verlassen müssen. Aber nach seiner kindlichen Zeitrechnung blieb bis dahin noch eine halbe Ewigkeit.

Doch daraus wurde nichts. Ab dem 6. November 1989 blieb die gesamte Belegschaft von Wünsdorf in den Kasernen eingesperrt. Das Tor des Militärstädtchens wurde verriegelt. Vom Sperenberger Flugplatz starteten pausenlos Düsenjäger, die im Tiefflug über die Region donnerten und die Kühe aus der benachbarten LPG »Deutsch-Sowjetische Freundschaft« in Angst und Schrecken versetzten. Deren Milch wurde bereits im Euter sauer, und die komplette Lieferung für die Garnison musste entsorgt werden. Diese höchste Alarmstufe galt der friedlichen Revolution.

Tanja und Alex fuhren mit dem Trabi über die Oberbaumbrücke und suchten lange nach einem Parkplatz. Sie wollten ihre Freundin Rita Scharun am Schlesischen Tor abholen, die das erste Mal in ihrem Leben ins Ausland reisen durfte und unbedingt die berühmte Mauer bestaunen wollte, solange sie noch stand.

Sie parkten schließlich am Spreeufer mit hässlichen, von Graffiti beschmierten Skulpturen, und Alex zeigte auf den Angler, der, vom andauernden Gehupe und von den vorbeiziehenden Menschenscharen ungerührt, auf den Schwimmer starrte. »Er hat vielleicht Nerven«, schüttelte Tanja den Kopf. Die Grenze war seit einer Woche offen.

Tanja war vor drei Jahren aus Moskau zu ihrem Mann nach Ostberlin übergesiedelt. Die Ehe mit Alex, einem Physikstudenten aus der DDR, war für sie selbst wie aus heiterem Himmel gekommen. Seit ihrer Schulzeit war sie überzeugt gewesen, dass sie trotz ihrer Intelligenz und Sportlichkeit nie einen Mann finden würde.

Als Jugendliche hüpfte sie durch die Gegend, als hätte sie einen Aufziehmotor. Die Mutter brummte dann stets: »Warum bloß habe ich dich nicht auf die Ballettschule geschickt, dabei war doch Nikolaj Legat – dein Ur-,Ur- weiß nicht mehr was – Ballettmeister unter Petipa und hatte eine großherrschaftliche Wohnung auf dem Newskij-Prospekt und wir sitzen hier in diesem Loch von Platte und dein Vater, der Säufer und Schürzenjäger, hat mein Leben versaut.«

Um mit Ballett anzufangen, war sie also zu alt, aber was nutzten ihre schmalen Hüften und kleinen Brüste, wenn die Jungs nicht auf sie standen?

Bei den Tanzpartys der Schule hockte Tanja meistens in der Ecke und unterhielt sich mit ihrem Russischlehrer. Wenn sie dann ihren Kopf zu ihm neigte, um ihn durch den Lärm hindurch hören zu können, tuschelten die Freundinnen, Tanja sei in ihren Lehrer verliebt. Dabei weihte er sie in schreckliche Wahrheiten ein und erschütterte damit ihr naives Weltbild. Von den Dingen, die er ihr und einigen anderen Schülern erzählte, war in keinem Lehrbuch zu lesen. Tanja fühlte sich durch sein Vertrauen bestätigt. Es sorgte dafür, dass das infantile Gehabe und die spitzen Bemerkungen der Jungs sie nun kaltließen.

Doch auch an der Uni ging es mit dem Flachsen weiter. Die Kommilitonen amüsierten sich lautstark über ihre knabenhafte Figur und nervten sie mit Ratschlägen, wie sie zu üppigeren Formen kommen könnte. »Tanja, willst du dir nicht mal ein bisschen Silikon spritzen lassen?«

Der Spruch geriet zur Begrüßungsformel bei Studentenpartys, und daraus erwuchs ihr Spitzname Silikon. Leicht unterzukriegen war sie trotzdem nicht und zahlte es ihnen mit gleicher Münze zurück: »Und du, willst du dir nicht deinen Schwanz vergrößern lassen? Der ist ja ohne Lupe kaum zu finden.« Und sie hüpfte fort.

Eines Tages stellte sich ihr auf dem Universitätsflur eine Kommilitonin in den Weg und wollte die Mitschrift der letzten Vorlesung von ihr haben. Sie quatschten über die bevorstehenden Prüfungen und wie am besten ein Spickzettel in den Prüfungsraum zu schmuggeln sei. Plötzlich registrierte sie aus dem Augenwinkel, wie ein Student mit krausem Blondschopf stehengeblieben war und sie anstarrte. »Er frisst dich geradezu mit den Augen«, flüsterte die Freundin demonstrativ laut, damit der Blonde sie hören konnte. Er lief rot an und machte sich davon. Noch nie hatte ein Mann Tanja so angesehen.

Als Tanja einige Tage später zur Geburtstagsfeier ihrer Freundin Rita Scharun kam, die bei ihr am Lehrstuhl promovierte, war die im Zimmer versammelte Clique bereits ziemlich angetrunken: Eine Batterie leerer Wodkaflaschen klirrte unter den Füßen der tobenden Jugendlichen.

»Hallo, Silikon!«, begrüßte sie ihr Peiniger Fedor, doch Tanja schenkte ihm keine Aufmerksamkeit. Sie lehnte sich gegen den Türrahmen und kreuzte die Arme über der Brust.

Im selben Augenblick fing sie den Blick des Studenten auf, der sie kürzlich auf dem Flur angestarrt hatte. Erst jetzt ging ihr auf, dass er Ausländer sein musste. Er hatte den seltsam unbeteiligten, prüfenden Blick eines Nichtdazugehörigen. Dann sah sie, wie sich der Mann wie verzaubert erhob, sich durch die Menge drängte und auf sie zukam, ohne den Blick von ihr zu wenden. »Ich heiße Alex«, stellte er sich vor. »Lass uns von hier abhauen.«

Die Nachricht verbreitete sich in der Fakultät wie ein Lauffeuer: Tanja hat vor, einen Ausländer zu heiraten. Ihre Kommilitoninnen platzten vor Neid wegen des ausländischen Mannes, obwohl er lediglich aus dem sozialistischen Ausland stammte und keine Markenklamotten trug. Aber alles wird im Vergleich erfahren, lernten sie im wissenschaftlichen Kommunismus, und im Vergleich zu ihren Jungs war der Deutsche aus der Zone ein großer Fang.

Kurz nach ihrer Hochzeit siedelten sie nach Berlin über, wo Alex seine Promotion beendete und Tanja bei einem Forschungsprojekt an der Humboldt-Universität unterkam.

Nun stand die Mauer offen, und sie ließen sich wenig am Arbeitsplatz blicken. Sie hockten bei den Zusammenkünften der Opposition und fanden kaum noch Schlaf. »Wie schade, dass Juju den ganzen Wahnsinn nicht mehr erleben durfte«, trauerte Tanja um ihren Lehrer, der kurz vor ihrer Ausreise plötzlich gestorben war. »Das würde ihm ein zweites Leben schenken.«

Alex war Mitglied von »Demokratie jetzt!«, und sie schrien sich heiser über die Zukunft der DDR. Alex war der Meinung, die DDR solle ein unabhängiger Staat bleiben.

»Die schnelle Wiedervereinigung wird die Reformkräfte

im Osten entmündigen, und die Bevölkerung wird das Gefühl haben, man werde wieder besetzt und es bliebe einem nichts anderes übrig, als sich zu fügen«, rief er bei einem abermaligen Aktivistentreffen in der Kirche. »Wir haben uns doch gegen den Untertanengeist, gegen vorauseilenden Gehorsam aufgelehnt, auf diese Weise kommt beides aber wieder zurück. Dann würden die Menschen nicht mehr glauben, die Freiheit sei von ihnen selbst erobert worden, sondern sei ihnen wie das Begrüßungsgeld den armen Verwandten geschenkt worden. Wir brauchen eine eigene Zivilgesellschaft, die unsere Würde und Eigenverantwortung stärkt. Guckt euch die Polen an.«

Tanja ergriff auf den Sitzungen nie das Wort, dafür war ihr Deutsch noch viel zu schlecht. Aber zu Hause ließ sie ihrem Zweifel freien Lauf.

»Ich glaube, du machst dir etwas vor«, sie streichelte über seine Finger, um die Kontroverse zu mildern, »theoretisch habt ihr die Möglichkeit, einen eigenständigen Staat auszurufen. Das Projekt könnte aber zu einem Albtraum ausarten. Es gibt keinen Staat ohne Grenzen. Ohne Grenzen würde der Osten ins Chaos stürzen. Das Staatsvermögen würde ausverkauft und geplündert, die Bürger würden ihren Besitz gegen westliche Glasperlen tauschen, um nach ein paar Jahren festzustellen, dass sich der Wert ihres verhökerten Besitzes verzehnfacht hat. Das würde böses Blut schaffen. Ich glaube nicht, dass ihr euch als kleine Minderheit ein Gehör verschaffen würdet. Das Volk wird für ein Volk entscheiden.«

In Kreuzberg schepperte eine Trabi-Karawane mit an Seile gebundenen Bierdosen an ihnen vorbei. Alex presste Tanja plötzlich an sich und drückte sein Knie zwischen ihre Beine. Eigentlich war er kein Typ, der seine Gefühle in der Öffentlichkeit demonstrierte. »Regt dich der Westen auf?«, fragte Tanja erstaunt und küsste ihn am Kinn. »Wir müssen zur U-Bahn.«

Sie liefen an der Schlange fürs Begrüßungsgeld vorbei. Alex fand die Almosen erniedrigend und weigerte sich anfangs, das Geld abzuholen. Tanja musste auf ihn einreden: »Wir brauchen die Westmäuse, sonst starren wir wie die Penner in die Schaufenster, und Rita muss uns einladen. Das wäre bescheuert.«

Rita stand an einem Zeitungskiosk und betrachtete die Pornohefte mit einem glückseligen Gesichtsausdruck. Sie war von den Farben, Gerüchen und Gesichtern wie erschlagen. An einer Döner-Bude, in der das Begrüßungsgeld zum ersten Einsatz kam, sank sie auf eine Bank und stöhnte: »Hier sind lauter Orientalen. Frauen mit Kopftüchern, Männer mit Bärten. Ich kann es nicht fassen.«

»Das ist eben Kreuzberg«, sagte Alex. »Hier leben viele Türken. Wir konnten uns das auch nicht vorstellen. Tanja sagt, dem Volk würden die Fremden hier nicht gefallen. Wir sind halt Dederone, wir haben uns hinter dem Stacheldraht eingerichtet, und nun stürzt alles auf uns ein, was ohne uns stattgefunden hatte. Ich selbst habe Menschen anderer Kulturen erstmals im Kaukasus erlebt. Da drüben«, zeigte er in Richtung der Oberbaumbrücke, »war alles weiß und grau.«

»Wo im Kaukasus warst du?«, fragte ihn Rita.

»Ich habe in Dagestan Berge bestiegen, kurz bevor ich meiner Tanja begegnet bin.«

»Der Kaukasus ist herrlich. Wenn die einheimischen Männer bloß nicht solche Machos wären. Man kann als

Frau nicht durch die Straße laufen, ohne angemacht zu werden. Aber hier im Westen gefällt es mir auch. Ich liebe bunte Menschen. Ein echtes Multikulti ist das hier, ich könnte mich hier sofort einleben«, stöhnte Rita entzückt.

»Und wenn du von türkischen Machos angemacht würdest?«, fragte Tanja.

»Ach, sollen sie doch versuchen. Ich habe schon Erfahrungen mit einem Georgier gesammelt.« Alle lachten.

»Lasst uns jetzt zur Mauer gehen, solange sie noch nicht ganz abgerissen ist«, schlug Alex vor, und sie liefen an der Begrüßungsgeld-Schlange, an türkischen Läden, Müllhaufen und Brachen vorbei zum anderen Ende der Straße.

Es dämmerte bereits, und an der mit Graffiti bedeckten Mauer schlugen Menschen die farbigen Zementstücke ab. Die Mauer sah bereits aus wie von Ameisen skelettiert. Zwischen den Betonplatten gähnten Risse, durch die der Mauerstreifen mit Wachtürmen und streunenden Hasen zu sehen war. Der Wachsoldat hockte zu Tanjas Erstaunen immer noch auf dem Turm.

Sie sahen, wie ein alter Mann sich an die Mauer drückte und versuchte, durch den Riss eine Banane in den Mauerstreifen zu werfen. »Söhnchen, komm her, iss doch!«

»Warum steckt er die Bananen ins Loch?«, wunderte sich Rita.

»Weil wir eine Bananenrepublik sind«, erwiderte Alex trocken. »Wenn man keine Bananen geliefert bekommt, ist man eine Bananenrepublik. Der Alte hat aus dem westlichen Fernsehen erfahren, dass die friedliche Revolution wegen des Bananenmangels stattgefunden hat. Nun möchte er das arme Schwein drüben mit seiner Gabe trösten.«

»Alex ist halt empfindlich«, Tanja lächelte.

Alex bat einen Mann, der beharrlich an der Mauer herumklopfte, um seinen Hammer und schlug für Rita ein kleines Stückchen ab.

»Behalte das zur Erinnerung.«

Am nächsten Morgen brachten sie Rita zum Bahnhof. Sie fuhr weiter nach Göttingen, um sich nach einer Gastprofessur umzuschauen. Alex musste zum Bewerbungsgespräch bei Siemens, Tanja fuhr zur Uni. An dem Lehrstuhl herrschte gähnende Leere. Vor dem Audimax drängten sich Fotografen und Kameraleute zusammen, wegen einer Pressekonferenz. Tanja schlüpfte in die Hintertür und fragte ihren Nachbarn, worum es gehe. Sie kamen ins Gespräch. Der Mann hieß Arno, er war ein Zeitungsredakteur und erkundigte sich, woher sie kam und wozu sie arbeitete.

»Eigentlich an einer Doktorarbeit«, erwiderte sie, »aber daraus wird wohl nichts. Die Gegenwart ist zurzeit interessanter als Geschichte, vor zwei Wochen war das noch ganz anders.«

Sie unterhielten sich noch eine Weile, bevor der Mann Tanja fragte, ob sie eine Kolumne über die Perestroika schreiben wolle.

»Ich habe noch nie als Journalistin gearbeitet«, gestand Tanja, doch er antwortete nur lächelnd: »Dann wird es wohl höchste Zeit, sonst könnte es zu spät sein.«

Am Nachmittag kam Alex nach Hause und setzte sich schweigend an den Tisch. »Was, wollten sie dich nicht?«, fragte Tanja.

»Doch, sie haben mich genommen, Montag geht es los.«

»Und warum siehst du so deprimiert aus? Lass uns doch

feiern, ich habe auch einen Job, stell dir das nur vor. Ich soll für eine linke Zeitung schreiben. Na, jetzt wunderst du dich?«

»Ich gehe nicht mehr zur ›Demokratie‹.«

»Warum?«

»Ich schaffe nicht beides. Ich habe eine dreimonatige Probezeit bei Siemens.«

Nach der Öffnung der Grenze kam in der Westgruppe geschäftiges Treiben in Gang. In aller Eile wurden Maschinengewehre und Militärfahrzeuge in Flieger verladen und in Unruheherde verhökert, wo man fortan eine bessere Verwendung für die Waffen hatte. Gribojedow verfasste Berichte über die illegalen Tätigkeiten der Garnisonsführung, schickte alles an Dawydow und wartete – Monat um Monat um Monat.

Die Atmosphäre in der Garnison wurde für ihn derweil immer unerträglicher. Die Stabsoffiziere, die sich für die Valuta aus ihren Waffenschiebereien Schlafzimmereinrichtungen und Autos anschafften, beäugten ihn misstrauisch. Er war ein Fremdkörper, und sie wussten, dass er ihren illegalen Waffenhandel nach Moskau meldete. Das konnten sie, von der wundersamen Vermehrung der knisternden Banknoten wie unter Drogen stehend, überhaupt nicht gebrauchen. Der Nachrichtendienstler wurde ihnen als Zeuge gefährlich.

Eines Tages bestellte ihn Gomow, ein General der Luftwaffe, zu sich.

»Unsere Offiziere«, beklagte sich Gomow vertrauensvoll bei ihm, »sind völlig außer Kontrolle. Sie klauen alles, was nicht niet- und nagelfest ist. Da ist keiner, dem ich eine verantwortungsvolle Aufgabe übertragen könnte.«

Dabei war es kein anderer als Gomow gewesen, der das Kunststück vollbracht hatte, ein Dutzend Panzer ohne Genehmigung der DDR-Behörden aus Bernau nach Sperenberg zu überführen. Der ganze Stolz der Sowjetarmee wurde in einen Frachttransporter mit dem Ziel Naher Osten verladen.

Überhaupt legte der General eine beneidenswerte Wandlungsfähigkeit an den Tag. Seine Sekretärin, bei der Gribojedow darauf gewartet hatte, empfangen zu werden, schien ob des Geheimnisses von Gomows Verwandlung förmlich zu platzen. Der Genosse General, erzählte sie mit gedämpfter Stimme, immer wieder zur Tür schielend, habe ihr unter dem Siegel der strengsten Verschwiegenheit verraten, dass er nach der Unterzeichnung des Abzugsvertrags eine Offenbarung gehabt habe. Im Schlaf sei eine bleierne Wolke zu ihm herabgesunken, der ein Himmelsbote mit Posaune entstieg und auf dem Instrument einen ohrenbetäubenden Fliegeralarm blies. Aus diesem Traum war der Genosse General als tief gläubiger Mensch erwacht, hatte die Sekretärin Gribojedow strahlend erklärt.

Von diesem Trompetenstoß erweckt, hatte der General seinen Untergebenen befohlen, in der Betonzigarre vor Gribojedows Fenster eine orthodoxe Kapelle einzurichten, und ließ eigens dafür aus Moskau eine Ikone kommen. Die Gottesmutter mit Kind im Silberrahmen war jedoch vom Zoll beschlagnahmt worden, woraufhin der Bunker vor Gribojedows Fenster kurzerhand in ein Lager für polnische Zigaretten umfunktioniert wurde.

Es widerte Gribojedow an, wie dieser durch und durch

korrupte Typ die Garnison in eine Kloake verwandelt hatte und nun seine Untergebene anschwärzte. Dennoch willigte er ein, als Gomow ihn darum bat, eine Waffenlieferung nach Bagdad zu begleiten. Es war offenkundig, dass ihn sein Sonderstatus als Aufklärer nicht mehr schützte. Nach der erfolgreichen Dienstreise beorderte ihn Gomow erneut zu sich und überreichte ihm ein Kuvert mit zehntausend D-Mark: sein Schweigegeld. Danach eskortierte Gribojedow weitere Flüge und verlangte sogar eine höhere Bezahlung.

Anfangs betrachtete er das durch den Waffenhandel verdiente Geld nicht als sein eigenes. Dawydow hatte damals gesagt, es werde eine Zeit kommen, in welcher der *Wald* Kapital in Deutschland gut werde brauchen können. Immer wieder versuchte er die Zentrale zu erreichen, aber Dawydow hüllte sich in Schweigen, und in der Hauptverwaltung geriet er stets nur an neue ahnungslose Mitarbeiter.

Im August 1991 rollten dann Panzer in Moskau ein – zur Wiederherstellung der gesetzmäßigen Ordnung. Die gesamte Garnison ließ sich aus diesem Anlass volllaufen. Hinter vorgehaltener Hand hieß es – Abzugsvertrag hin oder her –, dass die Westgruppe nun doch nicht abgezogen werde. Als sie aus dem Besäufnis aufwachte, hatte ein aufmüpfiger Parteisekretär namens Jelzin auf dem Panzer vor einer jubelnden Menge seine Chance gewittert. Die verstörte Garnison verfolgte über das Fernsehen den Sturz des Dserschinski-Denkmals. Der johlende Mob versammelte sich auf dem Lubjanka-Platz vor dem KGB-Gebäude, Männer kletterten auf den Sockel und schrien: »Nieder mit den Kommunisten!« Dann kam ein Kran, und die Statue wurde aus den Angeln gehoben. Gefesselt schwebte der erste Geheimdienstler Sowjetrusslands durch die Luft. Auf dem verwaisten Granitsockel blieb eine zerrissene rote Fahne zurück.

Die gesetzmäßige Ordnung wurde nicht wiederhergestellt, und Gorbatschow, der in der Bevölkerung wegen seines Feldzugs gegen die Trunksucht verhasst war, verlor bald darauf seinen Posten. Die Sowjetunion war buchstäblich in drei Tagen verblichen. Umgehend verstärkte die Garnison wieder ihren Einsatz bei der Waffenschieberei. Aus dem befreundeten Bagdad brachten die Frachtmaschinen nun mit weißem Pulver gefüllte Säcke zurück: die letzte Rache der sowjetischen Befreier an den Imperialisten.

Gribojedow wusste eigentlich nicht, wie er zu all diesen Erschütterungen stehen sollte. Was sich in der Westgruppe abspielte, sprach jedoch für sich. Der Schutzwall des Sozialismus fiel in sich zusammen, und die Verteidiger der Heimat waren bereit, Russland gegen westliche Währung zu verraten und zu verkaufen. Das Vaterland, dem zu dienen er geschworen hatte, gab es nicht mehr.

Und Dawydow hatte den Umbruch mit vorbereitet. Deshalb hatte ihm der General seinerzeit diese Rede über die beiden großen Nationen gehalten, über die wechselseitige Ergänzung von Russen und Deutschen. Es sah ganz so aus, als hätte es im *Wald* nicht nur Pläne für die Wiedervereinigung Deutschlands, sondern auch für eine engere Bindung zwischen Deutschland und Russland gegeben. Umso unverständlicher, dass Dawydow ihn in dieser turbulenten Zeit einfach hatte vergessen können. Anstelle einer steilen Karriere als Aufklärer, von der er einst geträumt hatte, war er zum Spekulanten geworden, keinen Deut besser als seine Vorgesetzten aus der Garnison.

Einige Monate nach Auflösung der Sowjetunion wurde Gribojedow von der Nachricht überrascht, im Zuge der demokratischen Reformen sei die I. Hauptverwaltung Aufklärung aus dem KGB ausgegliedert worden und werde nun unter dem Namen »Auswärtiger Aufklärungsdienst« eigenständig weitergeführt.

Gribojedow verbrannte vertrauliche Papiere im Kamin und beging Fahnenflucht.

IN WOLFSLOCH

Bei der Vertreibung aus dem Paradies wurde Iwan Drosdow erwartungsgemäß über den Tisch gezogen. Anfangs hatte man ihm eine Wohnung in Krasnodar versprochen, nur zwei Autostunden vom Schwarzen Meer entfernt. Für das Geld, das Russland für den Abzug der sowjetischen Truppen aus Deutschland erhielt, hatten Wohnungen für Armeeangehörige gebaut werden sollen. Von wegen Wohnungen: Ob Generäle das Geld nun unterschlagen hatten oder ob es für einen kleinen Mann wie ihn gar nicht bestimmt war, aus den Streitkräften wurde er jedenfalls mit der Empfehlung seiner Vorgesetzten entlassen, sich auf eigene Faust nach einer Bleibe umzusehen.

Iwan blieb nichts anderes übrig, als mit Sack und Pack zu seiner Schwiegermutter zu ziehen. So fand sich die Familie Drosdow bald in einem Vorort der Industriestadt Jekaterinburg wieder, in einer Arbeitersiedlung namens Wolfsloch. Die eine Hälfte der Bewohner lebte in vierstöckigen Wohnkasernen, die ursprünglich für die Arbeiter eines nun bankrotten Zellulosekombinats gebaut worden waren, die andere fristete ihr Dasein in baufälligen Holzhäusern ohne fließendes Wasser, mit Plumpsklos auf dem Hof und ohne Straßenbeleuchtung.

Die Landung in der Heimat war hart. Iwan hatte eine Anstellung als Nachtwächter im Militärlager der lokalen

Garnison gefunden, das kärgliche Gehalt blieb jedoch monatelang aus. Schon im ersten Winter nach dem Umzug mussten sie alles verkaufen, was sie aus Deutschland mitgebracht hatten. Seine Frau Swetlana fand gar keine Arbeit und wurde immer zickiger. Sie setzte ihm schließlich derart zu, dass er – zeitlebens unfreiwilliger Abstinenzler – zur Flasche griff. Umgehend kehrten die Epilepsieanfälle zurück. Selbst die Schwiegermutter ergriff Partei für Iwan und versuchte, Swetlana zu besänftigen. Nach einem Jahr ununterbrochener Querelen – wenn das Geld ausging, prügelte sie mit einem Nudelholz auf ihren Mann ein – verließ Swetlana ihn und ihren Sohn. Sie wurde Ameisenhändlerin und pendelte nach China, um dort billige Textilien zu erstehen, die sie auf dem Großmarkt von Jekaterinburg verkaufte. Bald hatte sie einen eigenen Stand und zog zu dem geschäftstüchtigen Chinesen Sascha Li, der auf dem Markt einen Eurasia-Imbiss betrieb. Koljan durfte bei ihm manchmal eine feurige Nudelsuppe löffeln.

Nachdem die gutmütige Schwiegermutter an Krebs gestorben war, blieb Iwan mit Koljan allein zurück und musste hilflos mit ansehen, wie sein Sohn zunehmend verwahrloste. Iwan, der die Mittelschule nach acht Klassen hatte verlassen müssen, träumte davon, Koljan studieren zu sehen. Und obwohl Koljan wenig Engagement in diese Richtung zeigte, gab dieser Traum dem Vater so etwas wie Halt. Als der Junge zum ersten Mal frühmorgens bekifft und nach Urin stinkend in die Wohnung schlich, zog Iwan seinen Armeegürtel aus der Hose, befahl ihm, sich auf den Tisch zu legen, und schlug so lange mit der Schnalle auf ihn ein, bis die Haut am Rücken aufplatzte. Selbst erschrocken über seinen Wutanfall, brach Iwan in Tränen aus und versuchte, seinen misshandelten Sohn zu umarmen. Aber Koljan stieß den Vater zurück und warf sich heulend auf sein Bett. Er fühlte sich schon deshalb zu Unrecht gezüchtigt, weil er nichts anderes tat als seine Kumpel. In dieser Gegend war es für die Jungen normal, schon im Grundschulalter immer wieder von der Miliz aufgegriffen zu werden. Die Bullen, diese Schakale, warteten nur darauf, dass die Übeltäter strafmündig wurden. Dann durften sie das Pack nämlich zügig in eine Strafkolonie abschieben, um ihre Aufdeckungsquote aufzubessern und die Störenfriede für ein paar Jahre los zu sein. Freilich blieb der heilige Platz nie leer: Die nächste Generation von Straffälligen war schon in den Startlöchern. In den Augen der Jungs war das Lager ein Ort, der eine Rotznase zum Mann machte: Wer Schiss vorm Lager hatte, war ein Weichei. Viele Halbstarke sehnten eine Männlichkeitsprobe in der Strafkolonie geradezu herbei. Nach der Entlassung gebührte ihnen ein höherer Rang in der Clique, und nach dem Lagergesetz durften sie nun andere malträtieren.

Wie alle seine Kumpel war Koljan nichts anderes als ein *Gopnik*, einer, der sich an die Gosse anpassen musste, um zu überleben. Wer nicht dazugehörte, lebte gefährlich. Wie zum Beispiel Tolik, das Muttersöhnchen der Russischlehrerin. An sich hatte Koljan nichts gegen Tolik, der ihn gelegentlich bei Mathearbeiten abschreiben ließ und ihm Wörter erklärte. Gopnik zum Beispiel bedeute in der Kriminellensprache Straßendieb. Er wusste sogar, warum Ficken *Ficken* hieß. Das mit den Wörtern fand Koljan cool. Trotzdem hasste er Tolik: Dieses Arschloch wollte partout nicht sein Kumpel werden. Immerzu hatte er was anderes zu tun, als mit ihm rumzuhängen: Schachzirkel, Gitarre üben und so. Dem Muttersöhnchen musste folglich in Sachen Freundschaft eine Lektion erteilt werden. Als er sich eines Tages weigerte, Koljan sein Taschengeld auszuhändigen, zog dieser ihm eine Eisenstange über den Schädel. Tolik kippte um, und auf seine Lippen trat rosafarbener Schaum.

»Du Scheißfaschist!«, röchelte Tolik.

Koljan bekam es mit der Angst zu tun. »Wenn du mich bei deiner Mutter verpetzt, bist du tot, du Opfer«, drohte er dem blutenden Jungen.

Nachdem Tolik aus dem Krankenhaus entlassen war, schickte die Mutter ihren Sohn zu Verwandten nach Sankt Petersburg. Und als Koljan dem Gequatsche der Lehrerinnen entnahm, dass Tolik häufig immer noch unter starken Kopfschmerzen litt, empfand er große Genugtuung.

»Vielleicht versiebt das Arschloch ja die Abschlussprüfungen«, hoffte der angehende Schläger, dessen Chance, mit einem Abschlusszeugnis ins Leben entlassen zu werden, mit jedem Tag geringer wurde.

Selbstverständlich hasste die Russischlehrerin wie die meisten ihrer Leidensgenossinnen die Schule und ihre Zöglinge. Gleich zu Unterrichtsbeginn pflegte sie ihrem Frust freien Lauf zu lassen: »Was seid ihr bloß für Vollidioten, ihr debilen Gopniks. Beschissene Mistkerle!«

»Die kriegt's von ihrem Mann nicht ordentlich besorgt«, rief Koljans Nachbar.

»Die Fotze hat doch gar keinen Mann«, erwiderte Koljan, der sich in einem fleckigen Hemd und mit fettigen Haaren auf der Schulbank fläzte.

»An die Tafel, Drosdow!«, befahl die Lehrerin angewidert.

Gelangweilt erhob er sich und grinste seinen Kumpeln zu.

»Nun Drosdow, hast du uns irgendetwas Tiefsinniges über den Helden in Puschkins *Eugen Onegin* zu erzählen?«

Die Klasse krümmte sich vor Lachen. Koljan zog ein weinerliches Gesicht, kehrte seinen Mitschülern den Hintern zu und furzte mehrmals laut. Dann zeigte er ihr den Stinkefinger und rannte aus dem Raum.

In den meisten Fächern schwankte Koljan zwischen mangelhaft und unbefriedigend. Lediglich in Deutsch hatte er eine knappe Drei, eine »Gnade der späten Missgeburt«, wie seine Deutschlehrerin mit ihrem harten russischen Akzent die Note begründete. Koljan, von der reinen deutschen Sprache in Frau Luises Kiosk verwöhnt, störte sich sehr an ihrem Akzent und schlechten Deutsch.

»Guten Morchen!«, schrie die dicke Lehrerin. »Setzt euch, eine Minute, alles wiederholen.«

Die Hausaufgaben hatte natürlich keiner gemacht.

»Ignoranten, Dummkopfe, wollt ihr nur rumhängen, Deutschlernen nicht, kein Wollen, was? Drosdow, komm an Tafel mit Hausarbeit.«

Koljan nahm sein Heft und trat an ihren Tisch.

»Wo ist deine Hausarbeit?«

»Ich habe vergessen, sie zu machen.«

»Dann erzähl den Text nach.«

Koljan antwortete nichts und richtete den Blick aufs Fenster, auf dessen verdreckte Scheibe jemand mit dem Finger »Fick dich« geschrieben hatte. Er wusste, wessen Finger das gewesen war.

»Setz dich, fünf!«

Die Mathematiklehrerin wiederum beschimpfte die Jungs als »degeneriertes Pack«, was deren Leistungsbereitschaft ebenfalls nicht gerade steigerte. Kein Wunder also, dass Koljan wie alle seine Kumpel notorischer Schulschwänzer war. Stundenlang hingen sie gemeinsam auf einem heruntergekommenen Kinderspielplatz herum oder rauchten in irgendeinem Treppenhaus. Nach jeder Zigarette spuckten sie gegen die mit obszönen Sprüchen beschmierte Wand, bis sich auf dem Boden eine Schleimpfütze bildete. Dann zogen sie ins nächste Treppenhaus, um ihre Beschäftigung dort fortzusetzen.

Gopnik zu sein, das hatte die Clique dem Neuankömmling schnell vor Augen geführt, bedeutete vor allem, sich jeglicher Form als anständig geltenden Verhaltens zu verweigern – sofern man überhaupt wusste, was das war. Für gewöhnlich pflegte ein gestandener Gopnik, seinen Trieb öffentlich zur Schau zu stellen. Koljan konnte beim Pissen den längsten Strahl erzeugen und wurde dafür von seinen Kumpeln bewundert. Sie veranstalteten Wettpinkeleien in Treppenhäusern oder auf Balkons, von wo sie auf vorbeikommende Fußgänger zielten. Dass die Jungs tranken und Klebstoff schnüffelten, verstand sich von selbst. Am aufregendsten aber war es, gemeinsam Mädchen zu ficken. Zunächst wurde ermittelt, welches Mädchen aus der Klasse oder in der Nachbarschaft noch nicht »entkorkt« war. Dann lauerten sie ihr auf, zwangen sie in einen Keller oder in den abgelegenen Park, stopften ihr den Mund mit einem Schal und vergewaltigten sie. In der Schule prahlten sie dann vor den Klassenkameraden mit all den realen oder eingebildeten Details. Nun war das Opfer freigegeben: Sie war eine Fotze, und jeder durfte von ihr verlangen, mit ihm zu gehen.

Erst vor Kurzem hatte sich Sonjka aus der Parallelklasse erhängt: Einer hatte sie mit Syphilis angesteckt.

Koljan wusste, dass er früher oder später in der »Zone« landen würde. Obwohl er es nie zugegeben hätte, hatte er Schiss vor dem Straflager: Geschichten über Vergewaltigungen und Verstümmelungen ließen ihn erschaudern. Doch so etwas wie einen eigenen Willen hatte er auch nicht, er wusste nicht einmal, was das bedeutete. Koljan machte einfach mit.

Iwan empfand eine hilflose, stumme väterliche Liebe für seinen Sohn, die ihm den Schlaf raubte. Der Junge musste weg aus diesem verfluchten Banditennest. Nur wie? Iwan hatte weder Geld noch einflussreiche Freunde. Tag und Nacht zermarterte er sich den Kopf, wer oder was helfen könnte. Sein bescheidenes Gedächtnis enthielt jedoch nur glückliche Bilder aus dem Leben in Wünsdorf. Vor seinem inneren Auge sah er Soldaten strammstehen, Offiziere, die am Gartentisch Karten spielten, und wie er mit seiner teuren deutschen Angel dicke Fische aus dem See holte. Seit er aus der Armee entlassen war, angelte er nicht mehr. Der Fluss, der Wolfsloch durchschnitt, war durch das Zellulosekombinat verseucht. Und um an einen Waldsee zu fahren, hätte er wenigstens ein Motorrad gebraucht. So träumte er eben von dem deutschen See im Nebel – er und der Major, sein Angelpartner, im Boot sitzend und schweigend rauchend, der Schwimmer auf der sich kräuselnden Wasseroberfläche tänzelnd und plötzlich innehaltend, wenn ein Fisch mit ihm zu spielen begann.

Eines Abends sprang Iwan, als er mit seinen Träumereien wieder einmal an diesem Punkt angelangt war, wie von der Tarantel gestochen vom Sofa mit den sich durchs Polster bohrenden Federn auf: Aber ja, Nikolai Nikolajewitsch Gribojedow, der Stabdolmetscher! Er war es, der Koljan retten könnte!

Iwan öffnete den Kleiderschrank, kramte einen Schuhkarton mit Dokumenten heraus und wühlte darin herum, bis er sein altes Adressbuch fand. Da, unter G, stand die Moskauer Adresse von Gribojedow. Er machte sich ans Werk und schrieb dem »verehrten Genossen Major« einen Brief, in dem er ihm seine missliche Lage und die herannahende Katastrophe mit seinem Sohn schilderte.

»Lieber verehrter Nikolaj Nikolajewitsch, wegen unserer Armut und ohne mütterliche Zärtlichkeit ist mein Sohn Koljan – der eigentlich ein guter Junge ist – vom rechten Weg abgekommen. Unter dem Einfluss seiner kriminellen Umgebung läuft Koljan Gefahr, Straftaten zu begehen, der Schule verwiesen zu werden und gar im Knast zu landen. Ich habe niemanden, der mir mit Rat und Unterstützung beistehen könnte. Lieber Genosse Major, bitte helfen Sie uns!«

Am nächsten Tag brachte Iwan den Brief zur Post und machte sich daheim ein Kreuz im Wandkalender. Wenn er hätte beten können, hätte er den lieben Gott angefleht, dass der Dolmetscher seinen Hilferuf erhörte.

In dieser Nacht wälzte sich Iwan ruhelos auf seinem zerschlissenen Sofa und horchte auf die Geräusche im Treppenhaus. Doch Koljan kam nicht heim.

Mit Peter Mühling, einem Verbindungsoffizier der Stasi, und mit Gomows Schweigegeld hatte Gribojedow in einer Bruchbude von Garage eine Firma gegründet: einen Import-Export-Betrieb, der eine Art Gemischtwarenhandel mit Osteuropa trieb. Hin-und-Her-Handel nannten sie das chaotische Geschäft liebevoll. Bald besaß er einen gebrauchten BMW und begann, mit Mühling einen geschlossenen Klub zu frequentieren, in dem sich die mühelos in die Privatwirtschaft gewechselten Stasi-Größen von ukrainischen Gazellen verwöhnen ließen.

Am wichtigsten war für ihn jedoch etwas ganz anderes: Das Geschäft lief gut, und es gefiel ihm, ein *Bisnesman* zu sein. Er glaubte, ein verborgenes Talent in sich entdeckt zu haben, das sich ohne *die* geopolitische Katastrophe des 20. Jahrhunderts – den Zusammenbruch der Sowjetunion – kaum hätte entfalten können. Er war dreiunddreißig Jahre alt, als er aus dem dumpfen Reich der sinnlosen Notwendigkeit in die Freiheit wechselte.

Er war nun Deutscher. Zumindest beinahe.

Dawydow schien ihn vergessen zu haben, und er hörte mit der Zeit auf, sich Gedanken über seine Verbindung zum *Wald* zu machen. Von seinen Alltagsgeschäften völlig absorbiert, kam ihm sein früheres Dasein als verhinderter Agent fast unwirklich vor. Lediglich nachts, wenn er vor Überarbeitung nicht einschlafen konnte und mit einem Bier vor dem flimmernden Bildschirm saß, überkam ihn das mulmige Gefühl, beobachtet zu werden. Als lauschte jemand an der Tür oder spähte ins Fenster. Dann erhob er sich und sah hinaus. Doch hinter den Vorhängen lärmte nur das Berliner Nachtleben. Und es stand auch niemand vor der Tür. Es war Gribojedow selbst, ein abgeschriebener Aufklärer, der auf ein Omen wartete.

Dem Vater zuliebe war Gribojedow von der Moskauer Universität, wo er deutsche Philologie studierte, auf die KGB-Hochschule für Fremdsprachen gewechselt. Den hochdekorierten Testpiloten, der bei jedem Flug sein Leben riskiert hatte, schmerzten der Verfall der Streitkräfte, der Karrierismus und die Korruption in der Partei. »Die saufen sogar vor einem Testflug, und die Generäle lassen sich von Rekruten ihre Datschen bauen. Das ist die reinste Sklaverei!«, stöhnte sein Vater empört. »Wer würde das Vaterland verteidigen, wenn es zum Ernstfall kommt?« Nur in den Geheimdiensten, glaubte der Aufrechte, gebe es noch eine wahre russische Elite, die sich selbstlos um den Ruhm der Großmacht kümmerte.

Gribojedows Großvater hatte sich bereits früh auf die Seite der Bolschewiken geschlagen, um beim Aufbau der Roten Armee zu helfen: Russland war ihm wichtiger gewesen als alle ideologische Gräben. Schon bald, so war dieser sich sicher gewesen, würden die Politkommissare vor dem heiligen Russland auf die Knie fallen wie ein missratener Sohn vor dem Vater. Die bedingungslose Treue schützte den Großvater allerdings nicht davor, später in den Kellerräumen der Lubjanka von den Henkern der Geheimpolizei gefoltert zu werden. Doch es gelang ihnen nicht, den Mann zu brechen. Standhaft weigerte er sich, seinen Militärkommandeur Jona Jakir als deutschen Spion und Verschwörer gegen Stalin zu verleumden, und endete daher mit einer Kugel im Genick im Massengrab am Erschießungsplatz Butowo.

Wegen dieser familiären Vorgeschichte waren die Nachfahren des alten Gribojedow nicht gut auf Stalin zu sprechen. Aber selbst nach der Entlarvung des Personenkultes war in der Armee die Kritik am Führer verpönt. Stalin hatte den großen Sieg errungen, basta!

Und der Sohn des Volksfeinds, Nikolajs Vater, konnte jederzeit an seine unproletarische Herkunft erinnert werden. Das blaue Blut in Gribojedows Adern blieb ein Kainsmal.

Die Zeit, als dieses Stigma wieder zu einem Privileg wurde, durfte sein Vater nicht mehr erleben. Nach dem Abschied vom Sozialismus schossen Adelsverbände wie Pilze aus dem Boden. Angeblicher Adel beschäftigte sich hingebungsvoll mit seinen Stammbäumen und prahlte mit Ahnenreihen und dem Alter seines Geschlechts. Sie alle wollten ihren Opferstatus herausstreichen und pochten auf eine zumindest moralische Wiedergutmachung.

Wo aber waren die Aufrechten, die bereit wären, Verantwortung zu übernehmen?

Gribojedow erinnerte sich an die langen Gespräche mit seinen Kommilitonen, aber auch mit hochgestellten Offizieren und Lehrern, die mit der Stagnation in der Breschnew'schen Sowjetunion unzufrieden waren, sie verfaulen sahen, lange bevor das Unerwartete geschah. Die tägliche Flut vertraulicher Informationen führte ihnen vor Augen, dass es mit dem Land den Bach hinunterging. Einige spielten deshalb sogar mit dem Gedanken, die Parteinomenklatura zu entmachten und den Geheimdienst an ihre Stelle zu setzen – Geheimdienstler seien die sowjetische Elite, der die legitime Führung gebühre.

Aber nicht nur das. Die Unterstützung nationaler Randgebiete, so die damalige Auffassung, sei zu einer untragbaren Last geworden. Wie lange noch würde man die Schar der Schmarotzer, all die Balten, Georgier und Tadschiken, durchfüttern können? Sie endlich loszuwerden trüge zu einer Wiedergeburt Russlands als Nationalstaat bei und würde dem Land einen ungeahnten Aufschwung bescheren. Besonders wenn man zu einer anderen Wirtschaftsform übergehen könnte. Auch der Sozialismus, so war man im *Wald* mittlerweile überzeugt, taugte nichts. Er hatte den Wettbewerb mit dem Kapitalismus bereits verloren, bloß wollten diese ZK-Mumien davon nichts wissen. Nicht wenige Geheimdienstler forderten deshalb, Privateigentum zuzulassen, zumindest auf dem Land und im Handel.

Als ihm Dawydow eröffnet hatte, dass selbst im *Wald* die Dinge ins Stocken geraten seien, hatte er das eher persönlich genommen.

Die Verbindung zwischen den Kritteleien in den Geheimdienststuben und ihrer subversiven Maulwurfarbeit war Gribojedow verborgen geblieben. Sicherlich hatte der General seine Reaktion als Beschränktheit aufgefasst. Der Bursche, musste er gedacht haben, blickt einfach nicht durch. Was aber auch von Vorteil sein konnte, so bliebe er ein subalterner und anspruchsloser Verbindungsmann.

Als Gribojedow eines Tages in seinem Büro saß und mit einem Kunden über den Preis für einen fast neuen Opel verhandelte, betrat ein Mann die Garage mit den zum Verkauf stehenden Autos. Gemächlich spazierte er von einem Wagen zum anderen und musterte mit gelangweilter Miene die Preisschilder. Gribojedow entschuldigte sich bei seinem Kunden und trat an den Mann heran.

»Interessieren Sie sich für ein bestimmtes Modell?«, fragte er ihn.

»Ja, leider haben Sie es nicht«, antwortete der Mann auf Russisch.

»Aber wir könnten es schnell beschaffen.«

»Dawydow lässt Sie grüßen«, erwiderte der Mann trocken. »Er hat mich gebeten, Ihnen auszurichten, dass sich Ihr Auftrag ändern wird. Sie werden am nächsten Mittwoch um achtzehn Uhr in Moskau im ›Selekt‹ erwartet.« Er holte ein Kuvert aus seiner Westentasche und reichte es schweigend Gribojedow.

Noch bevor er etwas erwidern konnte, drehte sich der Mann um und ging. Gribojedow kehrte in sein Büro zurück. Sein Herz pochte, auf den Händen bildete sich ein Schweißfilm. Der Kunde, der auf die Fortsetzung der Verhandlung gewartet hatte, spürte die plötzliche Erregtheit des Händlers und machte sich davon. Danach saß Gribojedow lange am Tisch und drehte einen Bleistift in den Fingern. Er öffnete das Kuvert und fand darin einen Sicherheitsschlüssel und einen Zettel mit einer Adresse im Jungfrauenweg. Er konnte sich absolut nicht vorstellen, was für ein Auftrag ihn in Moskau erwartete.

Seit der deutschen Wiedervereinigung war Gribojedow kein einziges Mal in Moskau gewesen. Auf der Fahrt vom Flughafen in die Stadt betrachtete er Reklamewände mit dem Porträt des wiedergewählten Präsidenten, Werbeplakate für die wunderbare Geldvermehrung beim MMM und wilde Märkte an den U-Bahn-Stationen. Der Wind wirbelte Plastikmüll auf und trieb ihn durch die Straßen.

In der Metro herrschte unvorstellbares Gedränge, wie Gribojedow es aus früheren Zeiten nicht in Erinnerung hatte. Penner verbreiteten einen ekelhaften Gestank, und an der Station »Platz der Revolution« stieg ein junger Krüppel ohne Beine zu, der sich mittels eines Holzbretts auf kleinen Rädchen fortbewegte.

Der Anblick des Krüppels – ein Bild, das bisher lediglich alten Moskauern aus der Nachkriegszeit vertraut war – wirkte auf Gribojedow nach seiner langen Abwesenheit wie eine kalte Dusche. War der arme Kerl ein Invalide des Tschetschenienkriegs, den dieser Idiot von Jelzin auf Geheiß übergeschnappter Militärs angezettelt hatte? Oder war dieser Unglückliche der Sklave irgendeiner Mafia, die die Schnorrerarmee kontrollierte? Wie auch immer, für Gribojedow verströmte dieses Häuflein stinkenden Elends den Geruch von Zerfall und Tod. In seiner Abwesenheit hatte sich eine furchterregende, dunkle Welt aufgetan, von der er, der Aufklärer, keine Ahnung hatte. Eine archaische Welt, die jahrzehntelang im Volk geschlummert hatte und nun mit einem Mal erwacht war. Sonderbarerweise verspürte er weder Hass auf diejenigen, die Russland das angetan hatten, noch empfand er ein Rachebedürfnis, wie es für einen Soldaten des großen Imperiums eigentlich naheliegend gewesen wäre. Alles hier erschien ihm fremd.

Gribojedow fuhr zu der Adresse, die er im Kuvert gefunden hatte, schloss die Wohnung auf und blickte sich um. Sie war notdürftig möbliert, aber hell und geräumig. Auf dem Küchentisch stand eine Flasche »Streitkräfte-Wodka. 1945–1994«. Daneben lag eine zerknitterte Ausgabe der Garnisonszeitung *Erbe des Sieges*. Auf der Titelseite war das Foto eines mit Panzern beladenen und von sowjetischen Soldaten begleiteten Zugs abgebildet, die Überschrift lautete »Ende des Sieges«. Gribojedow grinste. Humor konnte man Dawydow wirklich nicht absprechen. Er trat auf den

Balkon und zündete sich eine Zigarette an. Am gegenüberliegenden Flussufer erkannte er die sternbewehrte Turmspitze der Moskauer Universität, direkt vor seinen Augen strahlte die Kuppel des Jungfrauenklosters. Die einstige Hauptverwaltung stellte ihren Mitarbeitern immer noch gute Wohnungen zur Verfügung.

Als er zurück in die Wohnung ging, fiel sein Blick auf einen Karton, in dem sich bis zum Rand Briefe stapelten. Es war offensichtlich Post, die ihm in all den Jahren an seine alte Moskauer Adresse geschickt worden war. Oben auf dem Stapel fand Gribojedow einen Brief von Iwan Drosdow, dem schweigsamen Angler aus Wünsdorf. Sein Sprössling, schrieb er, sei in üble Gesellschaft geraten, habe Zoff in der Schule, und wenn er sich noch länger mit seiner Clique rumtriebe, werde er unweigerlich im Knast landen. Drosdow beschwor den Genossen Major, dem Jungen zu helfen, ihn aus Wolfsloch herauszuholen und in einer guten Lehranstalt unterzubringen. Der arme Iwan, den es in den Ural verschlagen hatte, hatte nicht einmal Telefon. Gribojedow legte das Kuvert aufs Regal und kratzte sich im Nacken.

Pünktlich um achtzehn Uhr fand sich Gribojedow vor einer frisch restaurierten prunkvollen Villa im Empirestil ein und klingelte an der Tür. Er wurde sofort eingelassen. Der Pförtner brachte ihn in den ersten Stock, wo er an einer Tür ohne Namensschild klopfte. Die Tür öffnete sich und Dawydows Bärengestalt trat heraus, sichtlich gealtert, aber mit einem prächtigen grauen Haarschopf.

»Komm rein, du Dieb von Bagdad«, feixte er. »Wie geht es unserem Freund Saddam?«

»Er hat sich gerade eine vierte Konkubine zugelegt«, gab Gribojedow zurück.

Die Ausstattung des Büros hatte sich gewaltig verändert, seit ihn der General nach Wünsdorf verabschiedet hatte. Die alten Möbel im Stil des Politbüro-Biedermeier waren verschwunden. An ihre Stelle waren teure Antiquitäten getreten, die ihrem Aussehen nach durchaus aus dem 18. Jahrhundert stammen konnten. An der Wand hing neben Richard Sorge nun ein Porträt des neuen Vorsitzenden des KGB-Nachfolgers FSB. Gribojedow wunderte sich, dass der General offenbar eine Affinität zu der einst im *Wald* verspotteten Staatssicherheit an den Tag legte.

»Wir haben uns seit einer halben Ewigkeit nicht gesehen, Bruder. Du bist ja schon Oberstleutnant, ich aber immer noch General, und man weiß ja nicht, ob ehemaliger oder künftiger«, scherzte Dawydow.

»Wie – Oberstleutnant? Ich habe in all den Jahren doch gar keinen Auftrag übernommen.«

»Gerade dafür, für deine Geduld. Sie ist in unserem Handwerk eine wichtige Eigenschaft. Du schläfst und schläfst, und im Schlaf wächst du. Nun lass uns gehen, ich zeige dir etwas, und wir werden einiges in Ruhe besprechen. Bevor die restliche Meute kommt. Du solltest aber auf dem Laufenden darüber sein, was die anderen bereits wissen.«

Über eine Wendeltreppe stiegen sie in den Keller hinab. Zehn Minuten gingen sie durch einen feuchten, nur schwach beleuchteten Korridor, dann bogen sie nach links ab, und der General öffnete eine weitere Tür. Dahinter befand sich eine lange, noch weiter abwärts führende Treppe von ungefähr fünfzig Stufen. Gribojedow dämmerte, dass sie sich tief unter der Stadt befanden, vermutlich in der

Nähe des Kreml. Aus diesem Labyrinth selbstständig herauszufinden, hätte ihn wohl einige Mühe gekostet, obwohl er in der Ausbildung auch an einem Kurs zur Orientierung in unterirdischen Einrichtungen teilgenommen hatte.

Sie traten in einen Saal, der einer gotischen Gruft ähnelte. In seiner Mitte erblickte Gribojedow eine etwa drei Meter hohe Glaspyramide. Der General führte ihn näher an sie heran, damit er ihr Inneres genauer betrachten konnte.

Lieber Gott, sollte das ein absurder Witz sein? Jedenfalls traute er kaum seinen Augen. Aber so war es: Dawydow hatte ihn in ein geheimes Verlies gebracht, um ihn für immer an seiner Unterwelt teilhaben zu lassen, aus der es kein Zurück mehr geben konnte.

In der Pyramide lag auf einer mit dunkelrotem Samt überzogenen Liege der bis an die Schultern in ein weißes Tuch gehüllte Josef Stalin. Seine gelben, auf der Brust gefalteten Hände erinnerten an solche auf Grabplatten katholischer Königsgräber.

»Ein schöner Bube, was? Wie im Kartenspiel – der eine oben, der andere unten.«

»Wir stehen gerade unter dem Mausoleum?«

Dawydow schmunzelte zufrieden.

»Wurde Stalin etwa nicht an der Kremlmauer beigesetzt? Soll das heißen, er wurde überhaupt nicht bestattet?«

»Es ist nicht so, wie du denkst. Alle, die mit mir hier runtersteigen, denken immer dasselbe: dass sie in eine stalinistische Organisation gezwungen werden sollen, deren Ziel neuer Terror ist. Deshalb muss man den Genossen immer wieder klarmachen, warum Stalin, der aus dem Mausoleum entfernt und an der Kremlmauer begraben werden sollte, unversehrt in dieser unterirdischen Konservendose liegt, während Lenin ganz offiziell oben ausgestellt bleibt. Obschon man ihn immer wieder bestatten will. Aber das Gelaber da oben hat mit unserer Unternehmung hier nichts zu tun, das ist bloß ein Kräuseln auf der Meeresoberfläche, unter der unser unsichtbares U-Boot unbeirrt weiterfährt.« Dawydow lächelte vergnügt.

»Ich erkläre also für Uneingeweihte. Alles der Reihe nach. Kurz vor dem Krieg fand sich Stalin in einer selbst gestellten Falle wieder. Er hatte die komplette Militärführung enthauptet, dein Großvater General Nikolaj Gribojedow war ja unter den ersten Opfern gewesen.«

Gribojedow nickte, und Dawydow fuhr fort: »Der Führer war ja bekanntlich krankhaft misstrauisch, schon in den zwanziger Jahren hatte man Paranoia bei ihm diagnostiziert. Du kennst doch die Geschichte von diesem Professor Bechterew, der nach der psychiatrischen Untersuchung Stalins plötzlich starb. Vergiftet.«

Gribojedow hörte dem General gespannt zu, ohne genau zu verstehen, worauf er hinauswollte. Wie ein überzeugter Stalinist klang er jedenfalls nicht.

»Allerdings war der Boss vor dem Krieg immer noch imstande, zwischen denen, die er als Volksfeinde vernichten ließ, und seinen wirklichen Gegnern zu unterscheiden. Ihm war bewusst, dass die, die er da erschießen oder deportieren ließ, keine ausländischen Spione und Verschwörer waren. Aber die Angehörigen der Opfer hätten zu welchen werden können. Schließlich hatte er sehr vielen Menschen den Garaus gemacht und sich dadurch sehr viele Feinde geschaffen. Er befürchtete, dass sich einige, trotz all der Wächter, Zäune und Sicherheitsmaßnahmen an ihn heranmachen könnten. Er nahm an, dass sie bereit waren, für seinen Tod ihr eigenes Leben zu opfern, so wie es heutige Selbstmordattentäter tun. Er war nun einmal Kaukasier: Blutrache bis ins siebte Glied.

Der Gedanke, dass ein verzweifelter Selbstmörder, der das Blut Unschuldiger rächen wollte, nur auf seine Stunde wartete, brachte ihn um Schlaf und Verstand. Er hat in totaler Isolation gelebt, geschützt durch mehrere Sicherheitszonen. Doch wer waren seine Wachposten? Wie konnte er sichergehen, dass sich kein Attentäter einschleichen würde?«

Der General schwieg und klopfte mit dem Fingerknöchel an die Pyramide, als ob er die Aufmerksamkeit der Mumie auf sich lenken wollte. Gribojedow betrachtete das wachsgelbe, präparierte Gesicht mit dem mehlig-grauen Schnurrbart. Wäre es nicht einfacher, ging ihm durch den Kopf, stattdessen eine Wachsfigur dorthin zu legen?

»Das ist keine Wachsfigur«, sagte der General unvermittelt, »der Führer ist immer noch taufrisch. Wie sollte man also Männer finden, die ihn niemals verraten würden, die ihn für Gott hielten und zugleich imstande waren, wirkliche Verräter aufzuspüren und ihnen zuvorzukommen?«

»Mit dem Lügendetektor«, erwiderte Gribojedow, der sich vorkam wie in einer Prüfung.

»Du sagst es. In der Tat hat Hitler ihm noch vor dem Überfall auf die Sowjetunion einen Lügendetektor geschenkt. Im Oktober 1939, nachdem die befreundeten deutschen Truppen aus Białystok abgezogen wurden, besuchten sowjetische Offiziere in der von uns besetzten polnischen Stadt eine Varietévorstellung. Da trat ein Zauberkünstler auf, der Gedanken lesen und im Publikum versteckte Gegenstände finden konnte. Die Armeeführung war schwer beeindruckt. Es stellte sich heraus, dass dieser Mann – natürlich ein Jude – aus Warschau geflohen war und sich bis zum Einmarsch der sowjetischen Armee in Białystok versteckt gehalten hatte. Er wurde in den Stab bestellt und verhört. Die Generäle mochten kaum glauben, was sie von ihm hörten. Er erzählte wunderliche Geschichten, zum Beispiel wie er dem Zugschaffner einen Zeitungsschnipsel vorgezeigt und ihn glauben gemacht hatte, es wäre sein Fahrschein. Jetzt sag mir, wie er hieß.«

»Wolf Messing?«

»Richtig. Messing wurde mit mehreren anderen jüdischen Künstlern, die ebenfalls vor Hitler flohen, nach Moskau gebracht, wo er auftreten durfte. Wie Stalin davon erfuhr, weiß ich nicht. Allerdings hatte der Führer großes Interesse am Phänomen des Gedankenlesens. Beim NKWD gab es bereits seit den zwanziger Jahren ein Geheimlabor, in dem paranormale Erscheinungen erforscht wurden.

Messing wurde in den Kreml bestellt und durfte seine Kunststücke vorführen. Anscheinend war der Boss bei diesem Auftritt auf die Idee gekommen, der Hellseher könne auch seinen Männern in den Kopf schauen und ihre Gedanken lesen. Stalin schwebte nämlich vor, aus den von Messing überprüften Geheimdienstlern seine persönliche Leibgarde zu rekrutieren. Auf diese Weise entstand innerhalb der Geheimdienste ein Geheimorden.« Der General schmunzelte. »Er nannte sich ›Schwarze Bruderschaft‹. Tja. Klingt mittelalterlich. Das gefiel mir von Anfang an nicht, und seitdem ich am Ruder bin, heißt unser Trupp einfach *Orden*. Damals wurde die ›Schwarze Bruderschaft‹ sein unsichtbares Schutzschild, das ihm überallhin folgte, auch nach Jalta und Potsdam. Von den Gründungsmitgliedern lebt heute keiner mehr, und ihre Namen würden dir nichts sagen.«

»Aber warum hätte er gerade Messing vertrauen sollen? Vielleicht hat er alles nur vorgetäuscht?«

»Nun, die Antwort ist nicht allzu schwer. Messing wusste genau, wo er hineingeraten war. Aber er hatte keine Wahl. Außerdem liebte er Geld und war Stalin dankbar. Ich weiß nicht, ob der schlaue Jude wirklich Gedanken lesen konnte, unsterblich war er jedenfalls nicht. Nach Hitlers Überfall – die Faschisten hatten bereits Minsk eingenommen – wurde er ins Politbüro bestellt, wohl ahnend, was man von ihm wollte.«

»Hat Ihnen jemand davon erzählt?«, erkundigte sich Gribojedow.

»Ja, mein erster Chef. Er war damals gerade in den Orden aufgenommen worden und bei der Sitzung anwesend. Messing saß mit gelbgrünem Gesicht im Vorraum. Sagte er die Wahrheit, käme er womöglich nicht mehr lebend da raus. Dann hat man ihn in den Sitzungssaal geführt. Stalin erhob sich, schüttelte ihm die Hand und fragte: ›Genosse Messing, sagen Sie der Partei, wann der Krieg mit den Faschisten zu Ende gehen wird? Antworten Sie offen, haben Sie keine Angst.‹«

Gribojedow lachte auf: Dawydow konnte den georgischen Akzent Stalins sehr gut nachmachen.

»Messing sagte also«, fuhr der General fort, »der Krieg werde im Mai 1945 enden und die Sowjetunion als Sieger daraus hervorgehen.«

»Und wie hat Stalin reagiert?«

»Er war sprachlos. Und betrübt. Dann sprang Beria auf und schrie: ›Lügner! Wir werden viel früher siegen, du

Hund!‹ Aber Stalin unterbrach ihn und sagte: ›Sie sind frei, Genosse Messing, ich danke Ihnen.‹«

Geistesabwesend nestelte Dawydow seine Pfeife aus seiner Jacketttasche hervor und wedelte damit vor Stalins Kopf herum, als wollte er ihn auf eine gesellige Raucherrunde einladen. Er klopfte sie an der Sarkophag-Kante aus, steckte sie in den Mund und zog daran, ohne sie jedoch mit Tabak zu stopfen. »Rauchen geht nicht hier unten, sonst würde der Feuermelder losheulen und wir würden einiges erleben.« Er lächelte und steckte die Pfeife zurück in die Tasche.

»Die Legendenbildung um Messing reißt bis heute nicht ab. Seine Kunststücke gehören zu den Phänomenen, die rational nicht zu erklären sind. Allerdings hat er im Krieg viel Nützliches tun können. Du kannst dir vorstellen, wie eng er mit dem NKWD zusammengearbeitet hat. Im Hotel ›Metropol‹ verkehrten ja Diplomaten und Militärattachés – viele Hirne, die es zu durchleuchten galt. Er saß an irgendeinem Nebentisch und schrieb ihre Gedanken auf. Als Informant war Messing von unschätzbarem Wert.«

»Meine Güte, es ist schon spät«, besann sich Dawydow plötzlich. »Die Kollegen müssen schon alle eingetroffen sein. Aber mir ist wichtig, dass du einen Einblick in unsere Geschichte bekommst. Mit dem Orden lief vieles schief. Am Anfang bestand sein Ziel darin, diejenigen zu fassen, die Stalin nach dem Leben trachteten. Doch der Orden hatte ein kurioses Problem: Es waren einfach keine echten Feinde Stalins mehr übrig geblieben. Das Plansoll wurde von Jeschow und Beria bereits übererfüllt. Attentäter erfinden durften sie jedoch auch nicht. Und so waren die Jungs frustriert. Sie baten um Erlaubnis, an die Front gehen zu dürfen, um das Vaterland zu verteidigen. Einen Teil von ihnen hat man in der Tat zu den Truppen geschickt, und sie haben hinter der Frontlinie in den besetzten Gebieten ihr Leben riskiert.

Andere dagegen mussten die Sperreinheiten befehligen, welche in Panik geflohene Soldaten mit Waffengewalt zur Umkehr zwangen. Einige Ordensmitglieder mussten die Deportation der Krimtataren und Tschetschenen durchführen. Stalin wusste, dass diese Minderheiten die Sowjetmacht hassten und nur darauf warteten, sich der Herrschaft der Russen zu entledigen. Reihenweise begaben sie sich in deutsche Gefangenschaft und desertierten. Außerdem lieferten sie Kommunisten, Juden und Partisanen an die SS aus. Er hätte sicher auch gerne die gesamte Ukraine räumen lassen, weil man dort die deutschen Truppen mit Brot und Salz empfangen hatte, aber das wäre dann doch eine Nummer zu groß gewesen. Tatsache ist, dass keine Minderheit außer den Juden noch dem aufopferungsvollen Tod zum Wohle der Sowjetmacht entgegenfieberte.

Diese Drecksarbeit verrichten zu müssen hat die Ordensleute demoralisiert. Nachdem einige Hunderte Tschetschenen, hauptsächlich Kranke und Greise, in eine Moschee getrieben und verbrannt worden waren, haben sich zwei der Unseren an Ort und Stelle erschossen. Stalin hat ihnen das nie verziehen. Für ihn war Selbstmord Fahnenflucht. Und Selbstmord bei der Ausführung seiner Befehle kam geradezu Sabotage gleich.

Also fing er an, seinem eigenen Orden zu misstrauen. Gleichzeitig erreichte seine Paranoia eine neue Dimension. Ich meinte, mich inzwischen wirklich auszukennen, und dass mich nach so vielen Jahren eigentlich kaum noch etwas beeindrucken konnte. Heißt es auf Deutsch nicht ›abgeklärt‹?«

Gribojedow nickte, ohne zu begreifen, worauf der General hinauswollte.

»Und doch begegnet man immer wieder den unglaublichsten Dingen, Details, vor denen jede Fantasie verblasst. Ich habe vor Kurzem in den Memoiren des damaligen indischen Botschafters gelesen, wie dieser Stalin kurz vor dessen Tod besuchte. Demnach hat Stalin dabei am Tisch gesessen und ununterbrochen das Wort ›Wölfe‹ auf ein Blatt Papier gekritzelt. Nachdem der Botschafter Platz genommen hatte, fing Stalin unvermittelt an, von Wölfen zu sprechen. Die russischen Bauern, soll er gesagt haben, wüssten, wie man mit Wölfen umzugehen hätte: Sie würden die tückischen Raubtiere liquidieren. Aber die Wölfe würden ihr Schicksal ahnen und die Bauern überlisten, sie würden immer neue Gestalt annehmen und seien Werwölfe.

Eine fantastische Geschichte. Als ich das von den Werwölfen las, lief mir ein Schauder über den Rücken. Das muss man sich nur vorstellen: Angeblich warteten Werwölfe nur darauf, dass er schwach wurde, um sich dann auf ihn zu stürzen und ihn in Stücke zu reißen. Welche Schlüsse würdest du daraus ziehen, Oberstleutnant?«

Gribojedow hatte sich an die Gedankensprünge des Generals bereits gewöhnt. »Ich nehme an, dass die Ordensmitglieder Gefahr liefen, das nächste Ziel einer Beseitigungswelle zu werden. Er hätte einen anderen Orden geschaffen und den vorhergehenden ausmerzen lassen und so weiter.«

»Respekt, mein Lieber, du bist einer der wenigen, die an

dieser Stelle die richtige Antwort wussten. Genau so wäre es gekommen. Aber ihm fehlte bereits die Kraft. Und noch etwas: Derjenige, der imstande gewesen wäre, den Orden zu liquidieren, hätte möglicherweise den Boss als nächstes Ziel gehabt. Und der Teufelskreis der Rache hätte sich geschlossen.«

Gribojedows Stimmung hellte sich auf. »Und welche Aufgaben fielen der Organisation nach Stalins Tod zu?«

»Der Orden hat Stalin überlebt, aber es stellte sich in der Tat die Frage, wie es weitergehen sollte. Denn die Gruppe war auf einen viel zu engen Aufgabenbereich, auf den Personenschutz Stalins ausgerichtet. Und wie ich schon sagte, ging es dabei nicht um eingebildete, sondern um reale Feinde. Also hatte sie ohne Stalin keinen Zweck. Welche Existenzberechtigung hatten die Mitglieder, wo war jene große Aufgabe, für die es immer noch lohnen würde, den Tod zu riskieren? Sie gerieten in eine Identitätskrise und fingen an, nach einer metaphysischen Rechfertigung, nach einer neuen Mission zu suchen.

In der Nacht nach seinem Tod schworen sie im Mausoleum, dem einzigen Erbe Stalins – der unbesiegbaren sowjetischen Großmacht – die Treue zu halten. Der Führer sollte als Symbol für diese Großmacht unsterblich bleiben. Heute würde man sagen, sie haben ihn heiliggesprochen. Als Chruschtschow in den Kreml einzog, haben sie sich gründlich mit ihm verrechnet. Sie glaubten wohl, er wäre ein Dorftrottel, und konnten sich nicht vorstellen, dass er eine Liberalisierung wagen würde. Die hatten null Ahnung von der Außenwelt, von der Geopolitik.

Chruschtschow begann, gegen den Personenkult zu kämpfen. Und auf dem XXII. Parteitag wurde schließlich beschlossen, den Führer aus dem Mausoleum zu werfen.«

»Soll das heißen, man hat die Leiche Stalins ausgetauscht und aus dem Grab hierhergeschleppt?«, unterbrach ihn Gribojedow.

»Der Orden bereitete sich auf diese Aktion vor. Sie ließen einen geheimen Tunnel ausheben, der ins Mausoleum führte, und eine kunstvolle Kopie Stalins anfertigen, die sie mit seinem präparierten Körper vertauschten. Dabei liefen sie Gefahr, die Mumie zu zerstören, denn sie musste dem Sarkophag entnommen und der Luft ausgesetzt werden. Eine absolut kritische Situation für den Orden. Ich wurde in diese Geschichte von meinem Chef auf seinem Sterbebett eingeweiht. Es war ihre erste richtige Operation nach Stalins Tod gewesen.

Im Herbst 1961, wenn mein Gedächtnis mich nicht täuscht, haben die ahnungslosen KGBler den falschen Stalin in einer Nacht-und-Nebel-Aktion in einen Holzsarg gelegt und in das Betongrab an der Kremlmauer überführt. Zu dieser Zeit lag der echte Führer längst in der Pyramide.«

»Ich verstehe trotzdem nicht, Genosse General, wozu der Orden seine Mumie unbedingt aufbewahren wollte. Sie war doch ein Risikofaktor. Der Raum könnte entdeckt werden, und die Ausgaben für die Konservierung müssen erheblich sein. Es wird ja auch diskutiert, endlich Lenin zu bestatten, nicht zuletzt weil ein ganzes Institut an seiner Erhaltung arbeitet und es im Staatsetat dafür gar keine Mittel gibt. Die Werktätigen bekommen monatelang keinen Lohn, sie hungern. Und was die Spezialisten angeht: Wie viele Menschen sind darüber informiert, wer hier in der

Pyramide ruht? Was, wenn jemand zu plaudern anfängt? Ich kriege das alles nicht unter einen Hut.«

»Aber bislang hat sich niemand verplappert. Der Orden wäre kein Orden, hätte er nicht seine Bräuche und Rituale.« Dawydows Stimme wurde hart und ungeduldig.

»Und trotzdem«, beharrte Gribojedow, »angenommen, sie brauchten tatsächlich ein Ritual.«

»Wir«, berichtigte Dawydow ihn schroff.

»*Wir*«, korrigierte sich Gribojedow. »Man kann es drehen und wenden, wie man will, das war doch eine Geheimorganisation und nicht irgendeine Satanisten-Sekte oder ein Vampir-Klub. Worin besteht denn der inhaltliche Kern der Arbeit, die konkrete Aufgabe?«

»Du hast nicht ganz unrecht. In der Tat lief der Orden Gefahr, sich allmählich in eine lächerliche Sekte ohne jeden Einfluss zu verwandeln, mit Stalin als einer Art Totem sozusagen. Eine ›Schwarze Bruderschaft‹ eben. Allerdings musste der Nachwuchs einsehen, dass die Organisation, der sie beitraten und für die sie womöglich mit ihren Leben bezahlen sollten, auf eine unanfechtbare Idee zurückgeht und ihre Bestimmung, ihre Traditionen und Rituale hat. An diesem Grab, entschieden die Gründungsväter, die sehr stolz auf die Rettung des Leichnams waren, werden die ›Novizen‹ in die Geheimnisse des Ordens eingeweiht, und diese Geheimnisse werden sie später künftigen Mitgliedern weiterreichen. Das unterirdische Stalin-Mausoleum ist ein Symbol für die Kontinuität des Ordens. Ich jedenfalls habe für mich die Entscheidung getroffen, nicht an dieser Tradition zu rütteln.«

»Und wenn der Orden, das heißt, wir …« Gribojedow war es peinlich, seine unbestreitbare Mitgliedschaft auszusprechen. »Also wenn wir an die Macht kämen, würde Stalin dann wieder oben im Mausoleum ausgestellt?«

»Eine interessante Frage, darüber habe ich noch nicht nachgedacht.«

»Genosse General, darf ich Ihnen eine letzte Frage stellen: Ist Botschkow auch ein Ordensmitglied?« Gribojedow wollte unbedingt alle Unklarheiten beseitigen. Oberst Iwan Botschkow saß seit einem Jahr in Untersuchungshaft. Er wurde beschuldigt, aus Rache für die Plünderung des sowjetischen Volkseigentums den Anschlag auf den Privatisierungsminister Anatolij Medun verübt zu haben. Die sollen bloß nicht so tun, hatte sich Gribojedow damals aufgeregt, als würden sie der Sowjetunion nachtrauern. All diese KGB-Leute, das hatte er in der Westgruppe selbst erlebt, verdienten sich bei diesem »Ausverkauf« doch eine goldene Nase. Sie verfügten längst über millionenschwere Offshore-Konten, von den hübschen Villen und Geländewagen ganz zu schweigen. Er glaubte nicht an den keuschen Zorn Botschkows. Doch dass er womöglich dem Orden angehörte, warf ein neues Licht auf das Attentat.

»Botschkow ist ein Vollidiot«, erwiderte Dawydow brüsk. »Aber wir holen ihn da raus, wir lassen unsere Mitglieder nicht hängen. Lass uns lieber von dir sprechen, darüber, wie du uns weiterhelfen kannst. Wir haben es etwas eilig, die anderen warten bereits.

Jetzt hör mal gut zu. Erinnerst du dich noch an unser letztes Gespräch, als du dich gewehrt hast, nach Wünsdorf geschickt zu werden? Du solltest irgendwann kapiert haben, dass wir dabei waren, die Perestroika vorzubereiten. Wir wussten, dass unsere Truppen aus Osteuropa abgezogen und die beiden deutschen Staaten wiedervereinigt würden. Das war eine tektonische Verschiebung. Ohne Verluste konnte das nicht über die Bühne gehen.

Nach der Reorganisation musste der *Wald* seine legalen Residenturen fast halbieren und das Personal entsprechend kürzen, von dem die Hälfte dann im Westen geblieben ist. Die Hälfte! Die Liste der Verräter kann sich sehen lassen, sage ich dir. Du gehörst ja auch in diese Statistik, mit Verlaub.«

Gribojedow hatte erwartet, dass seine Fahnenflucht zur Sprache kommen würde. »Genosse General«, erwiderte er bemüht ruhig, »Sie hatten mir einen DDR-Ausweis besorgt. Nachdem ich vergeblich auf ein Zeichen von Ihnen gewartet hatte, habe ich daraus meine Schlüsse gezogen. Wenn diese Entscheidung falsch gewesen ist, bin ich bereit, die Konsequenzen zu tragen.«

Dawydow schmunzelte: »Ich habe nicht gesagt, dass du falsch gehandelt hast. Deine Berichte über den Waffenhandel in der Westgruppe wurden sehr wohl zur Kenntnis genommen. Wir haben mit deiner Hilfe ein spannendes Dossier angelegt, eine Zeitbombe, sage ich dir. Ich sehe also nicht, weshalb du bestraft werden solltest.

Weißt du, die Situation ist eigentlich irre: Neben den dramatischen Kürzungen in der Aufklärung sind wir mit einer ausufernden Korruption konfrontiert. Und nicht nur beim FSB, der uns nur Knüppel zwischen die Beine wirft und sich auf Schritt und Tritt bloßstellt. Nach der Wende hat er Deutschland mit seinen Gopniks geradezu überflutet.

Das Übel besteht darin, dass das Auswahl- und Ausbildungssystem für Auslandsdienste zerstört ist. Man muss sich nur vorstellen: Der Nachwuchs wird aus Verwandten der Mitarbeiter rekrutiert. Schlimmer noch, es gibt bereits

Tarife für die besonders lukrativen Posten. Die Bewerber verschulden sich, um eine Stelle beim Geheimdienst zu ergattern, und sollen dann das Geld auftreiben. Grauenvoll! In Deutschland ist es aber nicht so einfach, eine lukrative Einkommensquelle zu finden, es sei denn im Drogen- oder Menschenhandel, in der organisierten Kriminalität also.

Allerdings sind diese ungelernten Gesellen, die über Beziehungen dorthin gelangt sind, absolut unfähig. Die sitzen sich höchstens beim Toleranzgipfel den Hintern platt, setzen Diskussionsteilnehmer der Böll-Stiftung auf die schwarze Liste oder schreiben Drohbriefe an deutsche Politiker, und das auch noch mit Fehlern: ›Solchen Dreck wie du wir noch beseitigen können‹. All diese Pseudoagenten sind keinen roten Heller wert.«

»Welche Aufgaben könnte ich in dieser Situation übernehmen?«, fragte Gribojedow verlegen.

Der General sah ihn prüfend an. »Welche Aufgaben?«, seufzte er. »Du bist ein hervorragend ausgebildeter Agent. Dank der Stasi ist es uns gelungen, in deutsche Wirtschaftskreise und damit in jene Sphären vorzudringen, in denen die Entscheidungen über Investitionen und den Verkauf der Aktiva getroffen werden. Nach der Auflösung der Stasi fanden deren Jungs Jobs bei Banken und gründeten eigene Firmen. Hieß einer deiner Partner nicht zufällig Mühling?«

Gribojedow nickte.

»Kurzum, diese ganze Meute, die nach der Wende rübergeschickt wurde, kann keinem einzigen Mitglied, sagen wir einer Lobbyistenorganisation wie dem Energierat, das Wasser reichen, von unseren Partnern in den Energiekonzernen und Banken ganz zu schweigen. Wir haben da in einer ganz legalen Position einen PR-Mann sitzen. Ein glühender Patriot Russlands. Man kann über diese Organisation alle für uns notwendigen Entscheidungen durchdrücken. Die Deutschen machen gern alles selbst und auf eigene Kosten. Bei all meiner Anhänglichkeit Deutschland gegenüber hätte ich früher nicht geglaubt, wie einfach man da an sensible Informationen kommen kann. Du verstehst, worauf ich hinauswill. Nimm es mir nicht übel: Ich bin fürs Erste dagegen, unsere wertvollen Kader da einzusetzen, wo man sie nicht sonderlich braucht.«

»Worin besteht denn mein Wert, wenn ich meine Fähigkeiten nicht anwenden kann? Es sieht fast so aus, als wäre ich im System überflüssig«, sagte Gribojedow verbittert. »Zumal ich drüben geblieben bin. Ich danke Ihnen, dass Sie Nachsicht haben mit meiner Entscheidung, in Berlin zu bleiben. Aber Sie sagten es: Nach allen Regeln des Geheimdiensts bin ich ein Verräter. Jetzt einmal ganz ehrlich: Ich verstehe nicht, warum Sie mich überhaupt in den Orden aufgenommen haben.«

»Wir leben in einer Zeit, in der zwei mal zwei nicht mehr vier ist. Es ist nicht immer sinnvoll, alten Regeln stupide zu folgen. Man muss flexibel sein. Du hast im Grunde nichts Falsches gemacht, unter den gegebenen Umständen. Das wird dir hoch angerechnet, glaub mir. Nun gilt es, an die Arbeit zurückzukehren und dem Vaterland die Schulden zurückzuzahlen. Und ausgerechnet in Russland gibt es gerade eine Unmenge Arbeit. Besonders prekär ist es mit der Kirche.

Früher waren mit der Kirche immer die perspektivlosesten Taugenichtse aus dem KGB beschäftigt. Die Mittelmäßigen. Wenn einer nichts schnallte, schickte man ihn ins Priesterseminar und dann in eine Pfarrei. Damals waren ja nur eine Handvoll Kirchen für Gottesdienste geöffnet, für deren Priesterstellen gab es also mehr als genug KGB-Kader. Inzwischen schießen wiedereröffnete Kirchen und Klöster wie Pilze aus dem Boden. Jeder, der nicht schuften will und nicht studieren kann, drängt ins Priesterseminar. Der FSB hat bereits die Kontrolle über sein Personal verloren, jetzt sind wir dabei, diesen Bereich zu übernehmen und die Wiedergeburt der Religion für unsere Zwecke zu lenken.

Unser junger Staat hat keine andere Ideologie außer der Orthodoxie, und wir wollen kein orthodoxes Warenlager und keinen Schmugglerverein unter dem Banner des Glaubens dulden. Die Tabak- und Wodka-Händler werden aus der Kirche vertrieben. Wir sind dabei, eine militante Kirche aufzubauen, eine Kirche mit Fäusten, wenn man so will, die eine Hüterin nationaler Werte sein könnte. Dafür müssen wir eine Jugend heranziehen, die an die Wahrheit des orthodoxen Weltbilds glaubt und zu einem Einsatz in unserem Interesse bereit wäre. Aus diesem Grund habe ich nach langem Abwägen beschlossen, dir den Aufbau der orthodoxen Volkswehr anzuvertrauen. Wir haben bislang einzelne lokale Initiativen unterstützt, aber es fehlt uns an ordentlichen Anführern, und auch die einfachen Mitglieder erinnern eher an die Insassen eines heruntergekommenen Obdachlosenheims. Das muss sich ändern. Ich kenne ein Kloster in Saraisk, das die Initiative ergriffen hat. Fahr da hin, um dich mit der Lage vertraut zu machen. Dort könntest du im Übrigen auch den Sprössling deines Kameraden unterbringen.«

Verwundert zog Gribojedow die Augenbrauen hoch.

»Iwan Drosdow, so heißt er doch, oder? Der gute Mensch

von Wünsdorf? In Saraisk sitzt als Vorsteher unser Verbindungsmann Vater Jewstafij. Wir haben ihn abgeworben, nominell ist er aber nach wie vor beim FSB. Schließlich muss er von irgendwoher ein offizielles Gehalt kriegen. Jewstafij betreibt in seinem Kloster eine militärisch-patriotische Kadettenschule, das ist jetzt unser Pilotprojekt. Bring ihm den Jungen. Man wird ihm das Kleberschnüffeln schon austreiben.«

Gribojedow blieb ihm eine Antwort schuldig. Der General war wirklich allgegenwärtig.

»Genosse General, was soll ich denn mit meiner Firma machen? Verkaufen?«

»Wieso verkaufen? Alle unsere Mitglieder sind Geschäftsleute. Das ist übrigens eine der Bedingungen für die Aufnahme in den Orden. Wenn du an nichts teilhast und nichts verdienst, beeinflusst du nichts. Jeder bringt ein Zehntel seines Gewinns in die Gemeinschaftskasse ein. Es gibt aber auch Fälle, in denen Extramittel gesammelt werden, für dringende Erfordernisse. Die Regel ist transparent und gerecht. Zum Beispiel Botschkow – weißt du eigentlich, was es kostet, die Staatsanwaltschaft und den Richter zu schmieren? Wir zahlen ja kein Gehalt wie die beim FSB, wir arbeiten für die Zukunft. Kommen wir an die Macht, dann wird die Dividende gezahlt.«

Der General schloss die verrostete Tür auf, und sie machten sich auf den Rückweg an die Erdoberfläche. Gribojedow war sich sicher, dass sie jetzt einen anderen, längeren Weg nahmen. Nach einer Viertelstunde fanden sie sich im Erdgeschoss der Empire-Villa wieder. In der Aula herrschte Stimmengewirr, und im Foyer liefen aufgeregt Kellner hin und her. Gribojedow verspürte mit einem Mal den Wunsch, sich davonzuschleichen und im abendlichen Straßengetümmel in der Menschenmenge unterzutauchen. Aber er riss sich zusammen und trat festen Schritts in die Aula. Gut, dass Dawydow kein Wolf Messing ist, schoss es ihm durch den Kopf.

In der Aula hatten sich bereits etwa fünfzig Personen eingefunden. In einigen von ihnen erkannte er seine einstigen Lehrer, und zwei respektable Gesellen in Armani-Anzügen entpuppten sich als seine ehemaligen Kommilitonen aus dem Nahost-Referat. Dawydow schlug eine Gabel gegen sein Glas. Das Stimmengewirr verstummte.

»Verehrte Herren und Genossen«, wandte er sich an die Anwesenden, »hiermit erkläre ich unsere Jahresversammlung, die wir nahezu ohne Verluste, dafür mit einigen Erfolgen begehen dürfen, für eröffnet. Wie immer werden wir heute nicht über die konkrete Arbeit reden, sondern über unsere, wenn man so will, ideologische Agenda. Wie wir uns vergewissern konnten, verstehen nicht alle unser Ziel richtig, und einige preschen vor, um sozusagen individuelle Heldentaten zu vollbringen, den Reichstag zu stürmen ...«

Im Saal erhob sich ein billigendes Raunen, an den Rändern Gelächter.

»... und damit unsere Tätigkeit objektiv zu gefährden. Dabei sind uns Ungeduld und Intoleranz fremd.

Uns gibt es nicht das erste Jahr, wir haben mehrere Generalsekretäre überlebt, und wir werden auch den gegenwärtigen Clown überstehen und hoffen, bald einen würdigen Führer für unsere gequälte, erniedrigte Heimat einsetzen zu können. Jedenfalls arbeiten wir mit Nachdruck daran. In unserm Land herrscht die sogenannte Demokratie. Aber die Macht des Volkes ist eine Fiktion. Das Volk war immer Lichtjahre entfernt von der Macht und steht ihr bis heute gleichgültig gegenüber, was zuerst 1991 und erneut 1993 offenbar wurde. Das Volk hatte die Putschisten zwar nicht unterstützt, nahm jedoch die gewaltsame Auflösung des ersten freigewählten Parlaments hin. Das Problem besteht nicht in der Herrschaft des Volkes, sondern darin, dass die Elite national orientiert werden muss, um ein nationales Projekt der Modernisierung umsetzen zu können, dass die Bourgeoisie und die politische Führung die Interessen des Staates vertritt und nicht die der Feinde unseres Staates.

Die ewig gestrigen Kommunisten versprechen der Bevölkerung die Enteignung der Oligarchen und die Rückgabe ihrer Reichtümer ans Volk. Wir dagegen glauben, dass es falsch wäre, den Massen den Grund und die Bodenschätze zu überlassen. Das Volk schert sich nicht um diese Form des Besitzes. Es würde ihn sich nicht nutzbar machen können, und die Reichtümer fielen wieder in die Hände von ausländischen Konzernen und Oligarchen. Das Volk will für seine Arbeit lediglich anständig bezahlt werden.

Liebe Mitstreiter, ich will offen zu euch sein, weil ich weiß, dass unsere Ansichten und Ziele übereinstimmen. Russland sollte wieder eine Standesgesellschaft werden. Der russische Mensch kann, wovon wir abermals erschüttert Zeuge wurden, mit der Freiheit nicht umgehen. Seine Freiheit heißt: sich besinnungslos zu besaufen und Schlägereien anzuzetteln. Damit ist wahrhaftig kein Staat zu machen.

Der einfache Russe sollte deshalb eine richtige Führung bekommen, eine verantwortungsbewusste Elite, die ihm den Weg leuchtet. Andernfalls geht unser geliebtes Russland unter wie Atlantis, und unsere Kinder werden wie heimatlose Gesellen über die ganze Welt verstreut.

Das Privateigentum – das ist die Aufgabe für die kommenden Jahre – muss den Oligarchen, die es sich illegal unter den Nagel gerissen haben, wieder entrissen und in den Händen national denkender Unternehmer und Banker konzentriert werden, die bereit sind, der Expansion ausländischen Kapitals nach Russland Einhalt zu gebieten und die Souveränität der nationalen Wirtschaft zu gewährleisten ...

Es ist heutzutage üblich geworden, sich über die Vorstellung eines Sonderwegs Russlands zu mokieren. In der Tat sehen wir aber nichts als den Bankrott prowestlicher Orientierung und den Hass der Bevölkerung gegen das, was westliche Demokratie genannt wird. Deshalb gilt es für Russland, einen anderen Weg einzuschlagen. Der ist zwar noch nicht asphaltiert, wenn ich mir diese Metapher erlauben darf, und bricht sich noch kaum eine Schneise durch ein wildes, von Unkraut befallenes Feld. Aber gemeinsam werden wir diesen Weg freilegen.

Ich bin überzeugt – andernfalls könnte ich euch nicht in die Augen schauen –, dass wir unser Ziel durch selbstlose Arbeit erreichen werden.

Verehrte Kollegen! Ich blicke in eure Gesichter und sehe hochstirnige Intellektuelle, breitschultrige, verwitterte Männer aus den Sondereinheiten, zurückhaltende Offiziere der Gegenaufklärung. Ihr habt wenig gemein, aber es gibt eine sehr spezielle Eigenschaft, die euch alle vereint: das Gefühl für unbedingte Dienstpflicht. Ihr seid unser neuer Adel!«

Applaus brandete auf.

»Und nun lade ich euch herzlich auf einen geselligen Abend ein.«

Gribojedow verspürte Erleichterung, als der General seine wohltuend kurze Rede beendet hatte. »Na gut«, dachte er, »was ist daran so besonders, dass Dawydow fast wortwörtlich meine Gedanken wiederholte? Letztendlich gehören wir einer Organisation an und sind Gesinnungsgenossen.« Dann bemerkte er, wie ein »Afghane« ihn einladend an seinen Tisch winkte.

AUSFLUG NACH GOLGATHA

Tag für Tag machte Iwan Drosdow ein weiteres Kreuz auf seinem Wandkalender. Als nach drei Monaten immer noch keine Antwort von Gribojedow eingetroffen war, begann seine Hoffnung zu schwinden. Womöglich wohnte er ja nicht mehr unter dieser Adresse. Vielleicht wollte er aber auch mit dem armen Schlucker Iwan, der sich nicht an die neuen Zeiten anpassen konnte, nichts zu tun haben.

Koljan kam inzwischen nur noch selten nach Hause, und es wurde immer deutlicher, dass er nicht einmal die mittlere Reife schaffen würde. Langsam stieg in Iwan Wut auf – auf Gribojedow, auf Swetka und ihren Chinesen, auf Koljan und auf sein eigenes verpfuschtes Leben.

Anfang April, als der Ural von den ersten milden Frühlingstagen überrascht wurde, kam Iwan von seinem Wachdienst zurück, schaute finster auf den Kalender und riss ihn von der Wand. Drei Monate waren vergangen, seit er Gribojedow geschrieben hatte. Doch der Major hatte sich nicht gemeldet. Immer heftiger nagte der Gedanke an Iwan, dass er, sollte Koljan vollständig abrutschen und wegen seiner Dealereien in der Strafkolonie landen, seinem Leben ein Ende setzen würde. Noch aber war es nicht so weit, und er ging hinunter in den Hof, um mit den Alten beim Dominospiel die Zeit totzuschlagen. Als die Steine schon ausgeteilt waren, schrie ihm eine Nachbarin vom Balkon aus zu: »Iwan, du hast Besuch!«

Iwan fluchte. Er konnte sich schon denken, welche ungebetenen Gäste ihn erwarteten. Es wäre jedenfalls nicht das erste Mal, dass diese beiden blöden Kühe vom Jugendamt ihn auf seine väterlichen Pflichten hinwiesen.

Doch dann sah er im schmutzigen, nach Urin stinkenden Treppenhaus einen Mann im grauen Mantel am Geländer lehnen. Iwans Knie wurden weich.

»Nikolaj Nikolajewitsch! Genosse Major!«

Die Männer umarmten sich und gingen nach oben.

»Hier wohnst du also.«

Iwan konnte seine Aufregung kaum zügeln. Dem Anschein nach musste der Major in der Zwischenzeit sehr einflussreich geworden sein. Sein Mantel war ein ausländisches Fabrikat, er trug eine teure Uhr, und als er aus einem silbernen Etui einen dünnen Zigarillo zog, war Iwan gänzlich eingeschüchtert.

Den Brief, entschuldigte sich Gribojedow, habe er erst vor Kurzem erhalten, weil er im Ausland gewesen sei. Doch nun habe er eine Ausbildungsmöglichkeit für Koljan gefunden. Sein Plan sei, den Jungen auf einer Kadettenschule unweit von Moskau unterzubringen, wo er Disziplin lernen und das Schulpensum nachholen würde. Anschließend gebe es die Aussicht, eine Offiziersschule zu besuchen oder eine andere Ausbildung zu beginnen.

Iwan war wie von Sinnen. Er konnte es einfach nicht fassen, dass sich der Genosse Major tatsächlich seines Sohnes annehmen wollte. Er weinte, sprang vom zerdrückten Sofa auf, zündete seine Papirossi an und drückte sie gleich wieder aus. Die Worte der Dankbarkeit blieben ihm aber im Hals stecken, denn er spürte, wie seine unterwürfigen Gesten Gribojedow lästig wurden.

»Und wo«, fragte Gribojedow, durchs Fenster auf den toten Kamin des Zellulosekombinats blickend, »steckt nun der missratene Sohn?«

»Ich weiß es nicht, er übernachtet kaum noch zu Hause«, erwiderte Iwan.

»Na schön. Ich habe nicht allzu viel Zeit und werde mich am besten gleich auf die Suche nach ihm machen.«

»Abends ist es bei uns aber sehr unsicher, geben Sie nur acht, Genosse Major, Sie sind fremd hier, und das Gesindel könnte Sie überfallen.«

Gribojedow schmunzelte, zog eine Makarow aus der Manteltasche und lud sie demonstrativ durch. Ohne sich zu verabschieden verließ er die Wohnung.

Die graue Siedlung war wie ausgestorben. Gribojedow bog zum Leninplatz ein, auf dem das heruntergekommene Gebäude der Administration stand. Ein kleiner, verwitterter Lenin mit abgebrochenen Ohren zeigte mit seinem Handstumpf auf ein wirres Gestrüpp – eine Mischung aus Müllhalde und verwahrloster Parkanlage. Durch die dürren Zweige drang der Schein eines Lagerfeuers.

Gribojedow ging darauf zu, ahnend, dass dort die einheimische Jugend ihre Zeit totschlug. Vorsichtig bewegte er sich über den feuchten, aufgeweichten Grund und duckte sich hinter eine Tanne. Er zählte sechs etwa Vierzehn- bis Siebzehnjährige, die mit Wodkaflaschen in der Hand auf Holzbalken um das Lagerfeuer herumsaßen. Sie wieherten vor Lachen. Sie redeten über Mädchen. Sie prahlten voreinander damit, wie oft jeder von ihnen ihr schon »den Arsch aufgerissen« hätte, und sie benutzten dabei Ausdrücke, die Gribojedow schon beim Militär nicht hatte ausstehen können.

»Hallo, Jungs«, sagte er und trat aus dem Schatten ans Lagerfeuer. »Ist ein gewisser Koljan Drosdow hier? Er lässt sich daheim nicht mehr blicken. Und das bekümmert seinen Vater sehr.«

Die blassen, angetrunkenen Jugendlichen sprangen auf und starrten den elegant gekleideten Mann an. Der Älteste unter ihnen, der seinem Aussehen nach schon Knasterfahrung hatte, griff blitzschnell nach einer Eisenstange und ging in Angriffsstellung.

»Schau mal an, Besuch. Ein richtiger Saubermann in unserem Revier!«

Der Junge bereitete sich darauf vor, seinem Opfer sämtliche Knochen zu brechen, doch Gribojedow steckte demonstrativ die Hand in die Manteltasche. Diese Bewegung hatte auf den Jungen eine magische Wirkung. Er ließ die Stange fallen, kreischte: »Der Boss!«, und stürzte sich ins Gebüsch. Ein paar der älteren Jungs folgten ihm. Der restliche kriminelle Nachwuchs begriff, dass mit dem Mann im grauen Mantel nicht zu spaßen war. Ihr Anführer hatte ihn offensichtlich für den Kopf einer der Banden gehalten, welche die Gegend kontrollierten, also für einen, der jeden abknallen konnte, der sich Grobheiten erlaubte. Koljan war sitzen geblieben und zitterte. Dass sein Vater diesen Mafiatypen nach ihm geschickt haben sollte, war so gut wie ausgeschlossen. Aber die Stimme!

»So, Koljan, steh auf«, befahl der Mann ungeduldig.

Obwohl er Gribojedow noch nicht erkannt hatte, begriff Koljan in diesem Augenblick, dass er sich von seinem alten Leben würde verabschieden müssen. Dieser Mann war aus einer anderen Welt gekommen und würde ihn dorthin mitnehmen, ihm sagen, wo es langging. Koljan zitterte vor Aufregung, verspürte zugleich aber eine große Erleichterung. Ihm war, als sähe er nach langem Herumtappen in einem dunklen, stinkenden Keller endlich wieder den freien Himmel, als würden ihm Flügel aus den Schultern wachsen. Koljan erhob sich und ging auf den Fremden zu.

Den ganzen Weg vom Bahnhof hatte der Bursche gepennt. Als Gribojedow ihn wachrüttelte, stand das Taxi vor dem Tor einer von Betonmauern umgebenen Anlage. Am Eingang saß in einem Wachhäuschen ein Soldat. Gribojedow sprach kurz mit ihm, und das schwere Tor öffnete sich. Auf dem Gelände fiel Koljans Blick als Erstes auf eine massive Kirche mit Glockenturm. Entlang der Mauer sah er mehrere weiß verputzte zweistöckige Häuser mit vergitterten Fenstern stehen. Koljan war erstaunt, schließlich hatte er eine Kadettenschule und kein Kloster erwartet. Bisher war er nur ein einziges Mal in einer Kirche gewesen und hatte nur alte Omas und Penner gesehen. Er hatte sich damals hinter einer Säule versteckt und mit dem Beginn der Messe hinausgestohlen. Vom Weihrauchgeruch war ihm übel geworden. Jetzt war er verwirrt.

Der Major unterhielt sich unterdessen mit einem Popen im Leibrock, der während des Gesprächs zu Koljan hinüberschielte und zustimmend nickte. Auf dem Gelände herrschte reges Treiben. An der Kirche führten Maurer Instandsetzungsarbeiten durch, und Kadetten unterschiedlichen Alters in Khaki-Uniformen huschten hin und her. Die einen sahen aus wie Grundschüler, bei den anderen sprossen bereits erste Barthaare.

Gribojedow winkte Koljan heran.

»Nun, Koljan, du bleibst vorerst hier, man wird dir deinen Schlafplatz zeigen.«

»Warum sind wir in einem Kloster?«, traute sich Koljan zu fragen. »Ist das hier die Kadettenschule?«

Gribojedow lächelte. »Die Kadettenschule befindet sich in den Räumen des Klosters. Die Kadetten lernen den Glauben und bereiten sich auf den Dienst am Vaterland vor und an Gott. Also, sei brav und gehorche deinen Lehrern. Irgendwann wirst du von mir hören.«

Er tätschelte ihm die Wange. Der Vorsteher gab einem soldatisch gekleideten Kerl ein Zeichen, der daraufhin Koljans Rucksack schulterte und ihn in ein frisch gestrichenes Gebäude führte, das als Kadettenwohnheim diente. Der schweigsame Typ zeigte ihm das Dormitorium, in dem sich dicht an dicht Doppelstockpritschen reihten. Man wies ihm ein Etagenbett zu, wo er auf der oberen Pritsche sein Lager beziehen sollte. Er setzte sich auf die untere Matratze, ihm war zum Heulen zumute.

Gribojedow folgte dem Vorsteher in dessen Büro. Auf dem Schreibtisch stand ein großer Monitor, um ihn herum lagen Stapel von Briefen und Rechnungen. In einer dunklen Ecke blieb Gribojedows Blick an einer Ikone hängen, die vom unruhig flackernden Kerzenlicht eher verschattet als beleuchtet wurde. Gribojedow trat heran, um das Bild näher zu betrachten. Die Gestalt in der Mitte, die von einer Heiligen mit Dreifingerkreuz gesegnet wurde, kam ihm vertraut vor. Und tatsächlich entpuppte sich der Gesegnete als Stalin im Generalissimusmantel. Verwundert sah er Jewstafij an.

»Die habe ich selbst gemalt«, kicherte er. »Gut, nicht

wahr? Ich gebe sie demnächst in eine Ikonenwerkstatt, und dann werden Kopien davon in vielen Kirchen zur Anbetung aufgestellt. Wir wollen beim Patriarchat auch beantragen, den Genossen Stalin heiligzusprechen.«

Stalin als Ikone, als Heiliger? Das ging ihm entschieden zu weit. Gribojedow verkniff sich jedoch einen Kommentar. Alles hier war ihm fremd, und er spürte, dass Jewstafij sein Unbehagen nicht entgangen war und ihn kalt und distanziert ansah.

Schweigend begleitete ihn der Vorsteher zum Ausgang.

Eilig ging Gribojedow durch das Tor, stieg ins Taxi und fuhr zurück durch die kahle Feldlandschaft, über der kreischende Raben kreisten. Er war froh, Koljan los zu sein. Iwans Sohn war ein stumpfsinniger Kerl, davon hatte er sich schon während des Flugs aus Jekaterinburg überzeugt. Der Junge hatte sich auf keinerlei Gespräch eingelassen. Auf Fragen hatte er mit einem verängstigten Stottern reagiert und nur einsilbige Antworten herausgebracht.

Gribojedow hatte nicht vor, sich weiterhin um Koljan zu kümmern. Er betrachtete seine wohltätige Aktion als Gelegenheit, über den Sinn der ihm von Dawydow anvertrauten Aufgabe nachzudenken. Er sah sich immer noch nicht so recht als Betreuer der orthodoxen Kampfeinheiten. Als hätte der Orden nicht genügend andere Mitglieder, die die Kirche schon unter den Kommunisten gesteuert hatten, sich mit den orthodoxen Ritualen und der Lehre auskannten und mit den Geistlichen sozusagen ein Herz und eine Seele waren.

Der heruntergekommene Bahnhofsplatz war bis auf zwei Penner, die leere Wodkaflaschen einsammelten, wie ausgestorben. Der schmutzige Boden des Wartesaals war mit Schalen von Sonnenblumenkernen und getrockneter Spucke übersät, und hinter dem Kassenschalter stierte ein abgezehrtes, blondiertes Weib finster an ihm vorbei. Ein passender Ort für so ein Wesen, noch dazu mit einem sprechenden Namen: Saraisk, jenseits des Paradieses. Der Anblick solcher heruntergekommener Käffer, die schon gleich hinter Moskau zu finden waren, ließen ihn den Glauben an sein Vaterland verlieren, die Zuversicht, dass es Russland jemals gelingen würde, sich von den Knien zu erheben und seinen Platz unter den Weltmächten zurückzugewinnen. Saraisk machte Gribojedow schwermütig, und er hatte bereits Heimweh nach seiner Berliner Firma, nach dem Klub und dem kleinen Biergarten am Landwehrkanal, in dem er nach einem hektischen Tag oft ausspannte, sich ein Hefeweizen bestellte, einen Zigarillo anzündete und lange aufs Wasser blickte, wo sich grau in grau Berliner Fassaden widerspiegelten.

Es dämmerte und die Glocken läuteten. Koljan hockte noch immer auf seiner Pritsche, sein Magen knurrte. Schließlich wagte er sich aus dem Schlafsaal und ging nach draußen. Oben auf dem Turm zog ein Glöckner in Mönchskutte die Seile der Glocken. Koljan dachte, dass es nicht übel wäre, selbst da oben zu stehen und mit den Klöppeln so einen schönen Klang zu erzeugen. Erstaunt stellte er fest, dass er die Töne genau unterscheiden konnte, und er versuchte, nach dem Geläut zu pfeifen. Dann summte er eine Variation der Melodie und lachte glücklich auf.

»Drosdow!«, rief ihm der vorbeieilende Vorsteher zu. »Wo bleibst du denn, geh mit den anderen zum Abendessen!«

Koljan folgte ihm ins Refektorium. An den Tischen saßen schweigend die Knaben, kauten trockenes Brot und löffelten eine dünne Suppe. Niemand nahm Notiz von dem Neuling. Nach dem Essen gingen alle zum Abendgottesdienst. Koljan versteckte sich hinter einer Säule, in der Hoffnung, sich, sobald es laut werden würde, davonstehlen zu können. Doch als er sich umdrehte, sah er an der Tür einen Diensthabenden in Uniform stehen, der ihn grimmig anstarrte. Koljan bekreuzigte sich für alle Fälle und kniete sich hin. Die Vesper zog sich ewig in die Länge. Endlich setzte erneut Glockengeläut ein, der Vorsteher schritt mit dem Weihrauchfass durch das Kirchenschiff, und die Kadetten strömten ins Dormitorium. Unter die Pritsche, die Koljan zugewiesen worden war, warf sich ein kleiner, schwarzhaariger Junge, dem Alter nach noch ein Grundschüler. Koljan sah auf ihn hinab.

»Ich bin Borjka Goldin«, stellte sich der Junge vor. »Und du?«

»Koljan. Bist du schon lange hier?«

»Seit vorigem Jahr. Davor hab ich in der Stadt gewohnt, bei Verwandten. Meine Mamuka ist letztes Jahr an Krebs gestorben.«

»Und warum hat man dich hier eingesperrt?«

»Sie sind abgehauen und haben die Wohnung verkauft.«

»Wohin abgehauen?«

»Nach Amerika.«

»Und warum haben sie dich nicht mitgenommen?«

»Was hätten sie mit mir anstellen sollen? Am Anfang haben sie mich noch adoptieren wollen, aber dann ist die Einladung aus Amerika gekommen, und sie haben es nicht mehr geschafft. Also haben sie mich hierhergebracht. Sie haben gesagt: ›Wenn du erwachsen bist, kommst du zu uns, wir helfen dir, irgendwo unterzukommen.‹ Ich werde aber nicht groß werden.«

»Warum das denn?«, fragte Koljan.

»Weil ich bald sterbe.«

Der Ordner rief zur Nachtruhe. Im Saal ging das Licht aus, und die lärmenden Kinder wurden allmählich ruhig.

Koljan lehnte sich aus seiner Pritsche und flüsterte: »Hör mal, Borjka, was hast du dir denn da ausgedacht?« Aber Borjka atmete bereits regelmäßig unter der Decke.

Ein höllischer Schmerz riss Koljan aus dem Schlaf, es fühlte sich an, als würde sein Körper in zwei Hälften geteilt. Vor sich sah er einen Kerl mit einer Eisenstange stehen.

»Hallo, du Scheißneuling! Ich bin der Boss hier, der Großvater, klaro? Ich bin Arkan, willkommen in unserer kleinen Strafeinheit. Du bist ja Neuling, also herzlichen Glückwunsch zur Taufe. Wenn du aufmüpfig wirst, kriegst du noch eins drauf. Wenn du aber artig bist, erhebe ich dich zu meinem Diener. Und du, Judchen, heul nicht«, sagte Arkan und versetzte dem schluchzenden Borjka mit dem Eisenstock einen Stich in die Seite. Das also hatte Borjka gemeint, als er sagte, dass er nicht alt werden würde.

Die Kadetten mussten Arkans Bett machen, seine Hausaufgaben erledigen, an seiner Stelle die Böden der Kirche schrubben und ihm die wenigen erbärmlichen Groschen aushändigen, die ihnen von ihren liebenden Müttern zugesteckt wurden. Am Sonntagabend schließlich, nachdem die erschöpften Kinder aus der Kirche kamen, veranstaltete Arkan seine Schwarzen Messen.

Dafür zog er eine schwarze Kutte mit Kapuze über, zündete eine Kerze an und wanderte durch den Saal, bis er am Bett eines Jungen, der seinen Tribut nicht hatte leisten können, stehen blieb. Er riss dem zitternden Geschöpf die Decke weg und wies seine Handlanger, zwei debile Vierzehnjährige, an, es in die Ecke mit dem Kruzifix zu bringen. Während Arkan sein Opfer vergewaltigte, hielt einer der Burschen es fest und hinderte es am Schreien, während der andere an der Tür Schmiere stand. Manchmal erlaubte Arkan auch seinen Schergen, selbst ihren Spaß zu haben, doch in der Regel hatten sie keine Lust dazu, zumal das Opfer mit Blut und Kot verschmiert war.

Koljan bemühte sich anfangs, sich von dem Wüstling fernzuhalten. Doch schon binnen einer Woche zwang Arkan ihn, einen säumigen Zahler festzuhalten, und Koljan brachte es nicht fertig, nein zu sagen.

Tatsächlich waren Arkans Schweinereien nichts wirklich Neues für ihn, hatten sie doch in Wolfsloch dasselbe mit Mädchen getrieben. Damals war es geil gewesen. Aber das, was Arkan veranstaltete, war nicht mehr geil.

Sich selbst an den Kleinen zu vergreifen, die vor Angst und Schmerz winselten und um Gnade bettelten, hatte er keine Lust. Sein Schwanz – der zweitgrößte in der Wolfsloch-Gang – machte schlapp. Zum Glück hatte Arkan diese Peinlichkeit noch nicht bemerkt, aber Koljan fürchtete schon die Nacht, in der er ihm die Hosen runterzog, ihn in den Arsch fickte und zum »Hahn« machte. Im Knast, das wusste er von seinen Kumpeln, mussten diese »Hähne« am nächsten an der Latrine schlafen und sie für alle reinigen. Dieses Ritual stand ihm bevor, so viel war sicher.

Als Koljan begann, Arkan zu dienen, hörte Borjka auf,

mit ihm zu sprechen. Wenn Koljan auf seine Pritsche kletterte, kehrte er ihm den Rücken zu und zog sich den zerschlissenen Bettbezug über den Kopf. Borjka wurde nicht allein von Arkan drangsaliert, sondern von allen Schülern, auch von jenen, die Arkan misshandelte. Sie pflegten nachts an sein Bett zu schleichen, ihm die Decke wegzureißen und zu skandieren: »Zeig den Schwanz, zeig den Schwanz, beschnitten, beschnitten!« Er heulte auf und stürzte sich mit den Fäusten auf sie, und die Meute lachte sich halb kaputt über den kleinen Krieger.

Arkan drohte ihm: »Du hast Christus gekreuzigt, dich werd ich noch vor Himmelfahrt in den Arsch ficken, du Opfer!«

Einerseits wunderte sich Koljan, dass die Mönche und Erzieher die Augen so konsequent vor dem verschlossen, was sich im Schlafsaal abspielte. Die Kleinen weinten oft, machten ins Bett und schliefen im Unterricht vor Erschöpfung ein. Andererseits konnte Koljan gut nachvollziehen, dass niemand Arkan verpfiff.

Der elfjährige Borjka Goldin war fest entschlossen, eher zu sterben, als sich von Arkan ficken zu lassen. Der Junge dachte unentwegt über seine Rache an Arkan nach. Eigentlich hätte er sich darüber gerne mit jemandem beraten. Aber nachdem der neue Kadett Koljan Drosdow sich widerstandslos auf Arkans Seite geschlagen hatte, traute er keinem mehr.

»Solche Bestien«, sagte sich der Junge, »verdienen es nicht, zu leben. Wenn ich sowieso sterben muss, nehme ich das Schwein lieber mit.« Doch Borjka besaß lediglich ein kleines Taschenmesser, wie er an eine richtige Waffe kommen könnte, wusste er nicht.

Auf einem bewaldeten Hügel in der Nähe des Klosters waren im Vorjahr menschliche Überreste gefunden worden. Alle ausgegrabenen Schädel wiesen kleine Löcher im Genick auf. Der Vorsteher hatte ihnen erklärt, es handele sich dabei um Mönche, die von der gottlosen Macht hingerichtet worden seien, weil sie die Kirchenschätze nicht herausgerückt und erbitterten Widerstand geleistet hatten. Sie seien als Märtyrer gestorben und gehörten heiliggesprochen. Das Kloster stellte am Fundort ein hölzernes Kreuz zum Andenken an diese Märtyrer auf, und der Hügel hieß von da an Golgatha. Borjka kannte ihn wie das Vaterunser.

Als der Schnee geschmolzen war, hob er dort eine Höhle aus, in der er sich vor den Schikanen seiner Kameraden in Sicherheit brachte, an seine verstorbene Mutter mit ihren weichen, nach Zimt duftenden Händen dachte und von seiner Flucht nach Amerika träumte. In einer Nacht kam ihm plötzlich die Idee. Eine Woche lang stahl er sich täglich zum Golgatha hinauf und schnitzte aus Haselnusszweigen Pfeil und Bogen und versteckte sie in seiner Höhle. Er wollte Arkan erzählen, er habe auf Golgatha einen von den Mönchen vergrabenen Schatz gefunden, den er mit ihm teilen wolle, wenn Arkan ihm dafür verspreche, ihn nicht mehr anzurühren.

Sein Plan ging auf. Der gierige Arkan glaubte ihm auf der Stelle. So nahmen sie nach dem Mittagessen eine Schaufel und schlichen sich in den Wald. Während Arkan in der feuchten Erde nach dem Schatz grub, holte Borjka Pfeil und Bogen aus seiner Höhle. Er war kein kräftiger Junge, und ihm wurde vor Angst schwarz vor Augen. Mit zitternder Hand spannte er den Bogen und schoss einen Pfeil auf seinen Peiniger ab. Der traf ihn jedoch lediglich am Oberschenkel. Jaulend stürzte Arkan ins Kloster zurück und schrie, Borjka habe ihn umbringen wollen. Binnen einer Viertelstunde wurde Borjka von aufgebrachten Erziehern auf dem Golgatha aufgegriffen, gezüchtigt und in den Karzer gesteckt.

»Du Otternbrut, du Judensau! In der Strafkolonie sehnt man sich schon nach dir, den Rest deines Lebens wirst du im Lager verbringen«, hatte ihm der Vorsteher gedroht.

Und Borjka hatte ihm sofort geglaubt, dass man ihn jetzt in ein Straflager für minderjährige Kriminelle stecken würde, wo lauter Typen wie Arkan einsaßen. Die würden ihn noch schlimmer drangsalieren, und er würde eines langsamen, qualvollen Todes sterben. In der kalten Zelle schien die Zeit stillzustehen. Als Borjka nicht mehr weinen konnte, fing er an zu grübeln. »Warum«, fragte er sich, »ist der Vorsteher, der immer Liebe und Vergebung predigt, so herzlos und böse? Glaubt er nicht an Christus? Ist sein Leibrock nur Tarnung?«

Im Kloster hatte er die Erfahrung machen müssen, dass viele Gläubige und Betende ihre Nächsten mitnichten liebten, sondern vielmehr hassten. Jedes Mal, wenn sie das Vaterunser herunterbeteten, dachte er daran. Ihn selbst hassten sie als Juden, obwohl er getauft war. Borjka wollte Jesus, der in der Zellenecke am Kreuz hing, unbedingt darüber aufklären, dass er an seinen Gefolgsleuten einiges auszusetzen hatte. Er sollte endlich kapieren, dass sie ihn betrogen und in seinem Namen andere Menschen quälten. Aber wie musste es sein, die bittere Wahrheit zu erfahren, wenn man selbst gerade gequält wurde und vielleicht gar nicht mehr bei Sinnen war? Am Ende würde ihm Jesus nur dummes Zeug antworten und sogar seine eigenen Gebote verraten. Doch zu gerne hätte Borjka von dem ausgemergelten Mann, der da angenagelt hing und blutete, erfahren, warum man auch Bestien wie Arkan vergeben musste, warum der Gekreuzigte meinte, dass man sie trotzdem lieben sollte. Würde er Arkan selbst dann erlösen, wenn dieser ihn, Gottes Sohn, höchstpersönlich in den Arsch gefickt hätte? Die Antwort kannte Borjka, und sie war so ungerecht, dass der Knabe auf das Kruzifix einschlug, sodass es zu Boden fiel.

Noch in der gleichen Nacht knüpfte Borjka seinen Gürtel ans Fensterkreuz, steckte den Kopf in die Schlinge und stieß den Hocker unter seinen Füßen weg.

Am nächsten Morgen schwärmte die Miliz im Kloster aus. Man ließ die Kadetten nicht Abschied von Borjka nehmen, sie konnten lediglich einen Blick auf den schwarzen Plastiksack erhaschen, in dem sein toter Körper in den Leichenwagen geschoben wurde. Der Vorsteher schwitzte vor Angst: Gerade hatte er erfahren, dass sich möglicherweise Journalisten ins Kloster eingeschlichen hatten und versuchen könnten, die Schüler und Mönche auszufragen. Dann wäre der Skandal nicht mehr zu vertuschen.

In der Nacht nach Borjkas Tod herrschte im Schlafsaal Friedhofsruhe. Die Kinder verhielten sich still und wurden auch nicht von Arkan behelligt, der so tat, als läge er in den letzten Zügen.

Am nächsten Morgen kam ein Ermittler in die Klasse. Er fragte, ob jemand wisse, warum Borjka Arkan hätte umbringen wollen. Doch die Kadetten saßen mucksmäuschenstill mit gesenkten Blicken da.

»Na schön.« Der Beamte war nicht sonderlich verwundert. »Wenn ihr so nicht reden wollt, werdet ihr eben einzeln verhört.«

Der Unterricht an diesem Tag fiel aus. Die Befragung fand im Büro des Vorstehers statt. Koljan war als Dritter an der Reihe.

Anfangs schien der Ermittler an den Umständen von Borjkas Tod überhaupt nicht interessiert zu sein. Stattdessen fragte er Koljan über seine familiären Verhältnisse aus: Wo er geboren und warum er von so weit her ausgerechnet in dieser Kadettenschule gelandet war. Koljan erzählte ihm von dem Major, der mit seinem Vater in Deutschland gedient und ihn hergebracht hatte. Weil sein Vater meinte, er, Koljan, wäre sonst straffällig geworden und in der Zone gelandet.

Der Beamte grinste. »In der Zone, sagst du?« Es schien ihm noch etwas auf der Zunge zu liegen, aber er erhob sich vom Stuhl, trat vor Koljan und sah ihm direkt in die Augen. »Warum hat Goldin auf Arkan geschossen?«

»Keine Ahnung.«

»Haben sie sich gestritten?«

»Nein, aber Arkan hat Borjka als Judchen beschimpft und gesagt, er hätte Christus gekreuzigt. Das haben alle anderen aber auch gemacht.«

»Und was noch?«

»Nichts. Nur, dass sie nachts an sein Bett geschlichen sind und verlangt haben, dass er seinen Schwanz zeigt. Und sie haben ihn geärgert ... Judensau und so.«

»Hat Goldin dem Schulleiter davon berichtet?«

»Nö, glaub ich nicht.«

»Hat jemand aus der Klasse den Erziehern erzählt, was hier nachts vor sich geht?«

»Arkan hätte den Petzer zu Brei geschlagen.«

»Die Erwachsenen wussten also nichts von dem, was sich in den Schlafräumen abspielte?«

»Keine Ahnung.«

»Und du, was hast du nachts beobachten können?«

»Nichts, ich habe geschlafen.«

»Ihr habt euch doch ein Stockbett geteilt. Hast du wirklich nichts gehört, wenn Arkan Goldin schikaniert hat?«

Koljan schwieg.

»Warum war Goldin auf dem Golgatha?«

»Er war oft dort. Zum Spielen. Er hatte sich da eine Höhle gebaut.«

»Und warum ist Arkan mit ihm dort hingegangen?«

»Weiß ich nicht. Vielleicht ist er Borjka nach, um ihn zu ficken.«

»Wie bitte?«

»Äh, äh«, stotterte Koljan, »ich wollte sagen, dass er vielleicht dachte, Borjka hätte da Geld versteckt. Denn Juden sind reich. Meinte Arkan. Und Borjka hatte einen Onkel in Amerika ...«

»Gut, du kannst gehen.«

Der Untersuchungsrichter wischte sich den Schweiß von der Stirn. Er und sein Assistent hatten sämtliche Lehrer und Erzieher verhört und feststellen müssen, dass keiner von ihnen etwas gesehen, gehört oder gewusst haben wollte: Kein Kind hatte sich je beklagt, Goldin war ein guter Schüler gewesen und Arkan nicht verhaltensauffällig.

Der Beamte hatte bereits Dutzende ähnlicher Ermittlungen hinter sich, hauptsächlich in Militäreinheiten, in denen Rekruten sich das Leben genommen hatten. Die zu untersuchende Straftat lautete »Treiben in den Selbstmord«. Für ihn war dieser Fall hier sonnenklar: Arkan schindete die Kinder und Jugendlichen. Möglicherweise war Goldin von Arkan vergewaltigt worden. Das hatte der Zeuge Drosdow ungewollt zu verstehen gegeben.

Die Verantwortlichen schauten gerne weg, weil es ihnen gleichgültig war oder weil sie nichts dagegen tun konnten. Goldin hatte Arkan offenbar in den Wald gelockt, um ihn umzubringen. Seine selbstgebastelte Waffe war jedoch lächerlich, und er konnte natürlich nichts mit ihr ausrichten. Nachdem der blutende Arkan ins Kloster gerannt war, hatte der Vorsteher Goldin eingesperrt und ihm gedroht, er komme in die Strafkolonie. Mit elf Jahren, das sollte der ehrwürdige Vater eigentlich wissen, waren Kinder aber nicht strafmündig. Nun hatte man eine Kinderleiche – und keine Schuldigen.

Der Vorsteher wollte der Version der Ermittler nicht zustimmen, obwohl er Goldins zahlreiche Blessuren nicht erklären konnte. Andererseits fanden sich keine Hinweise, dass er vergewaltigt worden war. Vielleicht hätten sich die Jungs einfach geprügelt, meinte Jewstafij. Das komme in dem Alter vor.

Eine ärztliche Untersuchung der übrigen Kadetten wurde vom Innenministerium kurzerhand gestoppt. Allerdings sickerte die Geschichte an die Medien durch: In der Kadettenschule, die unter Obhut des Boris-und-Gleb-Klosters stand, würden Minderjährige misshandelt und vergewaltigt. Im Schlafsaal hielten sich nachts fortan Mönche auf, die auf die Schüler aufpassen sollten. Einige Kinder wurden von ihren Müttern abgemeldet. Arkan brachte man auf das Milizrevier in der Stadt, und er kehrte nicht mehr zurück. Ansonsten änderte sich nichts.

Ein Jahr ging ins Land, und Koljan gewöhnte sich allmählich an das Klosterleben. Er hatte die Melodien des Glockengeläuts gelernt und konnte alle Motive nachsingen. Jedes Mal verspürte er dabei, wie sich in seinem Inneren etwas öffnete und aus ihm herausdrang wie ein gefangener Vogel aus einem Käfig.

Kurz vor Ostern kam der Chorleiter in die Klasse und forderte die Schüler auf, für die Karwoche ein Lied einzustudieren. Er sang ihnen eine Melodie aus einem Psalm vor und sie sollten sie nachsingen. Die Klasse grölte sie so schrill und falsch nach, dass er sich die Ohren zuhielt und die Augen verdrehte. »Lieber Gott! So eine Kakophonie habe ich ja noch nie erlebt.« Doch plötzlich hörte er eine hohe sichere Stimme, die den ganzen Raum erfüllte. Sein Blick fiel auf einen hageren Jungen, der wie in Trance sang. Es war Koljan. In den Gottesdiensten durfte er fortan als Solist auftreten.

Nach den stundenlangen, ermüdenden Liturgien – am Ende konnte er sich kaum noch auf den Beinen halten – kletterte Koljan auf seine Pritsche und fiel in einen traumlosen Schlaf. Doch trotz der Erschöpfung durch die feierlichen Gottesdienste fühlte sich Koljan am richtigen Platz. An Ostern hatte er deshalb zum ersten Mal das Gefühl, im Kloster so etwas wie ein Zuhause gefunden zu haben.

Am ersten Juni begannen die Sommerferien. Koljan wurde wie alle aus seiner Klasse in die nächste Stufe versetzt – auf die tatsächlichen schulischen Erfolge der Kadetten kam es nicht an. Die Kleineren, die Familien in der Stadt hatten, wurden von ihren Müttern abgeholt. Die meisten Halbstarken dagegen hatten keine Familien und mussten ihre Ferien im Kloster verbringen. Was für das Kloster von

Vorteil war, denn an Arbeit mangelte es bei den Mönchen nicht. Im Vorjahr waren ihnen Ländereien zurückgegeben worden, und der brachliegende Boden musste wie Neuland bestellt werden.

Koljan war inzwischen ein anerkannter Solist im Kirchenchor. Der Vorsteher, der selbst über einen kräftigen Bariton verfügte, nahm ihn unter seine Fittiche und befreite ihn immer wieder von der Feldarbeit.

»Drosdow«, sprach er ihn nach einer Probe an. »Bald wird bei uns das Trainingslager des *Banners* eröffnet. Ich glaube, das wäre was für dich.«

»*Banner*? Was ist denn das?«

»Eigentlich eine Kirchenfahne. Hier nennen wir aber unsere Kirchenorganisation für Jugendliche so. Da treten junge Leute bei, die an unseren Gott glauben und ihre Heimat lieben. Sie werden da auf ihre Berufung vorbereitet, und die lautet, Kirche und Volk vor Feinden zu schützen, gegen Wucherer und Sodomiten zu kämpfen und den Ruhm Russlands zu mehren. Das *Banner* ist eine Art Volkswehr.«

»Und wie kämpft sie?«

»Das wirst du bald erfahren. Wadim Streljany, unser Anführer, wird dir alles beibringen.«

An einem Samstag marschierte lockeren Schritts eine Einheit von Jugendlichen unterschiedlichen Alters durchs Klostertor. Auf den Rücken ihrer schwarzen Hemden prangte ein großes orthodoxes Kreuz, auf der Brust der Heilige Georg, wie er den Drachen tötet. Angeführt wurden sie von einem komischen Kauz. Seine Brust war mit Orden, Kreuzen und sonstigem Firlefanz behängt wie das Schaufenster eines Souvenirladens. Seine Hose hatte Streifen wie die Kosakenuniform, an der Seite baumelte ein Säbel, und in den Händen hielt er eine Gitarre.

Später trafen weitere Jugendliche ein, die alle im Dormitorium untergebracht wurden. Der Appell fand vor der Kirche statt. Streljany stellte sich im Vorraum auf und hielt den *Banner*-Mitgliedern, ohne seine Gitarre aus der Hand zu legen, eine Ansprache.

»Brüder! Unser Mütterchen Russland liegt heute vor uns danieder, verraten und verkauft für ausländische Waren«, röchelte er mit der heiseren Stimme eines notorischen Säufers. »Jeder kann es nehmen, jeder kann es schänden. Aber es wird denen gehören, deren Wille stärker ist – und unser Wille ist stärker! Wir sind die letzte Hoffnung des geschundenen Volkes.

Ihr, Brüder und Mitglieder der Volkswehr, seid das Stahlgerüst der russischen Nation, Russlands Recken! In euch werden neue, frische Keime jener Geistigkeit sprießen, für die unser Land immer berühmt war. Bannerträger! Stützen eines neuen, aus dem Schoß der Orthodoxie wiedergeborenen Russlands! An sie wird sich das Land in schwerer Stunde wenden. Ihr werdet ihr dienen, mit all der Leidenschaft, die in euren Herzen glüht! Die Orthodoxie ist der Glaube der Gotteskrieger! Die Orthodoxie ist ein Strafregiment, dem es versagt bleibt, den Rückzug anzutreten. Sein Schicksal ist zu fallen, um den Kommenden den Weg aufzuzeigen. Fürchtet, Ungläubige und Unreine! Gott sei mit euch, Brüder!«

Die Bannerträger klatschten unsicher. Dann stimmte Streljany seine Gitarre und begann »Gott behüte den Zaren, gepriesen sei das russische Volk« zu singen. Einige der

Jungendlichen fielen in schiefer Tonlage ein. Die meisten kannten den Text nicht und traten verlegen von einem Fuß auf den anderen. Auch Koljan konnte lediglich die Melodie mitsummen.

»So, Jungs, morgen lernen wir die Hymne. Aber dann werden wir schon bald den Nahkampf trainieren müssen«, setzte er seine Ansprache fort. »Uns steht eine wichtige Aktion bevor. Im Nachbardorf will man ein Vergnügungszentrum mit Kasino bauen. Wir dürfen nicht zulassen, dass auf der heiligen Erde unserer Vorfahren, die Tataren und Deutsche vertrieben haben, ein Tempel der Unzucht und des Mammons errichtet wird. Wir werden diesen Bau verhindern! Schon heute machen wir einen Umzug zum künftigen Schlachtfeld. Lasst den Feind unsere Einheit und Kraft und unser Banner fürchten! Wir werden die Unreinen – und ihre Zahl ist Legion – von unserem Boden verjagen und wie die Schweine ins Meer treiben.«

Nun verteilte Streljany die Kirchenfahnen. Auch Koljan bekam eine mit dem Heiligen Nikolaus darauf. Dann setzte sich die Kolonne in Bewegung und marschierte in Richtung Nachbardorf. Der Aufbruch der Gotteskrieger wurde von Glockengeläut begleitet. Koljan stimmte einen Psalm an, und seine hohe Stimme erhob sich über die brachliegende, mit Unkraut übersäte russische Erde. Es gefiel ihm, so Schulter an Schulter mit den anderen zu marschieren.

Der Nachbarort, der gewöhnlich verlassen wirkte, war jetzt von angereisten Datschenbesitzern bevölkert. Das gut gekleidete Publikum hatte sich entlang der Straße eingefunden, um der wunderlichen Prozession beizuwohnen. Der mit den Kirchenfahnen bewaffnete Trupp marschierte an den Schaulustigen vorbei zur Baustelle am anderen Ende des Dorfes. Diese wurde von einem Rentner bewacht. Streljany schob den Alten beiseite und befahl seinen Jungs, die säuberlich aufgeschichteten Mauersteinstapel umzukippen und die Betonmischer mit Erde vollzustopfen. Dann ordnete er den Rückzug an. Anwohner, die ebenfalls kein Kasino in der Nähe ihrer Grundstücke wollten, klatschten Beifall. Die Bannerträger marschierten zurück in dem Gefühl, ihre Pflicht erfüllt zu haben.

Koljan, der mit seiner Gang in Wolfsloch erheblich Wüsteres angestellt hatte, war enttäuscht. Die Aktion kam ihm viel zu harmlos vor, dennoch behielt er den ganzen Abend über Streljany im Auge.

Nach dem Abendessen ging er zu ihm hin und fragte: »Onkel Streljany, kannst du mir erklären, was Legion bedeutet?«

»Wozu Onkel? Nenn mich einfach Wadim«, sagte Streljany lächelnd.

Koljan strahlte. Sie schlenderten hinüber zur Laube hinter der Klostermauer. Wadim fragte, was Koljan in die Kadettenschule verschlagen habe. Und dieser erzählte ihm alles: von Wünsdorf, von seinem hilflosen Vater und der durchgebrannten Mutter, von seiner Clique und der Schule und auch vom Major, der mit dem Vater in Deutschland gedient und ihn ins Kloster gebracht hatte. Wadim unterbrach ihn nicht. Er konnte gut zuhören.

»Weißt du, dass ich auch in der DDR gedient habe? In Neuruppin. Als Funker.«

Koljan war glücklich über so viel Gemeinsamkeit.

»Möchtest du, dass ich dir ein Lied vorsinge?«

»Denkst du dir die Lieder selber aus?«

»Manchmal, wenn mir danach ist.«

Streljany fuhr mit der Hand über die Saiten, spielte ein paar Akkorde und fing an, mit rauer Stimme zu singen.

Mein Vater ist ein Arbeiter,
Dies ist meine Stadt.
Über Moskau erschallt
Der Klang der Kristallnacht.

Blut auf den Straßen
Will schon lange fließen,
Bald brennen eure Puffs,
Kasinos und Verliese.

Unvermittelt brach er ab und streichelte zärtlich seine Gitarre.

»Kein sehr frommes Lied, was?«, Wadim schmunzelte. »Aber wir befinden uns ja außerhalb der heiligen Gemäuer und dürfen ruhig ein bisschen schmähen.«

»Cool singst du, Mann. Was ist die Kristallnacht?«

»Das war vor dem Krieg. Weißt du überhaupt, wann der Krieg war?«

Koljan zuckte die Achseln.

»Also vor dem Krieg gab es in Deutschland echt krasse Jungs, so ungefähr wie wir, die Bannerträger, aber nicht so nett. Die hatten scharfe Waffen und knallten alle ihre Gegner ab, Oligarchen und so. In einer Nacht haben sie alle jüdischen Geschäfte geplündert, die Fensterscheiben zerschlagen, Synagogen in Brand gesteckt, Leute abgemurkst. Die ganzen Straßen waren voller Glasscherben. Deshalb hieß die Aktion Kristallnacht.«

Dann erzählte Wadim aus seinem bewegten Leben. Wie er nach dem Wehrdienst Geologie studiert hatte, wegen einer Rauferei aber aus dem Institut geflogen war und sich in Sibirien bei geologischen Expeditionen verdingt hatte. Dort sei er Alkoholiker geworden und fast daran krepiert. Just vor dem Putsch sei er nach Moskau zurückgekehrt und direkt in den Kampf gezogen.

Nach dem Sieg der Demokratie sei er wieder abgestürzt. Er habe geklaut, Drogen genommen und sei für zwei Jahre ins Lager gewandert. Zufällig habe er dann von einem Dorf gehört, in dem eine orthodoxe Wohlfahrtsorganisation Drogensüchtige betreute. Dort sei er zur Besinnung gekommen und selbst Erzieher für schwer erziehbare Jugendliche geworden. Im Drogendorf habe er auch angefangen, Lieder zu komponieren.

Wadim schlug nachdenklich die Saiten und sang weiter.

Yuppies, Schwule, Models,
Privatkapital,
Macht euch fein für die Kühle
Am Weißmeer-Kanal.

Wer sich integriert hat
In den freien Markt
Wird bald von uns befördert
In ein Massengrab.

»War dein Vater Arbeiter?«, fragte Koljan.

»Nö«, sagte Wadim lachend. »Der war Künstler und malte Filmplakate. Und Säufer war er auch. Na denn, morgen wird ein anstrengender Tag. Lass uns gehen.«

Er stand auf, und sie gingen ins Kloster zurück. Wadim zupfte dabei auf der Gitarre und sang leise vor sich hin.

Tief hängt die graue Zimmerdecke
Über deinem Bettchen.
Baju-baju-baj,
Schlaf mein Söhnchen ein.

Schläft mein Söhnchen bald,
Schläft mein Söhnchen tief,
Wird es nun aufwachen
In einem Märchenwald ...

Aus dem Wald tritt leise
Ein graues böses Wölfchen.
Es kritzelt an den Baum
Ein süßes Hakenkreuzchen ...

Im Kloster riefen die Glocken zur Abendmesse.

Koljan kannte inzwischen viele Liturgien auswendig, und jeden Tag kletterte er zum Unterricht beim Glöckner auf den Glockenturm. Dieser stellte Koljan vor sich und führte seine Arme. Gemeinsam zogen sie an den Seilzügen, damit Koljan die Reihenfolge der Töne und die dazugehörigen Handbewegungen verinnerlichte. Der Glöckner, der in seinem früheren Leben wissenschaftlichen Kommunismus auf einer Arzthelferschule gelehrt hatte, dozierte immer wieder: »Die Arbeit hat aus dem Affen einen Menschen gemacht. Das hat Friedrich Engels geschrieben, und so hat er es auch an seine Schüler weitergegeben. Nun gebe ich dieses wertvolle Wissen an dich weiter.«

Koljan lernte aber auch ohne Engels schnell. Zudem hatte der Vorsteher den Kadetten erklärt, das mit dem Affen sei eine Irrlehre aus dem Ausland. Der Mensch sei von Gott geschaffen, hatte der erzürnte Jewstafij sie belehrt, wie es in der Bibel geschrieben stehe: »Gott blies ihm den Odem des Lebens in seine Nase.«

Schade eigentlich, Koljan mochte Affen.

Schon den zweiten Monat trainierten die Bannerträger in einem Geländespiel ihre schicksalhafte Schlacht gegen das Böse. Doch die Übungen, fand Koljan, hatten ein wenig von ihren Kinderspielen in Wünsdorf: Die einen waren Faschisten, die anderen »Unsere« oder Partisanen – und die Faschisten wurden immer besiegt. Die OMON, die bis zu den Zähnen bewaffnete Sondereinheit der Miliz, würde man allerdings wohl kaum mit bloßer Körpermasse bezwingen können. Selbst die Eisenstangen, die man an sie austeilte, würden gegen Tränengas und Elektroschocker wenig ausrichten.

Man müsse sich für Russland aufopfern, erklärte ihnen Streljany. Nur wenn man den von der Kirche vorgezeichneten Weg ging, werde sich die Heimat aus dieser Müllhalde emporschwingen, in die sie hineingestolpert sei, sich wieder zu ihrer vollen Größe aufrichten und ihre unsterbliche Seele wiederfinden. Russlands Verteidiger durften nicht schwach sein.

Koljan fühlte sich jedoch oft ratlos und schwach. Sein Vater wusste nicht einmal, wo er steckte, und unter einer Kadettenschule hatte er sich bestimmt etwas anderes vorgestellt als das, was hier vor sich ging. Denn aus dieser Kadettenanstalt wurden die Jugendlichen nicht in eine Offiziersschule geschickt – sondern sofort eingezogen. Der Scheißmajor hatte gelogen. Was sollte nur aus ihm werden? Nächstes Jahr ging die Schule zu Ende. Er hatte Schiss vor dem Wehrdienst. Denn Armee und Straflager waren Zwillinge – das wusste jeder Gopnik. Da wurde um Leben und Tod gerungen, um Fressen oder Gefressenwerden. Armee, das war Arkan.

Endlich war die Besetzung der Vergnügungsmeile »Russisch Roulette« angesetzt. Das Kasino war inzwischen gebaut, und die Spielautomaten waren geliefert. Am folgenden Sonntag sollte es kirchlich geweiht werden. Der Eigentümer der Anlage, der Drogenhändler und lokale Oligarch Maluta Karpow, musste dafür extra einen Popen aus Moskau anheuern. Denn Jewstafij, der Vorsteher des Boris-und-Gleb-Klosters, weigerte sich ungeachtet des Versprechens einer üppigen Spende strikt, diesen Tempel des Lasters zu segnen. Und so stand an jenem Sonntag das *Banner* Spalier auf dem Appellplatz für einen Gottesdienst, der den Kämpfern Kraft zur Befreiung Russlands von Gottlosen, Sodomiten und Oligarchen schenken sollte. Nach jedem »Christus auferstanden«, das von Jewstafijs tiefem Bariton intoniert wurde, bekreuzigten sich die Jungs synchron und skandierten: »Wahrhaftig auferstanden!« Koljan war nicht unter den Bannerträgern. Ihm wurde die Ehre zuteil, den Kreuzzug der Kämpfer gegen die gottlose Vergnügungsmeile mit Glockengeläut zu begleiten.

Nun stand er auf dem Turm und verfolgte den Ablauf des Gottesdienstes. Er war aufgeregt, seine Hände schwitzten.

Nachdem der Vorsteher das letzte Mal »Halleluja« gesungen hatte, betätigte Koljan die Seilzüge der sieben Glocken. Über Wälder und Wiesen drang der drohende Glockenklang bis zum Horizont. Die Einheit der Gotteskrieger schritt aus dem Tor und marschierte Richtung »Russisch Roulette«, wo bereits die OMON in kugelsicheren Westen und mit Gummiknüppeln Stellung bezogen hatte. Vor dem Kasino stand der verschreckte Oligarch, der sich die Schutztruppen einiges hatte kosten lassen, da ihm um seine Investition bange war. Auf dem Feldweg versammelten sich Schaulustige. Eine Horde Kinder mit Holzgewehren liefen der Einheit hinterher und schrien: »Schwanz hoch, Eierloch!« Die Schwarzhemden hätten die Knirpse am liebsten verdroschen, aber ihnen stand eine schicksalhafte Schlacht bevor, da durften sie sich nicht durch freche Gören ablenken lassen.

Der Klöppel der größten Glocke war besonders träge. Mit aller Kraft musste Koljan am Seilzug ziehen, um den richtigen Klang zu erzeugen. Gleichzeitig trat er auf die Holzbretter und brachte die kleineren Glocken zum Klingen. Das Geläut war himmlisch. Gott selbst lauschte ihm aus einer bleigrauen Wolke, die ihre Tränen über das marschierende *Banner* ergießen wollte, es sich aber anders überlegte und stattdessen einen Regenbogen direkt über dem Kloster erstrahlen ließ.

Unter Einsatz seines gesamten Körpergewichts verfehlte Koljan mit seinem Fuß ein Brett, verlor das Gleichgewicht und rutschte aus. Die Seilzüge entglitten seinen Händen. Das wäre nicht weiter schlimm gewesen, wenn er wegen der Aufregung über seinen bevorstehenden Auftritt als Glöckner nicht vergessen hätte, die Luke zum Glockenturm zu schließen. Und als Koljan nun versuchte, sich aufzurichten, trat er einen Schritt zurück und stürzte die Leiter hinab auf den tiefer gelegenen Treppenabsatz. Ein furchtbarer Schmerz durchfuhr sein Bein, dann verlor er das Bewusstsein.

Das plötzliche Verstummen der Glocken fiel vorerst niemandem auf. Die Bannerträger waren bereits auf dem Vormarsch, und die Mönche liefen ihnen zur Baustelle hinterher, um die Drohkulisse zu verstärken. Koljan, der erst später zum Kreuzzug stoßen sollte, vermisste niemand.

Als er gegen Abend zu sich kam, versuchte er, um Hilfe zu rufen. Doch aus seiner verletzten Brust drang nur ein schwaches Röcheln. Erst als Jewstafij zur Abendmesse nach ihm suchen ließ, fand ihn ein Mönch mit gebrochenem Bein auf dem Kirchturm liegen.

Die Kameraden trugen ihn hinunter und riefen die Notambulanz. Nach zwei Stunden kam ein Krankenwagen mit einem betrunkenen Arzt. Der Arzt schiente das Bein, und im städtischen Krankenhaus wurde es dann mitsamt Schiene eingegipst. Zu Koljans Verwunderung lagen im gleichen Krankenzimmer zwei der Bannerkämpfer. Sie berichteten, dass ihnen die OMON stark überlegen gewesen sei und sie nicht einmal auf das Kasino-Gelände hatten vordringen können. Vielmehr hatten die Diener des Lasters sie mit Tränengas in die Flucht geschlagen und sich einzelne Kämpfer herausgegriffen, auf die sie mit Gummiknüppeln einprügelten. Mehrere Kämpfer mussten ins Krankenhaus eingeliefert werden. Streljany, der Anführer, und ein paar andere waren aufs Revier mitgenommen worden. Die Gaffer, die um das Gelände herumstanden, hatten der Aktion allerdings zugejubelt und die Bannerträger angefeuert.

So hatte Koljan das wichtigste Ereignis seines Aufenthalts in der Kadettenschule verpasst. Aber er würde es ihnen heimzahlen! Er würde das Kasino in Brand stecken und diesen Karpow erschlagen, schäumte der Bettlägerige vor Wut.

Auf den Genesenden wartete schließlich eine böse Überraschung. Als ihm der Gips abgenommen wurde, stellte sich heraus, dass der Knochen schief zusammengewachsen war. Zu seinem Entsetzen musste er nun humpeln. Der besoffene Arzt hatte ihn falsch geschient, sein linker Fuß war verdreht. Der Arzt ließ sich nicht mehr blicken, es hieß, er sei nach Tschetschenien versetzt worden. Der Siebzehnjährige verließ das Krankenhaus als Krüppel.

Streljany, dem man auf dem Milizrevier drei Zähne ausgeschlagen hatte, fluchte und klopfte ihm auf die Schulter. »Dafür musst du jetzt nicht zum Wehrdienst«, ermunterte der Anführer den Jungen. Dieses Zeichen der Anteilnahme seines Beinahe-Ersatzvaters nahm Koljan gleichgültig entgegen.

Er hatte im Kloster eine Menge erlebt: Arkans Bestialität und Borjkas Tod, er hatte sein Faible für Gesang entdeckt. »Eine gottbegnadete Stimme« hatte ihm der Chorleiter bescheinigt. Aber was hatte er, der humpelnde Krüppel, jetzt noch vom Leben zu erwarten? Sollte er für immer im Kloster bleiben, Mönch werden, betteln gehen? Aber einfach so im Kloster bleiben konnte er nicht, dafür müsste er sich als Novize bewerben, um nach einem Probejahr die Mönchsweihe zu erhalten.

Koljan zog sich nun immer häufiger auf den Golgatha zurück. Dort legte er eine kleine Gedenkstätte für Borjka an, bedeckte sie mit Laub und stellte ein Kreuz darauf.

Stundenlang konnte er da sitzen und mit dem Taschenmesser ein Holzstück bearbeiten. Das Schnitzen hatte ihm der Vater in Wünsdorf beigebracht. Mal gelangen ihm witzige Menschenfiguren, mal schöne Muster auf der Nussbaumrinde. Eines Tages bastelte er ein Hexagramm und befestigte es an Borjkas Kreuz.

Der Vater hatte es nicht böse gemeint, als er ihn schlug. Er hatte ihm nur helfen wollen. So sehr, dass er sogar den Dolmetscher aus Wünsdorf aufgetrieben hatte. Koljan stellte sich vor, wie sein Vater den überheblichen Major angefleht hatte: »Hilf uns, sonst wird aus meinem Sohn ein Drogendealer oder sonst was und er endet in der Zone!« Und dieser Kerl – warum war er bloß nach Wolfsloch gekommen? – hatte dem Vater das Blaue vom Himmel herunter versprochen. Die Kadettenschule, so dachte jeder in Wolfsloch, war immer noch besser, als Rekrut zu werden. Danach würde man Offizier und durfte andere herumkommandieren und Rekruten für sich schuften lassen. Und wenn man Glück hatte und Tschetschenien überlebte, brachte man Trophäen mit heim wie der durchgedrehte Fedor aus dem Nachbarhaus.

Der, so erzählte eine Nachbarin, hatte von dort einen Haufen Goldmünzen, einen Teppich sowie ein Tschetschenien-Syndrom mitgebracht – also einen Dachschaden. Einmal, als ein Typ im Bus ihn direkt ansah, hatte er ihm die Faust zwischen die Augen gerammt. Einfach so. Fast jede Woche war er wegen Schlägereien bei der Miliz gelandet, bis er nach einer Vergewaltigung seine verdiente Ruhe im Straflager fand. Wofür also sollte Tschetschenien gut sein? Was hatte man von tschetschenischen Teppichen und dem ganzen Zimt, wenn man dadurch blöd im Kopf wurde?

Koljan kannte keine andere Kadettenschule. Aber von dieser hier würde wohl selbst sein Vater nicht viel halten. Er wünschte sich, schon damals, nachdem das mit Borjka geschehen war, geschrieben zu haben: »Vater, hier passieren üble Sachen, mein Kumpel hat sich erhängt, die Schule befindet sich in einem Kloster, und wir müssen zweimal am Tag zur Andacht antreten. Das hier ist überhaupt nicht das, was Du glaubst, und ich werde danach auch kein Offizier. Hol mich hier raus …« Hatte er aber nicht getan. Nun war seine Schulzeit bald vorbei, und er war ein Krüppel. Koljan grinste schief und wischte sich die Tränen von den Wangen. Ihm blieb tatsächlich nicht viel anderes übrig, als Mönch zu werden. Mönch!

Wenn er an seine Kindheit und an Wolfsloch dachte, sah er vor seinem inneren Auge immer nur Bildfetzen wie hinter einem Schleier vorbeilaufen. Wie er mit seinen Kumpeln von seinem Balkon auf die vorbeiziehenden Erstklässlerinnen mit ihren Blumensträußen pisst. Wie er eine auf ihren von einer großen, weißen Schleife gehaltenen Zopf trifft. Sie schaut nach oben und kapiert nicht, woher der Regen kommt. Dann hört sie die Gopniks johlen und fängt an zu weinen. Oder wie sie es im Heizkeller mit den Mädchen treiben und sich mit den Schwänzen messen.

Bei der Erinnerung an diese Spielchen regte sich bei Koljan jedoch rein gar nichts mehr. Überhaupt, Mädchen. Sonntags kamen gewöhnlich Schüler aus dem Priesterseminar zum Gottesdienst ins Kloster, und mit ihnen tauchten auch immer Mädchen auf: mit Zöpfen bis zur Taille, Kopftüchern und langen Röcken. Das Boris-und-Gleb-Kloster wurde zur Brautbörse. Denn der Absolvent eines Priesterseminars musste heiraten, wenn er die Priesterweihe empfangen und in eine Pfarrei entsandt werden wollte. Rund um das Kloster sah Koljan an einem solchen Tag dann Pärchen spazieren gehen oder in der Laube gurren wie Täubchen. Doch auch dann regte sich nichts bei ihm.

Koljan legte seine Schnitzarbeit beiseite, ging ins Kloster, holte sich ein Blatt Papier und setzte sich in die Laube. »Hallo, Papa. Wie geht es Dir? Ich hoffe, gut.« Er wollte gerade schreiben »Mir schon«, hielt dann aber inne. Denn es ging ihm nicht gut, und wenn er mit einer Lüge begann, sollte er lieber gleich aufhören. »Ich habe mich lange nicht bei Dir gemeldet. Ich war sauer, dass Du mich weggeschickt hast. Jetzt habe ich mir aber gedacht, dass Du nicht mal weißt, wo ich bin, und vielleicht glaubst, dass ich bald die Schule beende und in die Offiziersschule muss. Du hattest immer Angst, ich könnte im Knast landen, oder Dedy würden mich in der Kaserne zum Krüppel prügeln. Ansonsten wärst Du ja nicht auf den Major gekommen.« Koljan grinste. »Aber deswegen brauchst Du Dir keine Sorgen zu machen. Ich werde nicht zum Wehrdienst eingezogen, und eine Offiziersschule blüht mir auch nicht. Ich wurde nämlich nach einem Unfall ausgemustert.« Jetzt kullerten Koljan Tränen über die Wangen. »Es ist nicht so schlimm: Ich bin die Stiege vom Glockenturm runtergestürzt und habe mir das linke Bein gebrochen. Ein besoffener Arzt hat es falsch geschient, und es ist schief zusammengewachsen. Jetzt muss ich humpeln. Blöd gelaufen. Du weißt nicht einmal, dass sich die Kadettenschule in einem Kloster befindet und wir beten und so Kirchenkrams machen müssen. Ich habe singen gelernt und bin jetzt beim Chor immer dabei. Ich mag es zu singen. Die Glocken läuten habe ich auch gelernt, aber das nützt mir jetzt nichts mehr. Wegen des

Beins kann ich nicht mehr auf den Kirchturm steigen. Ich glaube nicht, dass ich nach Wolfsloch zurückwill. Ohne richtige Ausbildung könnte ich wohl keine Arbeit finden. Und als Krüppel würde man mich bloß drangsalieren. Deshalb habe ich beschlossen, vorerst als Novize im Kloster zu bleiben.« Die Tränen tropften auf den Brief, und Koljan wischte sie mit dem Ärmel weg. »Ich weiß, dass Du es gut mit mir gemeint hast. Dein Sohn Koljan Drosdow«

Als Koljan das Blatt faltete, schaute Streljany in die Laube und sah das verweinte Gesicht des Jungen. Er strich ihm übers Haar und klopfte ihm auf die Schulter.

»Na Koljan, wie geht's nun mit dir weiter?«, erkundigte sich der Anführer. »Hast du dir was überlegt?«

Koljan nickte. »Ich bleibe als Novize hier.«

»So hast du dich also entschieden«, meinte Streljany nachdenklich, als ob der Junge eine Wahl hätte. »Willst du denn auch weiter beim *Banner* mitmachen?«

»Wer braucht schon einen Krüppel?«

»Du bist kein Krüppel, dein Humpeln ist doch gar nicht so schlimm. Man muss stark im Geiste sein, nicht in den Beinen«, versuchte Streljany ihn zu trösten. Besonders überzeugend klang er nicht.

Koljan begann zu schluchzen, und der Anführer umarmte ihn väterlich. Streljany war verlegen, und ihm war selbst fast zum Heulen zumute.

Einen Monat später erhielt Koljan einen Brief von daheim. Er lief mit ihm in die Laube und riss ungeduldig das Kuvert auf. Auf der karierten, aus einem Schulheft gerissenen Seite las er in einer fremden Handschrift: »Lieber Koljan, ich bin Marina, Deine Nachbarin. Der Postbote hat mir Deinen Brief gegeben, denn Dein Vater konnte ihn nicht in

Empfang nehmen. Das Munitionslager, in dem er gedient hat, ist vor drei Monaten in die Luft gegangen. Durch die Explosion sind mehrere Personen ums Leben gekommen, darunter Dein Vater. Es tut mir sehr leid für ihn und für Dich. Er war ein netter Bursche, kein Säufer. Man munkelt, dass es Sabotage war, weil das Militär Munition nach Tschetschenien verschoben und versucht haben soll, den Diebstahl zu vertuschen. Eigentlich hast Du ein Anrecht auf die Wohnung, aber nachdem wir Iwan bestattet hatten, ist ein Milizangehöriger eingezogen. Du verstehst schon. Ich wünsche Dir alles Gute. Marina, die Nachbarin«

Koljan las den Brief noch einmal. Er weinte nicht.

DIE ILLUSION DER FREIHEIT

Klara Gordon war nie Mitglied des Künstlerverbands und hatte damit weder Anrecht auf ein Atelier noch die Möglichkeit, ihre Werke auszustellen. Gemeinsam mit fünf asozialen Nichtstuern – äußerst trinkfesten Konzeptkünstlern – hatte sie einen Keller gemietet, arbeitete mit geklauten Farben und zeigte ihre Bilder und Skulpturen in Privatwohnungen. Sie war stolz darauf, zum *Untergrund* zu gehören. Wie ihre Schicksalsgenossen verachtete Klara die Künstlerbonzen und pfiff auf offizielle Anerkennung.

Als einige Untergrundkünstler einmal gewagt hatten, eine Freiluftausstellung auf einem Stück Brachland am Stadtrand zu veranstalten, ließen die Behörden sie mit Baggern dem Erdboden gleichmachen. Ihr Werk mit dem Titel »Gleichnis« konnte Klara im letzten Augenblick vor den Raupenketten retten. Es handelte sich um ein mit Watte ausgestopftes Samthakenkreuz von einem Meter Durchmesser, auf das Hammer und Sichel aufgenäht waren. Im Westen hatte es großes Aufsehen erregt und war im Katalog der amerikanischen Ausstellung »Künstler gegen Diktatur« abgebildet worden. Dennoch hatte die Teilnahme an der Ausstellung keine Folgen für sie gehabt.

Denn als Außenseiterin hatte Klara wenig zu verlieren, und ihr Ehemann Leonid war längst zu einem einfachen

Bibliothekar heruntergestuft. Beide waren stolz auf ihren Ruf als Unangepasste.

Klara hatte Leonid in der Leninbibliothek kennengelernt, als sie einen freien Platz neben dem hageren Studenten mit der dicken Hornbrille ergatterte. Er saß über ein deutsches Buch gebeugt, und sie hatte ihn neugierig gefragt, was er da lese.

»Das ist ein Werk des großen Soziologen Max Weber«, hatte er ihr ins Ohr geflüstert. »Im Unterschied zu Marx glaubte Weber, dass die Entstehung des Kapitalismus nicht auf die Entwicklung der Produktionsverhältnisse, sondern auf die religiöse Weltanschauung des Protestantismus zurückzuführen ist.«

Klara, die beinahe gerade durch die Prüfung zum wissenschaftlichen Kommunismus gefallen war, fand diesen Ansatz faszinierend.

Die Sitznachbarn zischten. Leonid schrieb ihr auf einem Zettel, er könnte ihr aus einem Sonderdepot für autorisierte Forscher eine russische Übersetzung besorgen.

Damit hatte ihre Freundschaft begonnen, die bald wie selbstverständlich in eine intime Beziehung überging. Die ersten Jahre waren entbehrungsreich, aber glücklich. Leonid strebte eine wissenschaftliche Karriere an, doch da er zu seinem wissenschaftlichen Ziehvater gestanden hatte, der wegen »revisionistischer Umtriebe« Berufsverbot erhielt, wurde dem Schüler die Promotion verweigert. Um sich über Wasser zu halten, sammelte Klara auf der Straße Wodkaflaschen, in scharfer Konkurrenz mit Pennern und Alkoholikern. Und ihr war das kein bisschen peinlich. Dann betrog er sie mit ihrer besten Freundin. Seine Eltern hatten ihn in flagranti in der Wohnung erwischt, und ihr war, als stürze die Welt zusammen. Bis dahin hatte sie ihre Armut nicht als Makel empfunden, doch nach seinem Seitensprung war es mit der Idylle des trotzigen Flaschensammelns – arm, aber unbeugsam – vorbei. Zu seinem Lehrer hatte Leonid bis zuletzt gestanden, umso härter traf sie sein Verrat.

Die Affäre als Verrat zu bezeichnen sei zu hoch gegriffen, erklärten ihr die besorgten Freunde, um Klara zu beruhigen. Schließlich verbinde sie zu viel, um ihr gemeinsames Lebens aufs Spiel zu setzen. Außerdem sei sie Künstlerin und sollte eigentlich in der Lage sein, ihm seine Freiheit zuzugestehen. Freiheit. Tatsächlich hatte sie nachgegeben, sie versöhnten sich wieder, und Klara wurde schwanger.

Das gerettete »Gleichnis« lag jahrelang in einem Kabuff und setzte Staub an. Beim Frühjahrsputz wurde es auf dem Balkon ausgeschüttelt und mit einem Stock traktiert. Diese Entstaubungsmethode hinterließ Spuren: Der Stoff platzte, die Watte quoll heraus, und der Samt bekam kahle Stellen. Das »Gleichnis« alterte mit der Zeit genau wie das, was es symbolisieren sollte. Wenn es irgendwann endlich komplett auseinanderfiele, scherzte Leonid, würde auch die *Sowjet Machtowna*, wie man die Sowjetmacht in ihren Kreisen spöttisch nannte, endlich schlappmachen. Doch das schäbige, von Motten zerfressene Werk überdauerte den Sturz.

Nachdem Gorbatschow an die Macht gekommen war, kroch der *Untergrund* aus seinen Kellerlöchern. Endlich durfte man sich verwirklichen – bis zum Erbrechen. Im

Keller waren alle gleich gewesen, aber jetzt war der kapitalistische Markt in ihre Gemeinschaft eingebrochen. Aus Freunden wurden missgünstige Konkurrenten. Einer ihrer Künstlerkollegen hatte seine Bilder an den deutschen Großsammler Ludwig verkauft, ein anderer hatte es sogar geschafft, eine Galerie am Broadway zu eröffnen. Und Kurko, ein Primitivmaler, der sich nie wusch und ohne Flasche in der linken Hand den Pinsel in der rechten nicht halten konnte, hielt dem plötzlichen Zufluss harten Zasters nicht stand und starb an einer Überdosis Heroin. Klaras Arbeiten dagegen wurden auf den internationalen Auktionen nicht wahrgenommen. Man konnte auch sagen, dass sie den Sprung aus dem *Untergrund* ins Feld der internationalen Kunst einfach nicht geschafft hatte.

Allerdings wurde man mit den Jahren im Westen der russischen Exotik überdrüssig. Die jüngere Generation versuchte deshalb verzweifelt, die Aufmerksamkeit reicher Sammler und Kuratoren auf sich zu ziehen, und hangelte sich von einem Skandal zum nächsten. Klara war nicht mehr jung und zu gesittet, um es mit der ungestümen Boheme aufnehmen zu können. An Ausschweifungen und Selbstinszenierungen hatte ihr noch nie etwas gelegen. Neidisch war Klara deshalb nicht, aber sie grübelte. Vielen der sich erfolgreich verkaufenden Kollegen konnte sie nicht das Geringste abgewinnen. Für Klara hatten diese ihre Arbeiten bewusst, ja, zynisch, an die Nachfrage des Markts, an den Mainstream angepasst. Es gab keine Zensur und keine Verbote mehr, und doch verspürte sie einen unerträglichen Druck. Sie musste von Vernissage zu Vernissage hetzen, um die Gunst von Kunstkritikern buhlen und potenzielle Aussteller werben.

Als Kostrow, der Leiter des *Museums für Toleranz*, ihr angeboten hatte, an der Ausstellung »Jenseits der Religion« teilzunehmen, sagte sie sofort zu. Doch bald kamen ihr Zweifel. Kostrow, ein ehemaliger Dissident und Lagerinsasse, war ein freundlicher Trunkenbold und verstand von zeitgenössischer Kunst nicht die Bohne. Die meisten anderen Teilnehmer waren Nischenkünstler, die jede sich bietende Gelegenheit nutzten, um in den Medien erwähnt, von ausländischen Kuratoren zur Kenntnis genommen und nicht vollkommen abgehängt zu werden. Sie hatten Klara vorgeschlagen, weil sie sie für ihresgleichen hielten. Sie sträubte sich gegen diese Vereinnahmung, doch brachte sie nicht den Mut auf, sich der Beteiligung zu verweigern.

Jetzt stand sie während der Ausstellungseröffnung in einer Gruppe von mehreren Künstlern, umringt von einem überschaubaren Häuflein geladener Gäste und Journalisten, und wollte das feierliche Ereignis am liebsten ungeschehen machen. Fast alle Werke, die auf die eine oder andere Weise auf christliche Symbole anspielten, waren schon anderswo ausgestellt worden, ohne von der Kritik zur Kenntnis genommen worden zu sein. Ihren eigenen Beitrag, ein Ölbild im Format 120 x 90 Zentimeter mit dem Titel »Es ist vollbracht!«, hatte sie Anfang der neunziger Jahre gemalt. Darauf war der Golgathahügel zu sehen, den sich ein auf beiden Seiten von Kreuzen gesäumter Weg hinaufwand. Die Kreuze waren mit verschiedenen Werbeslogans bedruckt, teils auf Englisch, teils auf Russisch. Auf der Hügelkuppe standen drei größere Kreuze, an denen die Schächer mit Jesus in der Mitte hingen. Das Bild zeigte den Augenblick, in dem der römische Soldat dem dürstenden Christus den mit Essig getränkten Schwamm reicht. Doch anstelle des Schwamms hatte Klara auf die Speerspitze eine Coca-Cola-Dose platziert.

Von Zweifel und drückender Unruhe getrieben verließ Klara unbemerkt den Empfang. Langsam und gedankenverloren ging sie zur U-Bahn. Auf halbem Weg stieß sie mit einem Mann in Mönchskutte zusammen, der sich bekreuzigte, als hätte ihn der Körperkontakt mit der Frau verunreinigt.

»Unterwegs einem schwarzen Mönch zu begegnen ist ein schlechtes Omen. Zum Schutz muss man ihm in der Tasche den Stinkefinger zeigen«, erinnerte sie sich an eine Volksweisheit und lachte laut auf. Passanten musterten sie verwundert. Man hielt sie wohl für betrunken.

Zu Hause angekommen, sank Klara erschöpft ins Bett. Im Schlaf sah sie sich inmitten eines Waldes aus windschiefen Kreuzen stehen, die sich aneinander mit einem unerträglichen Heulen rieben.

Klara schreckte hoch. Das Telefon sprang fast von der Gabel. Sie tastete nach dem Apparat und hob ab. Am anderen Ende der Leitung hörte sie ein Schweigen, dann ein Besetztzeichen. Wenige Minuten später das gleiche Spiel. Wie benommen kramte sie nach dem Schlafmittel in ihrer Nachttischschublade.

Der Anführer der orthodoxen Volkswehr Wadim Streljany war mittlerweile fünfundvierzig und kämpfte seit über zehn Jahren an vorderster Front. Er hatte sich dieses Leben nicht ausgesucht, eher hatte es ihn gefunden und ihm einen Ausweg aufgezeichnet. Wenn sein Glas voll war, dankte er dem

Schicksal dafür. Wenn er in ein leeres Glas guckte, kam ihm sein Dasein wie ein morgendlicher Schluckauf vor.

Seit Gründung der orthodoxen Kampfeinheiten hatte er Dutzende von Umzügen, Blockaden und Überfällen auf Kulturstätten und kommerzielle Vergnügungseinrichtungen geleitet. Lediglich in zwei Fällen hatte das *Banner* den Kürzeren gezogen.

Beim ersten Mal waren die Jungs auf ein neugegründetes Kasino angesetzt worden, das der berüchtigten Kriminellenbande aus Solnzewo gehörte. Diese mobilisierte zu ihrem Schutz eine schwerbewaffnete OMON-Einheit. Streljany landete damals mit Schädelbruch auf der Intensivstation, ein Kämpfer wurde erschlagen. Wie Streljany später erfuhr, war der *Banner*-Sturm auf das Kasino von einer rivalisierenden Bande in Auftrag gegeben worden, die der Solnzewo-Bande das Revier streitig machen wollte. Seinen Verdacht, dass die Sache möglicherweise über Jewstafij gelaufen war, der Vorsteher also für konkurrierende Parteien und gelegentlich gegen die Kirche arbeitete, behielt er jedoch für sich.

Beim zweiten Mal hatte sich ein FSB-General als Inhaber eines Bordells entpuppt, in dem minderjährige Mädchen anschaffen mussten. In letzter Minute, bevor der orthodoxe Trupp das Gebäude stürmte, wurde Streljany zurückgepfiffen. Ansonsten waren all seine Aktionen Volltreffer gewesen: So fielen etliche Museen nach der Belagerung durch das *Banner* an die Kirche zurück.

Jetzt stand ein weiterer Einsatz auf dem Plan: die Stürmung der Ausstellung »Jenseits der Religion« in Moskau. Streljanys Schädelverletzung erinnerte ihn mit Übelkeit und Kopfschmerzen immer wieder an die Risiken des patriotischen Kampfes. Doch die Aktion in einem Museum, das sich in einer abgelegenen Seitengasse befand, versprach keinerlei unangenehme Überraschungen. Koljan und ein paar weitere Kämpfer würden gut alleine zurechtkommen. Die Bilder und Installationen zu zertrümmern und sich schnell wieder aus dem Staub zu machen – das wäre pure Routine, nicht der Rede wert. Trotzdem war dem erfahrenen Anführer bei dem Gedanken an die bevorstehende Aktion etwas mulmig zumute.

Nicht, dass Streljany etwas für Menschenrechte, Toleranz und derlei Unfug übrig gehabt hätte. An seine einstige Begeisterung für die Demokratie und daran, wie er in der Putschnacht fast unter einen Panzer geraten war, konnte er sich nur nach einer gehörigen Ration Wodka und mit einem müden Lächeln erinnern. Er hatte damals drei Tage lang keinen einzigen Tropfen getrunken, war aber trotzdem wie berauscht. Die Euphorie eines Kämpfers, der bereit war, im Namen des freien Russlands auf die Barrikaden zu gehen, hatte Eindruck hinterlassen. Auch beim *Banner* hatte er sich anfangs so gefühlt.

Doch allmählich schwand sein Vertrauen in die gemeinsame Sache, Unbehagen beschlich ihn. Die Jungs, mit denen er es nun zu tun bekam, waren allesamt minderbemittelt und aggressiv: gesellschaftlicher Abschaum, Alkoholikerkinder, bleiche, unterernährte Zöglinge aus Waisenhäusern, die sich von Strafanstalten kaum unterschieden, ausgemusterte Soldaten mit kaputten Nieren und Geschwüren im Gesicht. Sie alle sehnten sich nach Zuneigung und Anerkennung und hängten sich an ihn wie herrenlose Hunde. Und obwohl er sie gut behandelte und viel Geduld aufbrachte, konnte er ihnen nichts Handfestes bieten, nichts, das ihnen geholfen hätte, in ihrem gnadenlosen Umfeld einen Funken Menschlichkeit zu erfahren. Stattdessen redete er ihnen höhere Ziele ein, für die sie leben sollten und an die er anfangs selbst glaubte. Er war so anders als ihre Peiniger, denen sie zu Hause, in Waisenhäusern oder in der Armee hilflos ausgeliefert gewesen waren, aber der ach so gütige Streljany missbrauchte sie trotzdem. Am schlimmsten war für ihn, dass er es nicht vermochte, sie ins Herz zu schließen. Und deshalb trug er immer seine Gitarre wie eine Monstranz vor sich. Wenn er keine Worte des Trosts oder der Ermunterung fand, wenn er keine Antwort auf ihre stumpfe Aggression hatte, zupfte er leise an den Saiten und sang den Jungs etwas über sie selbst vor.

Streljany war des *Banner*s überdrüssig. Immer mehr zog ihn eine andere Welt in ihren Bann. Ob sich das neue Gefühl nach einem zufälligen Auftritt in einem Klub eingestellt hatte, nach dem er unerwarteten Erfolg mit seinen Liedern hatte? Oder war die Veröffentlichung seiner Gedichte in einer Zeitung der Grund? Er wusste es nicht. Allerdings hatte er plötzlich richtige Fans, die seine Lieder auswendig kannten und ihm zujubelten, wenn er in seiner martialischen *Banner*-Uniform auf die Bühne stieg; und gerade hatte ihm ein Verlag angeboten, einen Gedichtband von ihm herauszubringen.

Auf einmal waren seine Schlager nicht mehr bloß lustig. Ein Literaturkritiker der *Neuen Literaturschau* hatte geschrieben, Streljany bringe wie kein anderer Dichter das Lebensgefühl der verlorenen Generation zum Ausdruck: Sein lyrischer Held sei ein postsowjetischer Loser, bei dem Versatzstücke aus faschistischer Ideologie und russischem Nihilismus eine explosive Allianz eingingen.

Der Kritiker benutzte zwar Begriffe, die Wadim nicht unbedingt eingefallen wären, aber er war auch kein Idiot und ahnte schon lange, was für Reime ihm da herausrutschten. Lieder waren das einzige Element, in dem seine spöttische Natur ein Ventil fand. Ja, die Bestätigungen, die ihm ganz ohne Gönner oder Werbung wie aus heiterem Himmel zufielen, waren enorm wichtig für sein Selbstbewusstsein. Und sie bedeuteten – er gestand es sich endlich ein – vor allem, und das war am wichtigsten: Freiheit. Nicht jene Freiheit, die er in Sibirien erlebt hatte, die Freiheit von allen gesellschaftlichen Schranken, die Freiheit der Taiga. Auch nicht die Freiheit, über den Willen anderer Menschen, seiner Bannerträger, zu bestimmen, also die Freiheit der Macht. Denn wenn er Aktionen leitete, wollte er nur eines: dass es schnell vorbei war und er in der nächsten Spelunke einen heben konnte. Aber wenn er eine Melodie improvisierte, wenn sich die Zeilen wie von selbst aneinanderreihten, wurde er von einem Glücksgefühl beflügelt wie ein Kind, das im Traum über die Erde fliegt. Es war die Freiheit der Selbsterfüllung, in der sein rastloses Leben einen höheren Sinn fand.

Nun hockte er schon seit Tagen in der Wohnung seiner Mutter und tankte.

In seinem benebelten Verstand ahnte er, dass diese Quartalssauferei noch einmal übel enden würde, wie damals bei der Expedition, als sein Geologentrupp bereits alle trinkbaren Vorräte geleert hatte und das Fest des Lebens mit Glasreiniger fortsetzen musste. Streljany hatte plötzlich Diamanten gesehen, die auf dem Boden verstreut lagen. Auf allen vieren war er herumgekrochen und hatte die glitzernden Dinger eingesammelt; aber sie waren seinen

Händen entglitten und unter den Tisch gerollt. Mit einem Hubschrauber war er dann auf die Krankenstation einer Holzfällersiedlung gebracht worden. Deren Psychiatrieabteilung war voll von Arbeitern gewesen, die nach jeder Lohnauszahlung den Teufel mit der Axt jagten.

Er ahnte, dass es, wenn er damit wieder anfing, nicht bei Diamanten bliebe. Er würde jetzt aufstehen und den Rest des Wodkas in den Abfluss schütten. »So etwas tut ein Russe aber nicht, niemals. O doch, er tut es, gerade das, was man nicht von ihm erwartet. Ein Russe hat klare Vorstellungen vom Leben. Wenn auch nicht jene, die man ihm für gewöhnlich zuschreibt. Allerdings, aber so stimmte das auch nicht ...« Und tatsächlich: Wadim ging zum Spülbecken, stützte sich auf und lauschte, wie es im Abfluss gluckerte.

Am nächsten Morgen sollte er seine orthodoxe Volkswehr auf das Museum hetzen. Musste er das wirklich? Okay, er hatte sich einst verloren und nach einem Halt gesucht, hatte die ganze Welt und sich selbst gehasst. Wenn er sich vor diesem Hass damals nicht immer wieder ins Saufen gerettet hätte, hätte er um sich geschossen. Im Drogendorf hatte er sich dann wieder gefangen. Und Jewstafij kennengelernt, den Vorsteher. Der hatte ihm von dem *Banner*-Projekt erzählt und ihn gefragt, ob er als gefestigter Orthodoxer und Patriot dessen Führung übernehmen wolle. So war er da hineingerutscht. Ja, er würde viel dafür geben, um Russland wieder zu seiner verlorenen Größe und seinem verwaisten Volk wieder zu Würde zu verhelfen.

Ob er wirklich an das glaubte, was er seinen Jüngern predigte? Oder wollte er sich damit eine Bedeutung verleihen, die ihm als Säufer ohne Ausbildung, Familie, Zuhause und feste Lebensvorstellungen fehlte? Schmeichelte ihm die kleine Macht, die er über die Seelen missratener, verwahrloster Kinder bekam? Er wusste es wirklich nicht, ahnte aber, dass es etwas ganz anderes sein könnte, was ihn an diese Rolle band: die Rolle selbst. Er hatte sich verkleidet und verstellt, hatte vieles ausprobiert, weil er nach seinem Platz in dieser aus den Fugen geratenen Welt suchte.

Dieser Platz lag aber ganz in ihm selbst, dämmerte ihm.

Streljany hörte die Wanduhr schlagen und erwachte aus seiner trunkenen Gedankenflut. An diesem Abend sollte er bei Fedor MacLachlan, dem berühmten Schlagersänger, vorbeischauen. Er war eingeladen, seine neuen Lieder vorzustellen. Nach einer Woche Suff war Streljany gelinde gesagt ermattet. Als er nun in einem der schier endlosen Schlafstädte, in denen ein Plattenbau dem nächsten gleicht, aus dem Bus stieg, verlor er die Orientierung und fand das Haus nicht, obwohl er schon einmal dort gewesen war. Keiner der Passanten wusste, wo der berühmte Schlagersänger wohnte. Der Bannerführer fühlte sich beschissen. Um sich für die Suche zu wappnen, kaufte er an einem Kiosk eine Ladung Bierdosen und fing an, das Viertel abzugehen. Kurz vor Mitternacht sank er erschöpft und von Schluckauf gepeinigt auf eine Bank und wusste nicht mehr weiter.

Plötzlich sah er vor einem nahen Hochhaus einen Jaguar halten. Dem Wagen entstieg eine umwerfende Frau in aufwendiger Garderobe. »So ein Kunstwerk kann nur zu MacLachlan wollen«, huschte es ihm durch den brummenden Schädel, und er stürzte wankend auf sie zu.

»Entschuldigung, gehen Sie zufällig zu MacLachlan?«,

fragte er und versuchte dabei, seinen Schluckauf zu unterdrücken.

Die Unbekannte prallte zunächst erschrocken zurück, sah dann aber seine verblichene *Banner*-Uniform und die schäbige Gitarre, roch die penetrante Alkoholfahne und lächelte Streljany an. »Aber selbstverständlich, Herr Alki.«

Alles Weitere verlief wie im Traum. Die Wohnungstür öffnete sich und entließ eine dichte Rauchwolke ins Treppenhaus. Das kleine Wohnzimmer war rappelvoll. Die Gäste saßen auf dem Boden, auf den Fensterbänken und auf dem Tisch. Streljany wurde mit wildem Hurra-Geschrei empfangen. Niemand hatte mehr damit gerechnet, dass er noch auftauchen würde. Blutjunge Mädchen trugen Streljanys Gedichte vor, die sie auswendig kannten, beschwipste Intellektuelle weinten trunkene Tränen, klopften ihm auf die Schulter und sangen ihm nach: »Am Palmsonntag, an Hitlers Geburtstag laufe ich runter, um meinen täglichen Halbliter zu kaufen.«

Streljany, vollkommen ernüchtert und wie besoffen zugleich, wischte sich Glückstränen aus den Augen und umarmte die unbekannten Verehrer seines Talents.

Yuppies, Schwule, Models,
Privatkapital,
Macht euch fein für die Kühle
Am Weißmeer-Kanal.

Und die Yuppies und Schwulen heulten vor Begeisterung.

Die ganze Nacht wich ihm Viktoria nicht mehr von der Seite, und um vier Uhr morgens sagte er zu ihr: »Heirate mich.« Die umwerfende Frau in Pfauengefieder hakte sich bei ihm ein, sie traten in die Nacht und stiegen in ihren unverschämten Jaguar. Am Mittag erwachte er in ihrem Bett wie neugeboren.

Am Morgen nach der Ausstellungseröffnung blieb Klara mit einer quälenden Migräne im Bett liegen und wurde die Bilder des nächtlichen Albtraums nicht los. Die Wanduhr schlug zwölf, und mit dem letzten Schlag klingelte das Telefon. Klara zuckte zusammen. Sie zwang sich, den Hörer nicht anzufassen. Das dritte Klingeln, das vierte ... der Anrufbeantworter sprang an.

»Kostrow hier, vom Museum. Eine dringende Nachricht für Klara Gordon. Die Ausstellung ist gerade von orthodoxen Schlägern verwüstet worden. Fast alle Exponate sind zerstört oder zumindest stark beschädigt. Ihr Bild leider auch. Immerhin ist es der Miliz gelungen, die Verbrecher festzunehmen. Jetzt wird ermittelt. Sie sollten umgehend ins Museum kommen.«

Mit einem Mal spürte Klara eine große Erleichterung. Es war doch nicht falsch gewesen, mit dem alten Bild an dieser Ausstellung teilzunehmen. Seine Zerstörung hatte ihm einen neuen Sinn verliehen. Was als Konsumkritik ein alter Hut gewesen war, hatte durch den Anschlag den Rang subversiver Kunst wiedererlangt. Klara war zudem froh, dass Leonid sich gerade in Amerika aufhielt, sonst würde er jetzt eine lautstarke Kampagne starten und über die orthodoxe Kirche herziehen. Als sie zum Museum kam, waren dort bereits aufgebrachte Künstler eingetroffen und Fernsehteams, die vom Tatort berichteten.

Die Vernehmungen und Interviews zogen sich über

mehrere Stunden hin. Erst am Abend kam Klara erschöpft nach Hause und überlegte, ob Leonid schon von der Sache wusste und ob sie ihn anrufen sollte. Doch da es in New York erst Mittag war und sie ihn ohnehin nicht erreichen würde, verwarf sie den Gedanken und schaltete den Fernseher ein.

In den Hauptnachrichten im Ersten Programm lief gerade ein Bericht über die gestürmte Ausstellung. Ein Häuflein orthodoxiefeindlicher Künstler, hieß es, habe eine provokante Ausstellung organisiert und mit obszönen Bildern die Gefühle von Gläubigen verletzt. Besonders frevelhaft sei ein Gemälde von Klara Gordon gewesen, das die Kreuzigung Christi verunglimpfte. Sie und die anderen Künstler hätten aus dem Mysterium des Todes und der Auferstehung des Erlösers eine üble Parodie gemacht und die christlichen Heiligtümer mit Füßen getreten.

Gleich nach der Sendung lief ihr Telefon heiß. Freunde und Künstlerkollegen brachten ihre Empörung zum Ausdruck und versicherten ihr Unterstützung. Klara fühlte sich wie in einer Achterbahn. Kaum dass sie neuen Mut geschöpft hatte, packte sie die Angst vor einer unheimlichen, archaischen Macht, die sie zum Schweigen bringen wollte.

Das Telefon klingelte erneut. Sie hob den Hörer.

»Du Fotze, du hast unseren Christus vergiftet!«

»Wer sind Sie?«, flüsterte Klara, wohl wissend, wie lächerlich die Frage war.

»Ich bin deine Axt!«

Ihre Eingeweide verkrampften sich zu einem eiskalten Klumpen. Sie überwand ihre Panik und schlug ihr Notizbuch auf, um Leonid anzurufen. Doch das Telefon klingelte abermals.

Klara legte die Hand auf den Hörer, doch ihr fehlte die Kraft abzuheben.

»Klara!«, hörte sie dann Leonids Stimme auf den Anrufbeantworter schreien.

Sie hob ab.

»Wie geht es dir? Ich habe die Nachrichten auf CNN gesehen. Ich mache mir Sorgen.«

Klara fing an zu schluchzen. Sie fühlte sich plötzlich hilflos wie ein Kind und wollte am liebsten in die Arme genommen werden.

»Klara, Liebes, halte durch, ich komme morgen.«

Leonid wollte seinen Aufenthalt in den USA abbrechen! Dafür war sie ihm unendlich dankbar. Wenn er, ihr alter Gefährte, wieder da wäre, würde dieser Albtraum aufhören. Klara begann zu weinen und legte auf.

Gribojedow saß gerade bei seinem Friseur, als ihn sein Handy aus dem wohligen Behagen riss, das die sanften Hände der Friseurin bewirkt hatten. Es war Jewstafij. Der Vorsteher klang nervös. »Die Jungs, die an der Museums-Aktion teilgenommen hatten, sind festgenommen worden«, schrie er. »Diese Vollidioten haben sich von der Aufseherin im Ausstellungssaal einsperren lassen! Und Streljany ist überhaupt nicht aufgetaucht! Drosdow hat die Aktion auf eigene Faust durchgeführt.«

»Streljany hat seine Kämpfer im Stich gelassen? Warum?«

»Ich bin gerade dabei, das rauszufinden. Entweder ist der mal wieder im Suff abgestürzt, oder er hat sich aus dem Staub gemacht. Im Augenblick ist aber am wichtigsten, dass wir die Jungs da rausholen und einen Prozess gegen sie verhindern. Alles andere würde unseren langjährigen Bemühungen sehr schaden. Die Kirche könnte dadurch in die Defensive geraten.«

»Ich weiß«, antwortete Gribojedow gereizt und legte auf. Jetzt hatte er außer Streljany auch noch diese schwachköpfigen Gopniks am Hals.

Gribojedow kannte den Anführer kaum und unterhielt keinerlei persönliche Beziehungen zu ihm. Er gab sich damit zufrieden, dass die Aktionen unter seiner Führung ihre Ziele meistens erreichten. Ihm war natürlich zu Ohren gekommen, dass Streljany Lieder komponierte, aber er sah kein Problem darin. Seine künstlerische Ader konnte von Nutzen sein, Einfluss auf schwierige Halbstarke zu gewinnen. Jetzt war es aber zu dieser Panne gekommen. Koljan hatte sich zu eigenmächtigem Handeln aufgeschwungen, was ihm nicht zustand. Gribojedow war voreingenommen gegenüber Koljan, dabei passte dieser mit seiner Aggression und hilflosen Wut fabelhaft in die Rolle eines orthodoxen Eiferers.

Die Friseurin spürte die wachsende Unruhe ihres Kunden. »Ist ja gut, Nikolaj Nikolajewitsch, ich bin schon fertig«, sagte sie, nahm den Umhang ab und pinselte ihm die letzten Haare aus dem Nacken.

Gribojedow fuhr direkt in die Staatsanwaltschaft, um die Ermittlungsprotokolle einzusehen. Der zuständige Beamte war bereits informiert und öffnete schweigend den Aktenschrank. Beide wussten, dass sie gegen alle erdenklichen Gesetze verstießen. Doch es war nicht das erste Mal, dass sich die Staatsanwaltschaft höherer Gewalt beugen musste. Dafür hatte man ihn schließlich aus einem Provinznest nach Moskau geholt. Er reichte Gribojedow das Untersuchungsprotokoll.

»Ergebnis der Voruntersuchung in der Strafsache Drosdow/Padlo/Borow: Koljan Drosdow, Sergej Padlo und Andrej Borow drangen am 1. Juli um 11 Uhr Moskauer Zeit in die Ausstellung ›Jenseits der Religion‹ ein, die am Tag zuvor im Museum für Toleranz eröffnet worden war. Drosdow und die genannten Personen betraten das Museum und überzeugten sich, dass sich darin nur eine Aufseherin befand und niemand sie an der Ausführung ihres verbrecherischen Plans hindern würde. Mit einer Axt sowie Farbspraydosen betraten sie den Saal, wo sie mit erheblicher Hemmungslosigkeit darangingen, die Exponate der Ausstellung zu zerstören. Der Tatverdächtige Drosdow begann zunächst, das Gemälde von einer Christusfigur am Kreuz mit einer Coca-Cola-Dose vor dem Mund zu zerhacken. Seine Mittäter übersprühten sämtliche Bilder mit Farbe und zertraten die auf dem Boden stehenden Objekte. Während des Zerstörungsaktes stachelten sich die Tatbeteiligten mit unflätigen Worten gegenseitig an. Die Tatbeteiligten verstießen grob gegen die öffentliche Ordnung und zerstörten fremdes Eigentum im Gesamtwert von 700 000 Rubel.«

Gribojedow fuhr gleich in die Generalstaatsanwaltschaft weiter. Es kostete ihn eine geschlagene Woche, bis die Festgenommenen wieder auf freien Fuß kamen. Koljans Axt, das wichtigste Beweisstück, verschwand im Rahmen seiner Bemühungen spurlos. Doch damit war die Sache noch keinesfalls vom Tisch.

Als Gribojedow am Abend nach der Freilassung der Täter vor dem Fernseher saß und teilnahmslos das Finale der Fußball-WM verfolgte, klingelte sein Handy. Es war Dawydow. Soeben hatte Zinedine Zidane dem Italiener Marco Materazzi den Kopf gegen die Brust gerammt. Es war der bisher einzig spannende Augenblick im ganzen Spiel, und Gribojedow hätte zu gerne gewusst, welche Obszönität der Italiener dem Franzosen zugeflüstert hatte, dass dieser dermaßen ausgerastet war. Verärgert drehte er sich vom Bildschirm weg, um sich besser konzentrieren zu können. »Hände hoch«, eröffnete der General mit seinem notorischen Telefonwitz. »Und? Hat es geklappt?«

Natürlich wusste Dawydow über die Freilassung der ungeschickten *Banner*-Schläger längst Bescheid. Seine rhetorische Frage bedeutete aber, dass es damit noch nicht getan war.

»Du verstehst, dass wir nun quasi in die Defensive geraten sind«, fuhr Dawydow fort. »Mit der Freilassung haben wir uns zwar als Herren über das Verfahren erwiesen, uns aber trotzdem angreifbar gemacht. Inzwischen wird die Zerstörung der Bilder in der Öffentlichkeit als Werbung für diese Scheißkünstler wahrgenommen, viele denken jetzt sogar, dass die Zerstörung der Bilder selbst eine Kunstaktion gewesen sei! Diese Liberalen könnten also übermutig werden. Die Kulturschaffenden sollen endlich begreifen, wo es langgeht. Wir sind schließlich nicht mehr in den Neunzigern, als jeder Depp auf den Roten Platz urinieren oder Touristen anbellen durfte und jede nur denkbare Obszönität als Kunstaktion deklariert werden konnte. Wer das noch nicht gemerkt hat, ist selber schuld. Wir müssen die Deutungshoheit der Kirche als moralische – und ästhetische, ich betone, ästhetische – Instanz sichern und jeden, der meint, er könnte unsere Wertvorstellungen herausfordern, in die Schranken weisen.«

Gribojedow überkam auf einmal schreckliche Müdigkeit. »Jawohl, Genosse General. Paragraf 282, richtig?«

»Wir hatten zwar noch keinen Präzedenzfall, aber was denn sonst? Mit dem richtigen Gutachten müssen wir nachweisen, dass der Tatbestand der Beleidigung religiöser Gefühle und des Schürens von Zwietracht erfüllt ist. Noch viel Vergnügen mit dem Spiel.«

Dawydow hatte aufgelegt.

Zidane hatte die Rote Karte bereits gesehen und das Feld verlassen. Gribojedow machte den Fernseher aus, lehnte sich im Sessel zurück und schloss die Augen. Er fühlte das Blut in den Schläfen pochen.

Als Tanja Legat mit dem mächtigen Strom unausgeschlafener, übelgelaunter Städter aus der warmen Metro gespült wurde, war es draußen noch duster. Hinter dem chaotisch bebauten Wohnviertel, dessen Silhouette einem gähnenden Mund mit ausgeschlagenen Schneidezähnen ähnelte, kündigte sich mit gelb-grauer Himmelsfärbung der kommende Tag an. Der überreife Winter, dessen feuchte Kälte Moskau Ende Februar für gewöhnlich heimsuchte, drang unter ihre Haut und in die Lungen.

Die Eingangstür des Gerichtsgebäudes, das kaum hundert Meter von der U-Bahn-Station entfernt lag, war erwartungsgemäß verriegelt. Tanja hatte sich darauf eingestellt, bis zur Eröffnung des Verfahrens zwei Stunden warten zu müssen, um einen Platz in dem winzigen Gerichtssaal ergattern zu können. Im Hof fror in seiner dünnen Windjacke bereits ein zierlicher junger Mann mit einem wie aus Marmor gemeißelten Gesicht: ein Schweizer Reporter, den sie aus Berlin kannte. Er schlug die Füße gegeneinander, hüpfte auf der Stelle und versuchte, sich warm zu reiben. Als er Tanja näher kommen sah, schniefte er durch seine gerötete römische Nase und hustete »Salü«.

»Du bist ja erkältet. Ich kann dir einen Platz freihalten, geh du doch lieber in ein Café«, bot Tanja ihm an.

Der Schweizer lächelte. »Danke. Man merkt, dass du zum ersten Mal hier bist. Mit Platz freihalten wird es eher nichts. Die sind alle schon besetzt.«

»Wie, besetzt? Wir sind doch die Ersten.«

Der Schweizer sah sie mit allwissendem Blick an und erwiderte mit übertriebenem Schweizer Akzent: »Die Ersten werden die Letzten sein.«

»Wobei du dich wohl eher an eine andere Maxime hältst, nicht wahr? Wer zu spät kommt.«

Er lachte.

»Dieses Theater hier dauert schon sechs Monate. Heute werden die neuen Zeugen der Anklage vernommen.«

Inzwischen versammelte sich vor dem Eingang ein sonderbares Publikum: alte Mütterchen in abgewetzten Sowjetmänteln, verwahrloste Männer mit orthodoxen Bärten und großen Kreuzen auf der Brust. Die Frauen bekreuzigten sich immer wieder und flüsterten mit blutleeren Lippen irgendwelche Gebete. Hier fand sich plötzlich auf kleinstem Raum ein ansonsten unsichtbares Russland ein, das sich nur selten ins Zentrum der Metropole, in diese Hochburg des Mammons und der Laster, wagte. Beseelt von Suff, Hass und Ohnmacht vegetierte es sonst in den Wohnsilos der vertikalen Dörfer am Stadtrand vor sich hin, umgeben von umtriebigen Migranten. Tanja spürte die geballte Feindseligkeit, die von diesen Menschen ausging.

»Tanja!«, hörte sie eine Frauenstimme rufen. Sie drehte sich um. Eine ausgemergelte Frau in Nonnentracht und mit zerfurchtem Gesicht näherte sich dem Vorbau, vor dem Tanja und der Schweizer die Stellung hielten.

»Lena, was treibst du denn hier?«, rief Tanja, verblüfft, ihrer alten Schulfreundin ausgerechnet hier wiederzubegegnen.

Lena antwortete flüsternd: »Dreh dich nicht um. Ich darf nicht mit dir sprechen, sonst glauben sie, ich sei eine Verräterin.«

»Hast du dich verkleidet?«

»Nein. Ich habe wirklich die Nonnenweihe, aber eine weltliche. Ich würde mich ja am liebsten in ein Kloster zurückziehen, aber da wollen sie mich nicht, weil ich zu schwach zum Arbeiten bin. Du weißt doch, ich habe einen Herzfehler. Als es mit Julia losging, hat er sich wieder gemeldet. Mein Beichtvater, er war so gütig, hat meinen Zustand erkannt und mir nicht den Segen erteilt, ins Kloster zu gehen. Ich sollte besser bei meiner Tochter bleiben. Sie sei mein Kreuz, das ich zu tragen habe. Ich dürfte sie nicht dem Teufel überlassen, hat er gesagt. Aber ich kann nicht mehr, sie misshandelt mich. Schau, gestern hat sie mir die Nase gebrochen.«

Aus ihren farblosen, altfraulichen Augen rannen Tränen.

»Im Herbst hat sie mich in die Klapse einweisen lassen, weil sie sich einen neuen Macker von der Straße geholt hat. Da habe ich gestört. In der Klinik haben sie mir ein Mittel gegeben, an dem ich fast gestorben wäre. Warum höre ich nicht mehr von dir?«

Tanja war die Frage peinlich. »Ich war schon lange nicht

mehr in Moskau«, log sie und setzte flüsternd hinzu: »Bist du freiwillig hierhergekommen?«

»Ja, ich bin in der Kosma-und-Damian-Gemeinde, und unser Vorsteher hat gesagt, wir sollten ins Gericht gehen und den Gottlosen die Stirn bieten. Weißt du, ich brauche Geld, seit drei Monaten habe ich die Miete nicht bezahlt. Und wir haben kaum was zu beißen. Für das hier kriege ich dreihundert Rubel am Tag, das ist meine Rettung.«

Dass ausgerechnet Lena, der argloseste und toleranteste Mensch, den sie kannte, sich derart missbrauchen ließ, schmerzte Tanja.

»Hast du die Bilder gesehen, wegen denen die Künstler angeklagt werden?«

»Ja, unser Vorsteher hat uns Fotos gezeigt. Auf einem wurde dem gekreuzigten Christus eine Coca-Cola-Dose gereicht, und dann war da noch eines mit einem Micky-Maus-Kopf.« Lena kicherte plötzlich mit zahnlosem Mund. »Also, da hat Julia viel Schlimmeres gezeichnet. Damals, als sie vom Heroin weggekommen ist ...«

»Wirklich, sie ist clean?«

»Ja, sie hat's geschafft, aber dafür schluckt sie jetzt Tabletten. Fünf Pillen Ibuprofen, ein Glas Wodka, und sie ist high. Das Mittel regt sie wahnsinnig auf. Und dann malt sie, na ja, unanständige, obszöne Bilder. Allerdings von sehr guter Qualität, sie ist ja sehr begabt, wie du weißt, wenn nur das Heroin nicht gewesen wäre. Ich habe die Bilder in ihrer Mappe gefunden, einen ganzen Zyklus. Darauf treibt Christus es mit allen: mit Magdalena, seiner eigenen Mutter, aber auch mit den drei Königen und den Tieren. Und dann am Schluss hängt er am Kreuz – mit erigiertem Glied. Sie ist ja krank, vom Teufel besessen.«

Lena hatte inzwischen bemerkt, dass ihr Gespräch mit Tanja die Brüder und Schwestern zu irritieren begann.

»Ich gehe mal lieber wieder zu den Unseren«, sagte sie, »sonst werde ich bestraft und kriege die Kohle nicht.«

»Bist du mit einer dieser schwarzen Witwen befreundet?«, fragte der Schweizer verwundert, als Lena außer Hörweite war.

»Sie ist keine Fanatikerin, sie ist nur todunglücklich.«

Unterdessen tauchten im Hof auch andere Gesichter auf: ein Kamerateam, Verwandte der Angeklagten und ein paar langhaarige Künstler. Verblüfft über die Anzahl der Eiferer, versuchten die Verspäteten, sich näher zum Eingang vorzuarbeiten. Diese Manöver der Lästerer brachten die Kirchenfraktion auf. Die gottesfürchtigen Mütterchen bildeten eine Kette um die Eingangstreppe und begannen, die Zuspät-Gekommenen abzudrängen.

»Jud verrecke!«, schrie ein bärtiger Typ mit einem riesigen Kreuz auf der Brust und stieß dem Schweizer seinen Gehstock in den Rücken. Der zierliche Reporter drehte sich um, packte den Stock und schubste den Mann von der Treppe. Die vom Widerstand überraschten Frauen heulten auf und wichen zurück. Die Künstler wiederum nutzten die entstandene Lücke, um weiter vorzupreschen. Die Stimmung begann allmählich zu kippen. Es wäre nicht verwunderlich gewesen, wenn einer der fanatischen Eiferer ein Messer gezogen hätte.

Doch da öffnete sich die Tür zum Gerichtsgebäude, und ein bulliger Aufseher in Schutzweste trat vor die Menge und brüllte: »Schlange bilden! Es gibt fünfundfünfzig Plätze, ich zähle!«

Die Menge drängte sich zusammen. Am Ende der Schlange kam das alte sowjetische Spielchen »Hier standen Sie nicht!« zur Aufführung: Dabei nahm die orthodoxe Nachhut ihre Widersacher in die Zange und versuchte, sie aus der Warteschlange hinauszuquetschen. Frauen kreischten. Plötzlich baute sich vor der Tür ein dürrer junger Mönch mit einem Eremitenstab auf und erhob sich über den schwarzgekleideten Haufen wie ein Hirte.

»Lasst uns beten, Brüder und Schwestern«, sprach er zu der Menge. Das aufgeregt summende Gemurmel in der Schlange verstummte. Langsam stimmte der Mönch das Vaterunser an, und die Orthodoxen sagten das Gebet nach. Auch die Intelligenzija bewegte zumindest die Lippen: Die Stimmung war zu aggressiv, um diesen fanatisierten Mob zu provozieren. *»Dein Wille geschehe ...«* Tanja realisierte, dass gleich die Stelle mit der Schuld kommen würde.

Da brach der Mönch das Gebet jedoch abrupt ab, bekreuzigte sich hastig, schob den Schweizer beiseite und ging als Erster durch die Sicherheitsschleuse.

Tanja gelang es, im Gefolge des Reporters einen Platz in der zweiten Reihe zu ergattern. Sie holte Atem und schaute sich in dem kleinen überheizten Raum um. Auf vielen der noch freien Plätze waren Bibeln deponiert, die offensichtlich seit der letzten Sitzung dort liegengeblieben waren. Jetzt fielen die Orthodoxen in den Saal ein. Einige setzten sich auf die heiligen Bücher, andere schubsten gottlose Männer und Frauen, die sie in die Hölle wünschten, von den Sitzen.

»Ist es nicht frevelhaft, die Heilige Schrift mit seinem Arsch zu beschmutzen?«, giftete ein langhaariger Künstler lautstark eine Frau an, die ihn mit ihrem Hintern von seinem Sitz drängen wollte. Er schien ein Stammgast des laufenden Verfahrens und für die Auseinandersetzung mit den Gottesleuten gewappnet zu sein.

»Hau doch ab in dein Israel, du Kinderschänder«, gab das mit einem schwarzen Kopftuch vermummte, zahnlose Wesen unbestimmten Alters zurück.

»Alte Hexe!«, schrie er mit theatralischer Gebärde und stieß ein dämonisches Lachen aus. »Du hast die Bibel mit deinem Furz verunreinigt, du wirst im ewigen Feuer schmoren!«

Das weltliche Publikum kicherte, einige klatschten.

»Willst du nicht auf dem Besen mit mir nach Israel fliegen? Wir werden dich koscher schlachten und an die Schweine verfüttern!«

Das Weib verstummte eingeschüchtert und umklammerte ihre Bibel.

Dann betraten die drei Angeklagten den Saal. Kreidebleich, mit tiefen Augenringen ließ sich Klara Gordon neben der Rechtsanwältin nieder. Zu ihrer Rechten saß ein hagerer Mann mit haarlosem Eierkopf und Hornbrille, der ihre Hand hielt, anscheinend ihr Ehemann. Tanja hatte über die Angeklagten recherchiert und sich Bilder von Klara Gordon aus dem Netz heruntergeladen. Sie war eine Konzeptkünstlerin alter Schule. Als Studentin hatte Tanja einige Privatausstellungen gesehen und war von den Arbeiten begeistert gewesen.

Erst jetzt, im Gerichtssaal, merkte Tanja, dass sie der Künstlerin früher begegnet sein musste, sie wusste nur nicht mehr, wo. Sie starrte die Angeklagte so lange an, bis deren Rechtsanwältin irritiert zurückstarrte.

Verlegen wandte Tanja den Blick von Klara ab. Dann

kam es ihr plötzlich. Klara war Juju, ihrem Russischlehrer, wie aus dem Gesicht geschnitten!

Tanja war aufgewühlt. Fast ein Menschenleben zurück lag die Zeit, als Juju und seine spätere Frau Vita dafür bestraft wurden, dass Stalin ihre Eltern ermorden ließ. Stalin war von der Obsession heimgesucht, die verwaiste Kindergeneration könnte sich dafür an ihm rächen. Vita wurde aus dem Hörsaal der Universität abgeholt, in die Lubjanka gebracht und binnen fünfundvierzig Sekunden von einer Troika zu fünf Jahren Verbannung verurteilt. Das war die mildeste Strafe für das Pech, Tochter eines Volksfeinds zu sein.

Ein Güterzug mit vergitterten Fenstern hatte den Frauentransport nach Karaganda gebracht. Vita erhielt eine Stelle im Büro eines Kohlekombinats, wohnte in einer Arbeiterbaracke und lernte dort Jura kennen, dessen Vater als Trotzkist hingerichtet worden war. Ein Jahr später kam Klara zur Welt.

Bald darauf wurde Jura im Morgengrauen aus der Baracke abgeholt. Er hatte ein loses Mundwerk, ein Geschenk für Spitzel. Vor dem Holzfällen in einem Arbeitslager rettete ihn jedoch ein befreundeter Arzt: Er versteckte ihn mit der Diagnose Schizophrenie in der Psychiatrie, in der andere »Irre« sich bereits als Hegel oder Charlie Chaplin vor der mörderischen Arbeit drückten.

Vita blieb mit dem Kind auf sich allein gestellt. Es kränkelte ständig: der Kohlestaub setzte seinen Lungen zu. Die junge Mutter fürchtete, Klara könnte an einer Lungenentzündung sterben. Nach einem Jahr mit dem Säugling in der Baracke war Vita vollkommen überfordert und ließ ihre Mutter das Kind zu sich nach Moskau holen.

Vier Jahre später, als Klara von der Großmutter nach Karaganda zurückgebracht wurde, weigerte sich das Mädchen, ihre Mutter zu akzeptieren. Es schrie und weinte, klammerte sich an seine Oma und entwand sich heftig mit den Füßen strampelnd den Armen der Mutter. Die Nachbarn – in der Baracke wohnten zehn Familien – schimpften über das ständige Geschrei. Die Großmutter reiste mit dem Kind wieder ab.

Als Jura in Tanjas Klasse zu unterrichten begann, war Klara nicht mehr da. Seine Tochter, so hieß es, sei in der Pubertät mehrmals von zu Hause weggelaufen und lebte nun als Künstlerin mit ihrem Freund zusammen. Die unheilbare Krankheit von Vita, glaubten die Schüler, ging auf das Zerwürfnis mit Klara zurück. Es hat sie zermürbt.

Tanja sah wieder zu Klara, fing deren umherschweifenden Blick auf und zeigte ihr zur Aufmunterung zwei gespreizte Finger. Klara verzog den Mund zu einem gequälten Lächeln.

»Das steht sie nicht durch«, schoss es Tanja durch den Kopf.

Und tatsächlich befand sich Klara nach dem nun schon seit Monaten laufenden Verfahren am Rande des Nervenzusammenbruchs. Der Telefonterror hielt unvermindert an, und sie fand kaum noch Schlaf.

Männer riefen sie nach Mitternacht an und drohten mit verstellter Stimme, kurzen Prozess mit ihr zu machen: Sie sei eine Lästerin und Verbrecherin, sie habe Christus verhöhnt und gehöre aufgeknüpft. Einzig dass Leonid vorzeitig aus New York zurückgekehrt war, gab ihr Kraft.

Erst wenige Monate vor dem Überfall auf das Museum

hatte Leonid ein Stipendium in New York erhalten. Als Klara sich geweigert hatte, ihn nach Amerika zu begleiten, war sie sicher gewesen, dass dies das Aus für ihr gemeinsames Leben bedeutete. Nach einem Jahr Trennung würde es für beide einfacher sein, endgültig auseinanderzugehen.

Auch Leonid hatte mit dem Gedanken gespielt, sich von Klara endgültig zu trennen. In New York hatte er eine russische Emigrantin kennengelernt, und sie näherten sich einander vorsichtig.

Nun hatte der Prozess sie wieder zusammengebracht. Er konnte es sich nicht leisten, die seinetwegen Verfolgte jetzt im Stich zu lassen. Alleine würde sie diese bedrohliche Farce nicht durchstehen. Nein, er musste diese Bürde mit Fassung tragen.

Nach außen mutete Leonid während des Prozesses wie die Verkörperung einer würdevollen Ruhe an, und doch spürte er Panik wie giftigen Dunst in sich hochsteigen. Natürlich hatte er Sorge um Klaras Zustand, selbst wenn die Wahrscheinlichkeit, dass sie eine reale Strafe bekommen würde, ziemlich gering war. Das war es aber nicht. Er spürte Kälte und schleichende Furcht in der Magengrube. Das war ein neues Gefühl, das er in den jungen Jahren, als das Seminar aufgelöst und sein Professor gefeuert wurde, niemals empfunden hatte. Damals hatte er viel Zorn, nicht diese klebrige Angst gehabt. Jetzt fühlte er sich schwach und wehrlos wie eine Geisel. Eine solche Furcht hatten vielleicht seine Eltern empfunden, als ihre Freunde über Nacht verschwanden und sie schlaflos den Geräuschen im Treppenhaus lauschten. Wenn es ebendiese Furcht war, dann war es schlimmer geworden, viel schlimmer als in der Zeit, in der sie auf ihre Unangepasstheit stolz gewesen waren und am System vorbeigelebt hatten.

Klara wandte den Kopf zum Publikum, sah in die hasserfüllten Gesichter der Gläubigen und krallte sich noch fester an Leonid.

Ihre Tochter Assja war kein einziges Mal im Gericht aufgetaucht, selbst dann nicht, nachdem Leonid ihr das nachdrücklich nahegelegt hatte. Ihre Beziehung zur Tochter war auf dem Nullpunkt. In Assjas Verhältnis zu ihr wiederholte sich das Muster, das zwischen ihr und ihrer Mutter Vita bestanden hatte. Und sie hatte keine Macht darüber. Trotzdem wurde Klara von Schuldgefühlen gepeinigt, versuchte aufs Neue, die Beziehungen zu klären, und stieß an die Wand.

Er streichelte ihr die Hand: »Es wird alles gut werden. Wir müssen da durch.«

Die Richterin in schwarzer Robe und die Staatsanwältin betraten den Gerichtssaal.

»Bitte erheben Sie sich, die Verhandlung ist eröffnet!«

Alle im Saal erhoben sich, der dumpfe Aufprall einer zu Boden fallenden Bibel war zu hören.

»Heute werden die letzten Zeugen der Anklage verhört«, verkündete die Richterin.

»Holen Sie die Zeugin Romejko herein«, wandte sie sich an den Gerichtsdiener.

Die Tür öffnete sich, und eine kleine Frau mittleren Alters, dem Typ nach eine Lehrerin, trat in den Zeugenstand.

»Bürgerin Romejko«, sagte die Richterin und erhob sich von ihrem Stuhl, »bitte nennen Sie mir ihren Beruf.«

»Ich bin Lehrerin an einer Mittelschule.«

»Haben Sie die Ausstellung ›Jenseits der Religion‹ besucht?«

»Nein, ich war nicht in der Ausstellung, aber ich habe im ›Radio Auferstehung‹ darüber gehört. Diese Exponate sind ein Frevel gegen den christlichen Glauben! Als gläubige Christin fühle ich mich zutiefst beleidigt und bin empört über ein solches Verbrechen, mitten in der Hauptstadt eines orthodoxen Landes!

Bei der Beschreibung der Exponate kamen mir die Tränen. Diese Machwerke haben mich zutiefst erschüttert, sie treten die menschliche Würde mit Füßen. Die Heilige Jungfrau wurde verhöhnt, ihre Ikone bestand aus Kaviar! Sogar die Kreuzigung unseres Heilands haben diese Lästerer nicht verschont und dem Gekreuzigten das Gesicht Lenins gegeben! Er, der schuldlos für uns alle gelitten und uns durch sein Leid erlöst hat, wird mit jenem Menschen gleichgesetzt, der ihn gehasst und bekämpft und Gläubige verfolgt hat! Rührt unsere Heiligtümer nicht an!

Diese sogenannten Künstler haben die Gestalt Gottes herabgewürdigt! Ich bin nicht bereit, mir in einer öffentlichen Ausstellung widerwärtige, degenerierte Kunst anzuschauen! Diese widerlichen Kunstwerke sind der Fantasie psychisch kranker Menschen entsprungen oder der von Leuten, die Russland und den orthodoxen Glauben hassen. Die Kuratoren der Ausstellung und diese Künstler haben meine religiösen Gefühle und meine Würde beleidigt. Ihre blasphemischen Bilder haben bei mir Hass hervorgerufen. Aber ein Christ darf nicht hassen, er muss vergeben! Sie haben mich also zu einer Sünde verleitet und Zwietracht zwischen uns, den Gläubigen, und ihnen gesät. Aus diesem Grund flehe ich das Gericht an, das Böse zu bestrafen.«

In dem Augenblick erhoben sich mehrere Gottesleute von ihren Sitzen und stimmten einen Psalm an. Der hagere Mönch dirigierte sie.

»Gott, mein Ruhm, schweige nicht! Denn sie haben ihr gottloses und falsches Maul wider mich aufgetan und reden wider mich mit falscher Zunge. Du, Herr, wollest sie bewahren und uns behüten vor diesem Geschlecht ewiglich! Denn es wird allenthalben voll Gottloser, wo solche nichtswürdigen Leute unter den Menschen herrschen.«

Die Richterin erstarrte mit gequältem Gesicht. Verwandte und Freunde der Angeklagten blieben sprachlos und eingeschüchtert auf ihren Stühlen sitzen.

Inmitten des Gesangs erhob sich der langhaarige Künstler, dessen aus Kaviar hergestellte Ikone ebenfalls zerstört worden war, und schrie: »Höre, Israel! Verrate nicht deinen Bund an deinen Feind!«

Der Chor verstummte, und im Saal trat Grabesstille ein.

Tanja fand diesen Einfall überhaupt nicht witzig. Damit verschaffte man den Gottesleuten nur die Gewissheit, im Saal säßen lauter Juden, die in der Ausstellung Christus noch einmal gekreuzigt hatten und deshalb ausgemerzt gehörten.

Die Richterin kam jetzt zu sich und schrie: »Aufhören! Wenn sich so etwas noch einmal wiederholt, werden alle umgehend des Saals verwiesen. Gibt es noch Fragen an die Zeugin?«

Sie sah Klaras Anwältin an.

Diese erhob sich seufzend.

»Bürgerin Romejko, Sie haben die Ausstellung selbst nicht gesehen und lediglich vom Hörensagen darüber erfahren?«

»Ich würde lieber sterben, als eine solche Ausstellung zu besuchen.«

»Sie empören sich also über etwas, das Sie mit eigenen Augen gar nicht gesehen haben?«

»Ich vertraue dem ›Radio Auferstehung‹.«

»Euer Ehren, ich stelle den Antrag, Bürgerin Romejko als Zeugin der Anklage abzulehnen. Sie hat die Ausstellung nicht gesehen und kann damit nicht als Zeugin auftreten.«

»Antrag abgelehnt«, antwortete die Richterin prompt, ohne die Anwältin anzuschauen.

»Nun gut«, sagte die Anwältin. »Bürgerin Romejko, Sie behaupten, die Angeklagten hätten Sie in Versuchung geführt, sie zu hassen, wodurch Sie als Christin eine Sünde begangen hätten. Doch gerade als Christin stand es Ihnen doch frei, denen, die ihrer Meinung nach Zwietracht säen, zu vergeben. Mir entzieht sich die Logik dessen, was Sie diesen Künstlern zur Last legen. Es ist doch *Ihr* Hass, der die Zwietracht sät. Es spräche mithin nicht das Geringste dagegen, gegen Sie als die Zeugin, die Sie nicht sind, nach demselben Paragrafen Anklage zu erheben, der gerade gegen die Künstler zur Anwendung gebracht wird. Euer Ehren, ich stelle noch einmal den Antrag, die Zeugin nicht zuzulassen.«

»Abgelehnt«, schnarrte die Richterin und deutete an die erschrockene Zeugin gewandt zur Tür.

»Sie können gehen. Der nächste Zeuge bitte.«

Ein Mann in Militäruniform und mit zerfurchtem Gesicht betrat den Saal.

»Wie heißen Sie, Bürger Zeuge?«

»Kopejko Iwan Alexejewitsch, Jahrgang 1962, Oberst im Ruhestand.«

»Wie haben Sie von der Ausstellung erfahren?«

»Aus dem Internet.«

»Und wann haben Sie etwas über ihren Inhalt erfahren, während der Dauer der Ausstellung oder danach?«

»Nicht auszudenken, Genossin Richterin, was passiert wäre, hätte ich während der Ausstellung mitbekommen, was da gezeigt wurde! Ich bin Offizier, und in der Armee muss man Entscheidungen treffen, ohne zu zögern. Ich hätte meine Gefühle nur schwer unter Kontrolle halten können. Glücklicherweise habe ich von dieser Ausstellung aber erst erfahren, als sie bereits die verdiente Einschätzung unserer Öffentlichkeit« – bei diesen Worten wandte sich der Offizier zu den Gottesleuten um – »erfahren hatte.«

»Welche Exponate haben Sie selbst gesehen?«

»Als gläubiger Mensch ... ich weiß nicht, das Kruzifix ... ich bitte Sie, in Betracht zu ziehen, Euer Ehren, dass ich mich nicht so gut ausdrücken kann ... also der gläubige Mensch geht, wenn er morgens aufwacht, als Erstes zum Kruzifix ...«

»Ich gehe als Erstes aufs Klo!«, bemerkte der Langhaarige halblaut. Die Umsitzenden lachten. Die Richterin hämmerte erbost auf den Tisch.

»... aber bei dem Kruzifix dort war Lenin anstelle des Heilands dargestellt«, fuhr der Zeuge fort, »und es gab eine Ikone, bei der das Angesicht der heiligen Mutter Gottes ganz aus Kaviar bestand ... und dann dieses Bild ›Russland zum Ruhme‹, mit gekreuzigten Rekruten, grauenvoll! Noch nie in meinem Leben wurde ich als gläubiger Mensch derartig beleidigt ... bis in die Tiefe meiner Seele ...«

»Ich habe keine weiteren Fragen mehr. Bitte fügen Sie

diese Befragung den Akten bei«, wandte sich die Richterin an die Gerichtsschreiberin.

»Euer Ehren«, meldete sich die Anwältin zu Wort und erhob sich. »Ich hätte aber noch einige Fragen an den Zeugen.«

Die Richterin nickte missmutig.

»Bürger Zeuge, haben Sie die Ausstellung persönlich aufgesucht und die Bilder gesehen?«

»Nein, ich habe doch schon gesagt, ich habe im Internet darüber gelesen.«

»Schüren diese Werke ihrer Meinung nach Hass auf die Orthodoxie?«

»Allerdings, weil man durch sie Angst vor der Orthodoxie bekommt. Wenn der Mensch so erniedrigt und beleidigt wird, kann man mit ihm ... man bekommt Angst vor dem Wort Gottes. Das ist Schüren von Hass gegen Orthodoxe. Das ist ein Mordaufruf!«

»Was stand im Internet über die Ausstellung?«

»Beschreibungen und Fotos.«

»Was für eine Art Beschreibung?«

»Der Werke ... was darauf zu sehen ist ...«

»Sie berichten so rührend darüber, wie empört Sie über die Bilder waren. Hat Sie jemand gezwungen, diese Webseiten im Internet aufzusuchen?«

»Nein.«

»Warum haben Sie sich dann damit gequält, etwas zu betrachten, das Ihnen missfällt?«

»Ich bin Bürger, und ›Jenseits der Religion‹ war für jedermann zugänglich. Ich musste mich darüber informieren, auch über die Folgen. Obszönitäten und Pornografie sind überall.«

»Hat es das vor dieser Ausstellung denn nicht gegeben? Ging es da in Moskau immer friedlich und gesittet zu, keiner hat sich je gestritten und alle haben einander stets höflich gegrüßt?«

»Ja, jedenfalls habe ich nie etwas in dieser Richtung bemerkt.«

»Und in der Sowjetzeit?«

»Da auch nicht.«

»Ein Tauber«, bemerkte der Langhaarige laut. Im Publikum erhob sich Gekicher.

»Sie sind empört über das Bild ›Russland zum Ruhme‹, auf dem Christus als Rekrut dargestellt ist, der von Seinesgleichen gekreuzigt wurde. Haben Sie als Berufssoldat noch nie etwas von Rekrutenschinderei gehört?«

»Ich als Kaderoffizier weiß darüber mehr als Sie.«

»Nein, ich weiß mehr darüber, denn ich vertrete Mandanten in Dutzenden Fällen von Rekrutenschikane.«

»Ich verweigere die Antwort.«

»Dürfen Künstler zeigen, was in der Realität geschieht?«

»Ja, solange sie damit nicht gegen Gesetze verstoßen. Wenn der Künstler was zu kritisieren hat, soll er halt zur Staatsanwaltschaft gehen und Fakten auf den Tisch legen.«

»Verstößt Rekrutenschinderei denn etwa nicht gegen das Gesetz?«

»Diese Frage beantworte ich nicht.«

»Darf ein Journalist über bestialische Vorgänge in der Armee schreiben?«

»Auch der Journalist sollte zur Staatsanwaltschaft gehen und Fakten vorlegen. Die werden dann geprüft und die Schuldigen bestraft.«

»Hat sich Ihre Einstellung zur Orthodoxie nach der Ausstellung geändert?«

»Meine? Nein.«

»Und die der Menschen in Ihrem Umfeld?«

»Darauf antworte ich nicht.«

»Nach der Strafprozessordnung müssen Sie das aber.«

»Nein, bei denen hat sich auch nichts geändert. Sie sind orthodox geblieben.«

»Kennen Sie den Leiter des *Banner*, Koljan Drosdow?«

»Ja, ich habe ihn ein Mal getroffen, um Rat einzuholen.«

»Hat er Ihnen die Telefonnummer des Ermittlers gegeben?«

»Weiß ich nicht mehr. Entweder er oder jemand aus der Kosma-und-Damian-Kirche.«

»Sie haben gesagt, die Ausstellung sei mit dem Ziel organisiert worden, gläubige Menschen zu ermorden. Ist Ihnen ein Fall bekannt, in dem ein Orthodoxer infolge der Ausstellung tatsächlich ermordet wurde?«

»Gott behüte!«

»Sie müssten nach Ihrer Behauptung doch wenigstens ein Beispiel nennen können.«

»Keine Ahnung.«

»Aber das haben Sie doch behauptet!«

»Ich weiß es nicht.«

»Ach, er weiß es nicht!«, schrie der Langhaarige. Er sprang von seinem Platz auf, blickte um sich und wandte sich ans Publikum: »Und ihr wisst es auch nicht! Weil ihr Kakerlaken im Hirn habt, Hunderte von Schaben.«

Im Saal kam Unruhe auf.

»Schluss damit!«, brüllte die Richterin aufgebracht. »Gerichtsdiener, schaffen Sie diesen Störenfried hinaus!«

Der Künstler zog jetzt eine Stofftüte aus der Jackentasche und schüttelte sie aus. »Schaut her, da sind sie, eure Kakerlaken!«

Frauen kreischten auf. Am lautesten schrie Tanja. In Panik sprangen die Eiferer von ihren Stühlen und stürzten zum Ausgang. Die Aufseher packten den Künstler am Kragen und schleiften ihn hinaus.

»So wird es jedem ergehen, dem es hier nicht passt! Wir sind hier nicht beim Karneval!«, schrie die Richterin in den Saal.

»Keine weiteren Fragen, Euer Ehren«, sagte die Anwältin, die den Tumult von ihrem Platz aus ungerührt verfolgt hatte.

Tanja sah die Eiferer im Hof niederknien. Sie sangen den Psalm »Stütze, Herr, die Deinen«. Der junge Mönch hatte einen kräftigen, schönen Tenor. Unterdessen holten sie die unter ihren Mänteln versteckten Ikonen und Kreuze hervor und formierten sich zu einer Kreuzprozession, die, angeführt von dem singenden Mönch, um das Gebäude zog.

Angeklagte und Anwälte erschienen im Hof und wurden sofort von der Meute Journalisten umzingelt. »Klara, Klara!«, rief Tanja und versuchte, sich durchzudrängeln. »Erkennst du mich?«

Die Künstlerin schaute sie nachdenklich an. »Entschuldige, ja, natürlich, aber mir fällt dein Name nicht ein. Hilf mir doch mal …«

»Tanja Legat, ich war bei deinem Vater in der Klasse. Zuletzt sind wir uns kurz vor meinem Abschluss begegnet.«

»Ach, ja. Jetzt weiß ich wieder. Du warst ziemlich aufgewühlt und hast erzählt, der KGB wäre hinter dir her. Wie ist die Geschichte ausgegangen?«

Klara sprach ruhig, aber ihr teilnahmsloser Blick schien durch Tanja hindurchzugehen; offenbar war sie mit ihren Gedanken weit weg.

»Ich habe mich bald darauf aus dem Staub gemacht.«

»Nach Israel?«

»Nein, ich habe einen Deutschen geheiratet und bin zu ihm gezogen.«

»Dann ist bei dir ja alles gut. Ich glaube, ich sollte mit meiner Rechtsanwältin noch einiges besprechen. Bleibst du noch?«

»Ich weiß nicht.«

Die Rechtsanwältin kam heran und stellte sich abschirmend vor sie. »So, das reicht, wir gönnen uns jetzt eine Pause.«

Tanja, der Schweizer und eine Handvoll weiterer Prozessbeobachter begaben sich in einen nahe gelegenen China-Imbiss.

»Dieser Mönch«, wandte Tanja sich während des Essens an den Schweizer, »verhält sich wie ein Anführer. Könnte es sein, dass er die Ausstellung verwüstet hat? Weiß man irgendetwas Genaueres über ihn?« Der Langhaarige, der mit Holzstäbchen die Glasnudeln geschickt in den Mund beförderte, kam dem Reporter zuvor: »Er ist der neue Anführer des *Banner,* Koljan Drosdow alias Bruder Nikifor. Wisst ihr, was komisch ist? Die Bannerträger wurden seit der Gründung von Streljany angeführt. Sagt euch der Name was?«

Tanja schüttelte den Kopf.

»Wadim Streljany ist ein Liedermacher, früher hätte man ihn wohl so was wie Barde genannt. Er ist gerade total in und füllt ganze Säle. Als er mal bei mir im Atelier war, haben wir bis zum Morgen gesoffen. Dabei hat er mir sein komplettes Leben erzählt, wie er Alkoholiker wurde, wie er zum *Banner* kam und so weiter. Als ihm befohlen wurde, seine Schläger auf diese Ausstellung zu hetzen, hat er sich in Quartalsaufen gestürzt und die Aktion geschwänzt. Seine Rollen als Künstler und als Anführer dieses Schlägertrupps passten für ihn nicht mehr zusammen. Eine kognitive Dissonanz – wisst ihr, was das ist?«

»Ja«, antwortete plötzlich die Kellnerin, die beim Kassieren dem Gespräch gelauscht hatte. »Das ist, wenn ein Mann mit Glatze einen orthodoxen Bart hat.« Die ganze Runde brach in Gelächter aus.

»Die Aktion im Rjasaner Kreml geht zufällig nicht auch auf sein Konto?«, fragte Tanja, nachdem sich die Runde halbwegs beruhigt hatte.

»Sachte, sachte«, der Künstler wischte sich den Mund mit dem Ärmel ab. »Wenn man seinen Hintergrund bedenkt. Es hat seine Zeit gebraucht. Nachdem Streljany der Aktion ferngeblieben war, hat dieser hinkende Bruder Nikifor die Museumssache eben auf eigene Faust durchgeführt. Ich habe in der Kosma-und-Damian-Gemeinde einen Informanten«, bemerkte er stolz. »Jedenfalls wurde der Held anschließend prompt zum Anführer befördert.«

Hinter dem Künstler quitschte die Glastür.

»Kennst du diesen Streljany?«, fragte der Schweizer Tanja.

»Nie von ihm gehört, aber der Typ scheint ja ganz interessant zu sein. Mich beschäftigt im Augenblick aber eigentlich etwas ganz anderes. Dieser Nikifor hat die Exponate einer öffentlichen Ausstellung zerstört. Man nimmt ihn und seine Schläger fest, und es wird Anzeige erstattet. Aber auf einmal geschieht etwas völlig Unverständliches: Diese Schläger werden wieder auf freien Fuß gesetzt, und die Ermittlung richtet sich plötzlich gegen die Opfer. Das stellt die Sache doch völlig auf den Kopf! Da werden Opfer zu Tätern gemacht, einfach so, vor aller Augen. Man muss sich ja über das hiesige Rechtssystem keinen Illusionen hingeben, aber gib zu, um so was in die Wege zu leiten, braucht es schon sehr mächtige Hintermänner. Oder glaubst du tatsächlich, dass die Kirche Einfluss auf die Staatsanwaltschaft und das Gericht nehmen konnte?«

Sie traten aus dem Imbiss und sahen die Prozessbesucher wieder ins Gerichtsgebäude strömen.

»Ich glaube, ich gehe heute Nachmittag nicht mehr hin«, erklärte der Schweizer. »Ich muss mich auf eine Pressekonferenz vorbereiten. Aber zu deinem Zweifel: Ich bin, wie du weißt, in einem winzigen Land aufgewachsen und habe in Paris und London studiert. Bei uns sind Verschwörungstheorien verpönt. Bei euch in Russland sind sie dagegen oft das einzige Mittel, um sich seltsame, undurchschaubare Vorgänge zu erklären. Ich muss allmählich widerwillig zugeben, dass das durchaus seine Berechtigung hat. Vor allem, wenn man das politisch wenig korrekte Wort ›Verschwörung‹ durch ›Operation‹ ersetzt. Wenn ein Geheimdienst, dem kein Riegel vorgeschoben wird, an der Macht ist, wenn ein Geheimdienst auf die Verfassung und auf das Gesetz pfeift, dann ist dessen Herrschaft das gelungene Resultat einer Verschwörung. Ab dann hat er nur noch eines im Sinn: die eigene Macht zu festigen, die Konkurrenz auszuschalten und den Ertrag zu maximieren. Und das geschieht mittels geheimdienstlicher Operationen. Das ist schließlich das Einzige, was sie gelernt haben.«

»Aber was haben sie von einer Handvoll Künstler, für die sie durch die Verwüstung ihrer Ausstellung eher Reklame machen? Wäre es nicht sinnvoller gewesen, sie einfach zu ignorieren?«

Der Schweizer winkte ab und ließ Tanja im Schneeregen stehen. Sie suchte mit den Augen nach Lena. Unbeteiligt, ganz in ihr Leid versunken, stand die Nonne geduldig am Eingang zum Gericht. Sie hatte ihr den Rücken zugewandt und schien Tanjas Blick zu spüren, traute sich aber nicht, sich umzudrehen. Tanja machte kehrt.

Der Schlafbezirk, in dem sie geboren wurde, sah in der Dunkelheit friedlicher aus als im schonungslosen Tageslicht. In Tausenden winziger Wohnungen brannten Lichter, hinter den Fenstern flimmerten Fernseher. Tanja beobachtete einen alten Mann, der sich eine Brille auf die Nase setzte und ein dickes Buch aufschlug, das wie ein altes Lexikon oder eine Bibel aussah. In einer anderen Wohnung zog ein Mann ein Hemd an, während ein Mädchen vor dem Spiegel stand und sich die Haare auf Lockenwickler drehte. Ein Pärchen küsste sich. Fesselnd, aber auch melancholisch wirkte diese hundertfache geräuschlose Animation auf Tanja, und sie konnte den Blick nicht von diesem Schattentheater der Gleichzeitigkeit wenden.

Hinter der dünnen Wand lief die x-te Folge der brasilianischen Telenovela »Auch Reiche weinen«, von der Tanjas Mutter seit zehn Jahren einfach nicht genug bekommen konnte. Das war Tanja ganz recht, denn sie hatte nicht die geringste Lust auf eine Neuauflage des alten Streits und schloss sich in ihr Zimmer ein. Die Mutter konnte sich immer noch nicht mit der angeblichen Weigerung ihrer Tochter abfinden, ein Kind in die Welt zu setzen, und nutzte deren seltene Besuche stets dazu, ihr ins Gewissen zu reden. In der Regel ließ Tanja den Sermon widerstandslos über sich ergehen. Doch die jedes Mal mit Inbrunst vorgetragene Forderung der Mutter hatte längst absurde Züge angenommen. Schließlich hatte sie vor zwei Jahren ihren vierzigsten Geburtstag gefeiert.

Allerdings war Tanja an der Verzweiflung der Mutter selbst nicht unschuldig. Sie hatte sie nicht in ihre Entzweiung mit Alex eingeweiht, sodass die Scheidung die Mutter unvorbereitet getroffen hatte. »Bist du wahnsinnig geworden? Du verbaust dir dadurch die letzte Chance, schwanger zu werden!«, schrie sie ins Telefon.

Doch ihr selbst wurde das unvermeidliche Scheitern erst im letzten Augenblick offenbar.

Alex war wie so oft auf einer Dienstreise gewesen, diesmal in Südasien. Sie stand im Wohnzimmer ihres leeren Hauses in Berlin-Karow und fütterte Fische im Aquarium.

Das Aquarium war Alex' Hobby, Tanja mochte Kaltblütler nicht. Sie sah zu, wie die Fische sich schubsten und ihre runden Mäuler öffneten, und plötzlich sah sie ihre Spiegelung in der Glasscheibe: Eine Frau steht am Aquarium und füttert Fische. Sie schüttet die ganze Dose Fischfutter ins Wasser, schmeißt sich aufs Sofa und heult los.

Am Tag darauf beschloss Tanja, nach Moskau zu fliegen. Die Mutter nörgelte, die Tochter habe sie vergessen, und es gab immer genug zu recherchieren, um die Reise von der Steuer abzusetzen. In der Historischen Bibliothek kam sie mit der zerfallenden Katalog-Kartei nicht klar, fluchte vor lauter Hilflosigkeit und zankte mit der Bibliothekarin, die ihr nicht zu helfen wusste. Ein Mitarbeiter, der sich als Leiter der Manuskriptabteilung mit dem Namen Sergej vorstellte, half ihr, das Dokument zu finden. In der Abenddämmerung verließ Tanja das Gebäude und traf auf Sergej, der am Eingang auf sie wartete.

Zurück in Berlin war sie erleichtert, dass ihr Mann so rege an der Globalisierung beteiligt war. Die Freude über seine Abwesenheit war für sie neu und befremdlich. Stundenlang chattete sie mit Sergej.

Als Alex nach Hause kam, schaffte es Tanja gerade noch, ihr Chatfenster zu schließen. Ihm war ihre Hast aufgefallen, vor allem aber, dass sie ein fröhliches Wiedersehen verweigerte. Sie waren noch halbe Kinder gewesen, als sie heirateten, und wussten jede Unaufrichtigkeit des anderen zu erkennen. Es kam aber noch schlimmer. Zwei Guppys schwammen mit dem Bauch nach oben. Sie hatten sich überfressen. Er war verärgert und machte ihr Vorwürfe, sie könne mit dem Aquarium nicht umgehen. Das war ihr erster Streit seit zwanzig Jahren.

Beim Abendessen erzählte er von seiner Reise und wie er von einer Dolmetscherin angemacht worden war. Sie hatte ihm ein Foto von sich geschenkt. Er holte das Foto aus der Brusttasche und zeigte es Tanja.

»Und?«, entfuhr es ihr unwillkürlich. »Vielleicht solltest du sie heiraten?«

Sie war nicht eifersüchtig, im Gegenteil, sie war entschlossen, ihre Beziehung zu beenden, hatte aber Angst, ihm wehzutun. Allerdings hatte Alex gar nicht beabsichtigt, wie Tanja im Nachhinein aufging, Eifersucht in ihr zu wecken, selbst wenn der Unfug mit dem blöden Foto vielleicht so gewirkt hatte. Es war eher eine Verzweiflungsgeste gewesen. Eigentlich wollte er das Unausweichliche noch abwenden, und doch kam es ihm im nächsten Augenblick wie ungewollt über die Lippen: »Lass uns die Scheidung einreichen.«

»Okay«, stimmte Tanja zu, als ob dieser Vorschlag sie gar nicht überrascht hätte. Sie verspürte eine fast unangenehme Erleichterung und zugleich furchtbares Mitleid mit Alex.

Als sie alle Unterlagen beisammenhatten und der Scheidungsantrag ans Gericht ging, versuchte Alex zurückzurudern: »Vergessen wir das lieber. Lass uns noch mal von vorne anfangen.«

Tanja mühte sich, standhaft zu bleiben: »Es ist zu spät. Es ist mit uns zu Ende, Alex.«

Trotzdem zog er noch die Bremse und verweigerte seine Einwilligung. Schlimmer noch, er bat Rita Scharun, seine Frau zur Vernunft zu bringen. Dass ein derart verschlossener Mensch wie Alex überhaupt auf die Idee kam, jemanden in sein Privatleben reinzulassen, und noch dazu ausgerechnet Rita, die er nicht leiden konnte, war eine weitere Verzweiflungstat.

»Schämst du dich nicht?«, sagte Tanja lachend. »Wir haben uns doch bei ihr kennengelernt. Ohne sie wären wir wahrscheinlich gar nicht zusammen.«

Natürlich hatte er sich mit der Schlichterin gründlich verrechnet. Sie war von der Möglichkeit, Einfluss auf Tanjas Schicksal zu nehmen, elektrisiert.

»Weiß Alex davon, dass du einen Liebhaber hast?«, legte sie los.

»Woher weißt du das eigentlich?«

»Hm, es liegt doch nahe, oder?«

Tanja überlegte einen Augenblick.

»Ich bin mir nicht sicher. Jedenfalls kann er sich nicht aufraffen, mich direkt danach zu fragen, und ich bringe es nicht über mich, ihm das zu gestehen. Er ist ein wunderbarer, liebenswürdiger Mensch. Mir fällt es wahnsinnig schwer, ihm wehzutun.«

»Warum willst du dich dann von ihm trennen? Vielleicht brauchst du einfach zwei Partner: den einen für das Oben und den anderen für das Unten? Ich selbst war bis vor Kurzem mit zwei Männern liiert. Blöderweise habe ich nicht aufgepasst, sie haben sich bei mir zur gleichen Zeit eingefunden. Nun sind beide über alle Berge«, seufzte sie.

»Respekt«, sagte Tanja grinsend, »ich glaube nicht, dass ich mich in einem solchen Arrangement auf Dauer einrichten könnte. Alex ist vollkommen in Ordnung, oben wie unten, wenn du das meinst. Aber er hat sich sehr verändert. Als ich zu ihm gezogen bin, war er frech und tatendurstig: Friedensbewegung, Demokratie jetzt, Montagsdemonstrationen.

Dann ist er zu Siemens gegangen. Als es mit seiner Karriere losging, war ich sehr stolz auf ihn. Denn er war einer der wenigen, die im Westen fast über Nacht Karriere machten. Erst langsam ging es mir auf, dass wir uns wie im Hamsterrad drehten: nach München ziehen, ein Haus kaufen, zurück nach Berlin umziehen, wieder ein Haus kaufen, Kredite abbezahlen, Steuererklärungen abgeben. Seine alten Freunde aus dem Forum sind ihm irgendwann abhandengekommen. Er war nun ein hohes Tier und hatte einen vollen Terminkalender.

Zuerst kam diese Leere, dann verfestigte sich bei mir das Gefühl, dass er das Interesse an meiner Welt verloren hatte. Er merkte das alles nicht einmal, so gehetzt war er.«

»Die Scheidung wäre trotzdem eine falsche Lösung, du würdest ganz ohne Not gesellschaftlichen Status einbüßen. Du bist doch eine emanzipierte Frau und solltest dir einfach die Freiheit nehmen.«

»Verschone mich mit deinen Genderstudies, ich bin deinen Vorstellungen von Emanzipation nicht gewachsen. Vor allem hat Alex nach all den Jahren nicht verdient, so banal betrogen zu werden. Soll ich auf seine Kosten leben und mich mit einem anderen amüsieren? Verstehst du, wenn ich mich nicht zu der Trennung aufraffe, bleibe ich als emotionaler Krüppel übrig.« Tanja bekam feuchte Augen.

Bei der Aufteilung des gemeinsamen Besitzes hatte Alex sie dann übers Ohr gehauen. Von dieser Seite hatte sie ihn noch nicht gekannt. Als der Anwalt ihr empfahl, gegen ihn zu klagen, lehnte sie ab. Tanja verzieh ihm die Sache mit dem Geld, mehr konnte sie nicht für ihn tun.

Dass sie eine neue Beziehung hatte, traute Tanja sich der Mutter gar nicht zu gestehen. Das würde ihre Hoffnung auf ein Enkelkind nur von Neuem aufkeimen lassen.

Die Mutter hatte unterdessen die Lautstärke ihres Fernsehers voll aufgedreht. Das brasilianische Gekreische nervte, aber Tanja war stur genug, sich nicht auf ein erneutes sinnloses Gezänk einzulassen. Sie blieb in ihrem Zimmer.

Die Wanduhr schlug Mitternacht. Die Lichter in den Wohnhäusern erloschen nach und nach und irgendwann verstummte auch der Fernseher, die Mutter schlief bereits, und sie selbst hatte es versäumt, Sergej anzurufen. Ihr Handy quoll über von seinen verzweifelten SMS-Botschaften. Morgen würde er sie bestimmt zur Rede stellen.

PSYCHO

Jedes Mal, wenn sie aufwachte, fiel ihr Blick auf die graue Brandmauer vor ihrem Fenster. An diese Aussicht aus ihrem Schlafzimmer in der Berliner Wohnung konnte Klara sich nicht gewöhnen. In Moskau hatten hohe Pappeln vor ihrem Balkon gestanden. Im Frühling konnte sie beim Aufwachen deren treibende Knospen sehen. Auf die klebrigsaftigen Blättchen folgten bald die Kätzchen, die Ende Mai zu einem weißen Flaum heranreiften, der durchs geöffnete Fenster geflogen kam und den Fußboden, ja, die ganze Stadt mit einem wolligen Schleier bedeckte.

Nach dem Ende des Prozesses hatten Klara und Leonid die Entscheidung getroffen, Russland zu verlassen. Leonid wäre gerne in die USA gegangen, wo ihm eine Stelle an der Universität in Aussicht gestellt worden war. Klara drang indes darauf, sich näher bei Assja niederzulassen. Natürlich wusste sie, dass der Graben zwischen Mutter und Tochter nicht in Flugstunden zu messen war. Und doch sträubte sie sich mit all ihren Sinnen gegen den kalten Liebesentzug ihrer Tochter.

»Nach New York zu fliegen ist zu teuer«, wehrte sie die Argumente von Leonid ab, »vielleicht fände Assja doch noch Zeit, uns zu besuchen, wenn wir näher wohnten.«

Nachdem Leonid eingeladen wurde, an einem Forschungsprojekt im Wissenschaftszentrum zu Berlin teilzunehmen, hatte er jedoch ein Machtwort gesprochen: »Die Stadt ist wie eine zweite Hauptstadt Russlands, du wirst dich dort schnell einleben.«

Klara hatte die ganze Nacht nicht schlafen können, die Tabletten halfen ihr nicht mehr. Mit geöffneten Augen lag sie neben dem schnarchenden Leonid und hörte auf ihren Herzschlag. Die Traumfetzen, die noch in ihrem Kopf hingen, raubten ihr die Kraft aufzustehen. Daheim in Moskau hatten ihr das Grün im Fenster oder die kahlen, mit Schnee bedeckten Äste geholfen, die morgendlichen Gespenster zu vertreiben. Im Berliner Grau jedoch erstarrten die Bilder in ihrem Hirn wie auf einer kaputten Videokassette, und sie sah sich darauf als kleines verschüchtertes Mädchen in Filzstiefelchen zwischen zwei Frauen hocken.

Es hält ihren Teddy Mischka im Arm und weint. Mischka fehlt eine Pfote, ein grober, stinkender Mann hat sie ihm beim Ansturm auf den Waggon abgerissen und sie ist auf die Schienen gefallen.

»Freu dich doch, dass wenigstens du heil bist«, schimpft die Oma und streicht dem Kind übers Haar. Klogestank weht ins Abteil, draußen vorm Fenster huschen Nadelwälder vorbei. Es schläft ein, wacht wieder auf und sieht immer die gleichen Tannen. Nach tagelanger Fahrt lichten sich die Wälder und die Erde wird kahl und gelb. Dann tauchen am Horizont fensterlose Türme auf.

»Wer wohnt da in den Türmen?«, fragt sie die Oma.

»Da lebt niemand. Hier wird die Kohle aus der Erde geholt. Und diese Halden da sind der Abfall, der übrig bleibt.«

Das Kind versteht und beruhigt sich.

Endlich hält der Zug. Die Oma bugsiert es mit dem

schweren Koffer in der Hand zum Ausgang. Auf dem Bahnsteig stehen Menschen in grauen, wattierten Jacken, die Gebäude der Eisenbahnstation und die Straße sind von einer schwarzen Staubschicht überzogen. Aus der Menschenmenge hört sie eine Frauenstimme »Mama!« rufen. Die Oma und die junge Frau fallen sich in die Arme und weinen.

»Klärchen«, schluchzt die Oma, »komm her und gib deiner Mamotschka einen Kuss.« Das Kind hat Angst vor der unbekannten Frau und klammert sich ans Bein der Großmutter. Im Gesicht der jungen Frau ziehen Tränen schwarz-graue Spuren.

»Ja, weißt du denn nicht, dass das deine Mutter ist?«

»Lass nur, Mama, das wird schon. Die Kleine wird sich an mich gewöhnen.«

Die junge Frau hievt Omas Koffer auf ihren Rücken, und die drei gehen an den Halden und an Holzbaracken vorbei, bis die Frau, die sich ihre Mama nennt, mit dem Fuß eine Barackentür aufstößt. Im langen Flur stinkt es nach Kohlsuppe und billiger Seife. Sie betreten ein Zimmerchen, dessen Wände Vorhänge sind. Das Kind hört das Schreien eines Babys, der Gestank von Zigaretten liegt in der Luft.

»Hier wohnst du also, Töchterchen«, sagt die Oma und sieht sich mit sorgenvoller Miene um.

Leonid gab ein trompetendes Geräusch von sich und erwachte. »Olala, der Hahn hat schon dreimal gekräht, und wir liegen immer noch in den Federn! Es ist ja schon Mittag, und ich sitze nicht am Schreibtisch. Schande über uns! Hast du gut geschlafen?«

»Ja, danke«, antwortete sie, ohne ihn anzuschauen. Beim Frühstück wechselten sie keine zwei Sätze.

Leonid versuchte Klara aus ihren düsteren Gedanken zu reißen und witzelte: »Heute wird Christus gekreuzigt, aber am Sonntag wird er wieder auferstehen. Dann ist das Wetter hoffentlich nicht so mies wie heute, und wir gehen spazieren.« Es hörte sich falsch an. Es war mittlerweile beiden klar, dass auch der Prozess ihre Beziehung nicht gerettet hatte.

Vor dem Fenster trieb der Sturm Schneeregen durch die leeren Straßen. Die Zeit schien stillzustehen. Klara richtete sich im Sessel mit einem Buch auf den Knien ein und versuchte zu lesen. Das Geheul des Windes im Kamin drang ihr unter die Haut. Es dämmerte bereits. Gleich aus mehreren Richtungen hörte sie die Glocken läuten. Sie schienen mit panischen Stimmen miteinander zu sprechen.

»So ein Sauwetter, ausgerechnet an diesem Tag«, ging ihr durch den Kopf. »Ich muss ihm unbedingt etwas Warmes zu trinken bringen.« Sie erhob sich, ging in die Küche und machte einen Tee, füllte ihn in eine Thermoskanne, stopfte sie in die Tasche und stahl sich in den Flur. Dort zog sie Mantel und Stiefel an, schrie durch die offene Wohnzimmertür: »Ich komme gleich wieder«, und lief, ohne eine Antwort abzuwarten, die Treppe hinunter.

Der Wind wütete in den Baumkronen, und der nasse Schnee blieb an ihren Haaren kleben. Klara ging Richtung S-Bahn, ohne auch nur einem einzigen Passanten zu begegnen. Dann stieg sie in einen einfahrenden Zug. Allmählich wurde ihr wärmer, und sie drückte ihr Gesicht an die Fensterscheibe. Graue Häuser und erleuchtete Straßenzüge wirbelten an ihr vorbei. Nach der endlos anmutenden Fahrt wurde eine Station angekündigt, deren Name sie nicht verstehen konnte. Klara schreckte auf und drängte sich durch die sich schließende Tür auf den Bahnsteig. Sie hatte plötzlich das Gefühl, an derselben Station zu stehen, von der sie losgefahren war.

»Ich fahre im Kreis«, huschte es ihr durch den Kopf. »Ich darf nicht im Kreis fahren, aus dem Kreis komme ich nie wieder raus.«

Sie lief die Straße hinunter durch einen Plattenbautenwald, bis sie sich durchnässt und zitternd an einer menschenleeren Kreuzung wiederfand. Aber Klara wusste nicht mehr, warum sie hier war und wie sie nun weitergehen sollte. Sie wollte nach Hause.

Die Ampel sprang auf Grün, sie überquerte die Kreuzung und stand plötzlich vor einer langen, schmutzigen Mauer, die mit bunten Bildern bemalt war. Sie war verblüfft, wie viele von diesen Bildern sie kannte. Einige von ihnen, da war sie sich ganz sicher, waren in dieser verfluchten Ausstellung gezeigt worden. Dabei durfte es sie gar nicht mehr geben, wunderte sie sich, die waren doch in Moskau zerstört worden. Aber sie waren trotzdem da, sie sah sie ja direkt vor sich, an dieser Wand.

»Kann es sein, dass sie auferstanden sind? Aber das geht doch heute gar nicht, es ist erst Karfreitag, heute wird gekreuzigt und nicht auferstanden.« Dann schaute sie auf ihre Tasche und erinnerte sich an die Thermoskanne. »Ich muss Tee trinken, sonst erfriere ich noch.« Sie nahm einen Schluck und ging weiter.

Auf einmal sah sie ihr eigenes Gemälde vor sich und erstarrte. »Trinke nicht von der Coca-Cola, dafür ist es viel zu kalt«, flüsterte sie ihm zu und berührte seinen kalten, blutenden Fuß. »Ich habe dir heißen Tee mitgebracht. Das ist bei diesem Sauwetter genau das Richtige. Verzeih mir, ich konnte nicht ahnen, dass es hier am Karfreitag so kalt wird. Trink einen Schluck. Das wird deine Seele wärmen, und wir sehen uns am dritten Tag wieder.« Sie holte die Thermoskanne aus der Tasche und drehte den Deckel auf. Doch ihre Hand mit dem Becher reichte lediglich bis zu seinem Schlüsselbein, und als sie versuchte, sich höher hinauf zu recken, fiel ihr alles aus der Hand. Erschrocken sah sie die Thermoskanne über den nassen Asphalt rollen und lief hastig davon.

Abgehetzt gelangte sie an das Ende der Mauer und erblickte eine hübsche, mit Türmchen bewehrte Brücke vor sich, auf der durch die tanzenden Schneeflocken ein hell erleuchteter gelber U-Bahn-Zug vorbeihuschte.

Klara erkannte die Brücke, ohne sich an ihren Namen erinnern zu können. Als Leonid und sie das erste Mal in Berlin gewesen waren, hatte man ihnen die Grenze und die Mauer gezeigt, die sich quer durch die Stadt zog. Der Fluss hatte an dieser Stelle zum Osten gehört, erinnerte sich Klara, und auf der Brücke, dort wo jetzt die Autos fuhren, hatte sich ein Grenzübergang befunden und direkt am Ufer ein komischer Kasten, der auf Augenhöhe einen Schlitz gehabt hatte. Sie hatte durch den Schlitz auf die feindliche Seite des Flusses geschaut und so getan, als zielte sie mit einem Gewehr auf gegnerische Soldaten: »Peng, Peng.« Alle hatten gelacht.

Wieder fuhr ein Zug vorbei. An einer der Türen sah sie einen schwarz gekleideten, bärtigen Mann stehen, der sein Gesicht an die Glasscheibe drückte. Sie erschauderte: Es war der Mönch, der ihr Bild zerhackt hatte und zu jedem ihrer Prozesstage gekommen war. Und jetzt war er ihr nach Berlin gefolgt.

Klara brach in Panik aus: »Gleich wird er aus dem Zug steigen und bald bei mir sein. Ich muss hier weg. Ich will nach Hause. Und ich muss Leonid anrufen. Wir haben ja noch gar nicht zu Abend gegessen!«

Sie tastete in der Manteltasche nach dem Handy, doch fand nur ein nasses Taschentuch. »Warum hast du ihm bloß Coca-Cola reichen wollen, du hast nicht an die Kälte gedacht. An die tödliche sibirische Kälte. An die verwitterte Steppe von Karaganda. Der Hahn hat bereits gekräht ...«

Sie blickte zurück zur Mauer, auf der einsam der von ihr Gekreuzigte fror. »Du hast ihn verraten.« Um alles in der Welt wünschte sie sich, dieses Bild niemals gemalt zu haben. Durch den Schneeregen sah Klara einen bärtigen Mann auf sie zukommen. »Der schwarze Mönch!«

Tanja saß vor ihrem Rechner und kippelte mit dem Stuhl. Auf dem Bildschirm war ein leeres Wortdokument geöffnet, doch außer dem vielversprechenden Titel »Ausflug nach Golgatha« herrschte gähnende Leere auf dem Bildschirm, und das schon seit Tagen. Der erste Satz wollte ihr einfach nicht kommen.

Und je länger sie über dem Aufsatz brütete, desto öfter ging ihr durch den Kopf: »*Gewogen wurdest du auf der Waage und zu leicht befunden.*« Bisher war sie noch nie auf die Idee gekommen, diesen Bibelspruch auf sich selbst zu beziehen. Aber jetzt ergriff sie zum ersten Mal das mulmige Gefühl, nicht weiterzuwissen, versagt zu haben.

Die Hälfte ihres bisherigen Lebens hatte Tanja in Deutschland verbracht. Doch immer häufiger wurde sie vom Gefühl heimgesucht, die Wurzeln hielten sie in diesem behaglichen Boden nicht mehr fest. Auf einmal erschien ihr alles längst Vertraute fremd, sie hatte merkwürdige Träume und ein Anflug von Schwermut trübte immer häufiger ihr ansonsten heiteres Gemüt. Im Schlaf drang ihr ein berauschender Wiesengeruch in die Nase und verwirrte ihre Sinne. Sie sah sich als Mädchen einen Kranz aus gelbem Löwenzahn flechten.

Tanja hat Sergej versprochen, mit ihm zusammenzuziehen. »Entweder sind wir füreinander da oder gar nicht. Ich bin nicht mehr jung«, hatte er gesagt. Das war just vor einem Jahr, und sie wusste, dass er seine Drohung nicht wahr machen würde. Aber seine Vorwürfe, ihre Beziehung bedeutete ihr nichts, machten sie rasend. Er wollte nicht einsehen, dass es für sie nicht einfach ein Umzug sein würde.

Tanja öffnete den Ordner mit den nicht veröffentlichten Texten, blätterte in den Ausdrucken und stieß auf einen Artikel, den sie einmal – der 11. September hatte die Welt noch nicht erschüttert – über den Karneval der Kulturen, ein von der Stadt veranstaltetes Multikulti-Fest, geschrieben hatte. Der Umzug hatte sich durch Kreuzberg gewälzt, sie hatte am Rand gestanden und notiert, welche Kulturen da vertreten waren. Nach den deutschen Hare-Krishna-Anhängern kamen Russen in Folkloretracht, nach den Russen als Indianer verkleidete Deutsche mit Flöten, nach den deutschen Indianern deutsche Tamtam-Trommler, nach den deutschen Tamtam-Trommlern kamen Selbsthilfegruppen ohne Migrationshintergrund. Auffallend war, dass bei dem Umzug diejenigen fehlten, um die es bei dieser Demonstration vermeintlich gelungener Integration eigentlich gehen sollte: die Türken. Der Islam nahm am Fest der Integration nicht teil, und das hatte sie auch geschrieben.

Die Redaktion hatte daraufhin gefragt, ob man den Hinweis auf die fehlende Beteiligung muslimischer Migranten streichen dürfe. Es sei auch nicht unbedingt nötig, die Vielfalt der Kulturen durch die vielen deutschen Teilnehmer zu hinterfragen. Sie hatte sich stur gestellt, und der Artikel war nicht erschienen. An sich war es eine unbedeutende Geschichte, nicht der Rede wert. Doch Tanja – die immerhin aus dem Reich der Zensur kam – war entsetzt gewesen. Hätte sie den Kürzungen zugestimmt, so dachte sie, wäre sie keine freie Journalistin mehr. Unfrei war sie aber schon drüben gewesen.

Sie zog ein Interview mit einem russischen Klimaforscher aus dem Papierstapel und lächelte. Er hatte sich zum Gespräch nur unter der Bedingung bereit erklärt, dass sein wahrer Name auf keinen Fall in der Presse erscheinen durfte. Seiner Überzeugung nach war der Klimawandel natürlichen Ursprungs, die Klimamodelle waren geschummelt und Milliarden, die in den Klimaschutz investiert wurden, herausgeschmissenes Geld. Würden seine deutschen Kollegen von einer derart unorthodoxen Ansicht Wind bekommen, hätte man die Kooperation mit ihm wohl beendet. Am Ende des Gesprächs hatte er ihr noch empfohlen, einen guten Wintermantel zu besorgen, denn das Klima sollte demnächst kälter werden.

Das Interview wurde abgelehnt. Sie hätte keine Erfahrung in Wissenschaftsjournalismus und ließe sich von einem Klimaleugner in die Irre führen, war die Begründung der Redaktion. Die letzten Winter waren aber trotzdem sehr streng, und sie bedauerte, seinen Rat in den Wind geschlagen zu haben.

Auf den Essay über die Oligarchen, die sich Mitte der Neunziger Russland unter den Nagel gerissen hatten, hatte sie von der Redaktion nicht einmal eine Antwort bekommen. Ein befreundeter Redakteur ließ ihr ausrichten, der Text sei als antisemitisch eingestuft worden.

Schließlich nahm sie einen Artikel in die Hand, den sie eben erst aus dem Internet ausgedruckt hatte. Er befasste sich mit dem Verschwinden Klara Gordons. Der Autor stellte Spekulationen an, ob sie Opfer einer aus Russland gesteuerten Geheimdienstoperation geworden war. Plötzlich zerriss ihr Telefon die morgendliche Stille.

»Hallo, hier Laetitia Condé am Apparat. Spreche ich mit Madame Legat? Ich bin französische Journalistin und nur für drei Tage in Berlin, um zum Fall Gordon zu recherchieren. Apropos französisch, Sie haben einen französischen Namen, n'est-ce pas?«

Tanja fragte sich verwundert, welchen Nutzen sie für die Französin haben könnte, erklärte sich aber zu einem Gespräch bereit. Sie verabredeten sich für neunzehn Uhr im Interconti und beschrieben einander, wie sie aussahen, damit sie sich erkennen konnten.

»Die deutsche Journalistin Tanja Legat, übrigens französischer Herkunft«, äffte sie die Französin vor dem Spiegel nach, »ist der Überzeugung, dass ...«, so würde in ihrem Artikel stehen.«

»Tja, was glaube ich eigentlich und warum drücke ich mich vor diesem Fall?«

Pünktlich traf Tanja auf der Terrasse des Hotels ein, setzte sich an einen freien Tisch und wartete auf Laetitia Condé. »Eigentlich müsste sie pünktlich sein und nicht ich«, ärgerte sie sich über ihre unverbesserliche Bereitwilligkeit. Tanja konnte sich nicht konzentrieren, und ihr unruhiger Blick schweifte über die Passanten, die hinter der verglasten Terrasse am Landwehrkanal entlangspazierten. Aus dem Zoologischen Garten wehte der strenge Geruch von Wildtieren herüber.

Die Französin winkte ihr beim Hereinkommen schon am Eingang freundlich zu, und Tanja versuchte, ein strahlendes amerikanisches Lächeln aufzusetzen, was ihr allerdings nicht recht gelang. Die elegante, hochgewachsene Dame um die fünfzig, die fließend Deutsch sprach, entschuldigte sich für die Verspätung und stellte sich noch einmal vor.

»Ich weiß, dass Sie die Ermordete persönlich kannten«, begann Laetitia und zündete sich eine Zigarette an. »Erlauben Sie?«

Tanja nickte und erwiderte verwundert: »Warum die Ermordete? Dafür gibt es noch keine Beweise. Weder Spuren noch eine Leiche, nur eine Vermutung.«

»Ich weiß. Aber ich habe das Gefühl, dass sie eines gewaltsamen Todes gestorben ist. Ich sehe einen direkten Zusammenhang zwischen dem, was gerade in Paris vor sich geht, und dem Fall Gordon.«

»In Paris?«, fragte Tanja perplex. »Was geht denn in Paris vor sich? Ich bin nicht auf dem Laufenden.«

Laetitia zog zwei Zeitungsartikel aus der Tasche.

»Das hier ist ein Bericht aus dem *Le Nouvel Observateur* und das ein Artikel aus dem *Daily Telegraph*. Das Moskauer

Patriarchat hat gerade ein Grundstück nicht weit vom Eiffelturm und vom Palais de l'Alma erworben. Dort will man vorgeblich eine Riesenkirche, in Wirklichkeit aber ein Spionage-Zentrum bauen. Das Vorhaben wird zwar als ›Geistiges Zentrum‹ und ›Missionarisches Seminar‹ getarnt, aber unsere Geheimdienste sind aufgeschreckt.« Sie wedelte mit dem Artikel vor Tanjas Nase herum.

»Palais de l'Alma?« Tanja zog die Augenbrauen hoch. »Und was sagen unsere britischen Kollegen noch Aufregendes?«

Laetitia setzte sich die Brille auf die Nase. »Hier zum Beispiel: ›Die Leitung der russisch-orthodoxen Kirche des Moskauer Patriarchats ist laut Akten der Kommission des Obersten Sowjets zum Putsch-Versuch von 1991 von KGB-Mitarbeitern und Spitzeln durchsetzt.‹«

Das war nichts Neues für Tanja. »Stimmt, die Kirche hat die Verstrickung seinerzeit auch nicht bestritten, vor der Aufarbeitung oder einer Entschuldigung hat sie sich aber gedrückt.«

Laetitia las weiter: »›Auf französischem Staatsgebiet ist ein beispielloses Anwachsen von Spionage-Aktivitäten zu verzeichnen. Derzeit gibt es in Paris so viele russische Spione wie zuletzt 1985.‹« Laetitia legte die Zeitung beiseite. »Man kann doch nicht ernsthaft bestreiten, dass die Kirche in diesem Fall lediglich als Tarnung für Geheimdienste fungiert.«

»Aber welche Art Geheimnisse sollten russische Spione in Paris stehlen?«, fragte Tanja verständnislos.

Die Französin verzog den Mund.

»Verstehen Sie mich nicht falsch. Frankreich hat sicher viele Geheimnisse, wie Deutschland auch, aber keine, deretwegen es sich lohnen würde, eine so große Filiale einzurichten. Mein Exmann ist Ingenieur und er hat nicht daran geglaubt, dass es möglich ist, eine hochentwickelte Industrie auf der Grundlage technischer Spionage aufzubauen. ›Lasst sie doch klauen, so viel sie wollen, um Gottes willen‹, hat er immer gesagt, ›weit werden sie damit nicht kommen, nicht mal aufholen werden sie. Sie wissen ja nicht, was für ein Denkprozess hinter jeder Zeile, jeder Formel steckt. Und das Geheimnis einer Entdeckung, einer Innovation besteht nun mal im Denkprozess selbst. *Know-how* kann man klauen, mit dem *Know-why* ist das schon viel problematischer.‹«

Die Französin zuckte mit den Schultern. »Und was ist mit China?«

»Er hat natürlich übertrieben. Es ist noch einfacher. Zum einen hat der Kreml nicht vor, Krieg zu führen, weder mit den USA noch mit Frankreich oder Deutschland. Zum anderen scheint mir die russische Industrie dermaßen rückständig zu sein, dass man dort gar nicht imstande wäre, innovative Produkte, ganz gleich ob militärische oder zivile, nachzubauen. Die Frage lautet also: Was tun all die vermeintlichen Spione hier eigentlich?«, fuhr Tanja fort. Sie merkte, dass es ihr Spaß machte, Laetitia aufzuklären.

»In gewisser Weise haben Sie aber auch recht. Denn seit den Neunzigern hat sich in der Öffentlichkeit unübersehbar einiges verändert. In den letzten Jahren wurde die Stadt von dubiosen Gestalten, die einem wie Spitzel vorkommen, geradezu überschwemmt. Dabei ist Berlin gar kein Industriestandort, sondern eher der Freizeitpark der Republik.«

»Sie sind aber sehr kritisch gegenüber Ihrem Gastland«, bemerkte Laetitia.

»Nicht kritischer als unser eigener Bürgermeister, der das am Christopher-Street-Day öffentlich gesagt hat. Allerdings gibt es in Berlin Hunderte von Nichtregierungsorganisationen, die in Russland aktiv sind, politische Stiftungen, Medien und so weiter. Tagtäglich finden Dutzende von Veranstaltungen statt – unzählige Menschen leben davon. Das ist ein gewaltiger Unterschied zu Paris, wo man alle Russlandversteher in einem Zimmer versammeln könnte. In den Neunzigern hat sich noch kein Schwein von offizieller russischer Seite dafür interessiert, worüber wir hier in Berlin diskutiert und was wir über Russland berichtet haben. Und mit einem Mal tauchten überall merkwürdige Gestalten auf und machten sich Notizen bei Diskussionsveranstaltungen, als wollten sie irgendwem darüber berichten und Personendaten weiterleiten.«

»Und wann genau trat diese Veränderung ein?«, fragte Laetitia.

»Wann wohl? Nachdem der Ölpreis schwindelerregend zu steigen anfing. Das Gerücht kursierte, es würden schwarze Listen von ›subversiven Elementen‹ erstellt – also von denjenigen, die dem Ansehen Russlands in der Welt angeblich schadeten. Irgendwann tauchte dann in der russischen Redaktion der Deutschen Welle ein Typ, dessen Gesicht nicht gerade übermäßige Intelligenz verriet, mit einem Koffer voller Dollar auf.«

»Ist das auch ein Gerücht?«

»Ich glaube nicht, das habe ich aus erster Hand, vom potenziellen Empfänger. Der Bote mit dem Koffer wollte nichts anderes, als eine freundliche Berichterstattung erkaufen. Russland, sagte er, werde vom Sender schlechtgemacht, das müsse aufhören. Nach so vielen Jahren der

Perestroika hatte das keiner für möglich gehalten. Und seither haben wir hier ungebetene Gäste.«

»Na sehen Sie«, meinte Laetitia und lehnte sich zufrieden zurück. »Müssen Sie auch Selbstzensur üben?«

»Ich?« Tanja klang beleidigt. »In Bezug auf russische Themen nicht. Zensur kommt hier eher an der Heimatfront zum Einsatz: Juden, Migranten, Klima – das sind Themen, bei denen die öffentliche Meinung stark gelenkt wird. Aber die bloße Vorstellung, ich könnte eines Tages Einreiseverbot kriegen – immerhin lebt meine Mutter noch in Moskau –, ist mir unheimlich.«

»Bestätigt das, was Sie gerade erzählt haben, nicht meine Version? In Paris und Berlin geschieht ganz Ähnliches. Madame, Sie bestärken mich in meiner Hypothese, dass Klara Gordon Opfer eines Anschlags geworden ist.« Laetitia Condé überprüfte, ob das Aufnahmegerät noch lief. »In Frankreich jedenfalls ist man davon überzeugt, dass die Künstlerin vom russischen Geheimdienst ausgespäht und beseitigt wurde. Dass der Kreml seine politischen Gegner überall auf der Welt jagt und die letzten Hemmungen verloren hat.«

»Aber Klara war keine Regimekritikerin«, entgegnete Tanja. »Okay, sie ist in diese dämliche Ausstellungsgeschichte hineingezogen worden. Aber diese Ausstellung, das ist vielen gar nicht klar, war lediglich drei Stunden lang zu sehen – während der Vernissage. Schon am nächsten Vormittag wurde sie vom orthodoxen Mob verwüstet. Viele der Exponate waren schon mehrmals ausgestellt worden, ohne irgendwelche Aufmerksamkeit auf sich zu ziehen. Eigentlich kannten sie nur Experten und eine Handvoll Künstlerkollegen. Das Delikt des ›Zwietrachtsäens‹ war also völlig an den Haaren herbeigezogen. Klara Gordon war mit einem Gemälde vertreten. Es hieß ›Es ist vollbracht!‹ und stellte Christus am Kreuz dar, dem ein römischer Legionär eine auf seiner Speerspitze befestigte Coca-Cola-Dose reicht. Kennen Sie das Bild?«

Laetitia schüttelte den Kopf.

»Das Bild hat ja offenbar eine sehr eindeutige Botschaft. In der westlichen Kunst war eine solche Konsumkritik vielleicht vor dreißig Jahren der letzte Schrei.«

»Gerade deshalb ist es ein Jammer«, seufzte Tanja, »dass die arme Frau wegen eines so belanglosen Bildes und dieser Ausstellung, die eigentlich kein Schwein interessiert hat, all die Beleidigungen und Beschimpfungen, dieses Spießrutenlaufen über sich ergehen lassen musste. Der Prozess hat Monate gedauert. Es deutet aber doch alles nicht darauf hin, dass sie in Berlin zum Opfer einer Geheimoperation geworden ist. Es wäre schließlich viel einfacher gewesen, sie in Moskau verschwinden zu lassen.«

»Sie schließen also aus, dass Gordon einem Komplott zum Opfer gefallen ist?«

Tanja zuckte mit den Schultern. »Ich neige dazu, nicht an den Stich mit dem Regenschirm zu glauben. Erinnern Sie sich noch an diesen Fall in London, in den Siebzigern?«

Die Französin schwieg und zündete sich eine weitere Zigarette an.

»Ich habe jedenfalls das Gefühl«, sagte Tanja schließlich und sah die Französin nachdenklich an, »dass Sie den Bogen überspannen. Man muss die Fliegen von den Buletten trennen, wie der russische Präsident den Europäern zu empfehlen pflegt.«

»Wie meinen Sie das?«

»Ich meine, dass Fliegen, die auf Fleisch sitzen, jedenfalls wenn sie niemand daran hindert, zwar auch aus Fleisch bestehen, aber in der Regel nicht zum Gericht gehören. Man muss sie nicht unbedingt mitessen.«

»Hm, Sie wollen also sagen, dass Sie keinen Zusammenhang zwischen der wachsenden Aktivität der orthodoxen Kirche im Westen, der Spionage und dem Verschwinden von Klara Gordon sehen?«

»In Deutschland sitzen Fliegen nicht so oft auf Buletten – was es mit Frankreich nicht weniger verbindet als die Währungsunion. Deshalb pflegt man hier in solchen Fällen zu sagen, man müsse die Dinge differenzierter sehen. Ich jedenfalls bemühe mich darum. Und glauben Sie mir, das Schicksal von Klara ist mir nicht gleichgültig. Sie war die Tochter von Menschen, denen ich als junges Mädchen sehr nahestand und die mir sehr viel bedeutet haben. Doch die Gleichung Geheimdienste gleich Kirche gleich Mord an der Künstlerin ist mir zu verschwörungsmäßig. Viele rätselhafte Dinge erweisen sich oft als ganz banal.«

»Wollen Sie damit andeuten, sie hätte so etwas wie eine posttraumatische Psychose gehabt?«

»Ich bin keine Expertin in Psychiatrie und kann nur mutmaßen, aufgrund der Informationen, die mir zur Verfügung stehen. Aus Ihrer Sicht war es politischer Mord. Im Einzelnen sind Ihre Argumente ja auch durchaus einleuchtend. Ja, die Geheimdienste sind im Ausland wieder aktiver geworden. Ja, die orthodoxe Kirche wurde vom KGB unterwandert und kontrolliert. Ja, der Prozess wurde von fundamentalistischen Kirchenkreisen ins Rollen gebracht. Und wegen der Verschränkung von Kirche und Geheimdiensten kann man durchaus vermuten, dass die Geheimdienste bei dem Prozess gegen die Künstler ihre Hand im Spiel hatten. Aber auch wenn das tatsächlich der Fall gewesen wäre, glaube ich trotzdem nicht, dass man einen Killer geschickt hat, um Klara zu beseitigen.«

Laetitia war sichtlich enttäuscht. Ihr Plot stand schon fest, sie hatte nur noch ein paar O-Töne haben wollen.

»Ich habe den Eindruck«, sagte Tanja, »dass es bei diesem missionarischen Zentrum in Paris um etwas anderes geht als um französische Geheimnisse. Vielleicht ist das Gerücht, es ginge um Spionage, ja beabsichtigt. Aber das ist nur eine vage Vermutung. Recherchieren Sie doch in diese Richtung, wenn Ihnen danach zumute ist.«

Die Französin steckte ihr Aufnahmegerät in die Tasche und winkte die Kellnerin herbei.

»Der Kalte Krieg war das Zeitalter der Spionage schlechthin«, setzte Tanja ihre Gedanken fort. »Ich glaube, wir leben heute in einer Zeit der Quasi-Spionage, die von Quasi-Nachrichtendiensten inszeniert wird. Russland als Heimat der Potemkinschen Dörfer versteht sich auf die Kunst des Bluffs.«

Laetitia hatte unterdessen die Rechnung bezahlt und war aufgestanden. »Aber was haben sie davon, wenn sie nicht imstande sind, von den Geheimnissen zu profitieren?«

»Wenn ich wüsste, wer diese ›sie‹ sind, könnte ich Ihre Frage vielleicht beantworten.«

»Das verstehe ich nicht.«

»Ich auch noch nicht so ganz«, erwiderte Tanja und erhob sich ebenfalls.

Laetitia versprach ihr, sich irgendwann bei ihr zu melden, verabschiedete sich und eilte zum Aufzug.

Auch Tanja verließ die Caféterrasse und bog zum Landwehrkanal ab. Im schmutzigen Kanalwasser schwamm eine Blechdose, die einmal russische Kondensmilch enthalten hatte. »Sogar der Müll ist schon russisch«, dachte sie. Ihre Stimmung hellte sich auf, und sie schlug den Fußweg am Zoo entlang ein.

Es dämmerte bereits. Tropische Vögel stimmten ihren Werbegesang an und stießen fremdartige Trompetentöne aus. Zwei Strauße versuchten in rastlosem Kreisen, die ihnen geraubte Weite der Savanne zu ersetzen.

Tanja ging weiter, unter der S-Bahn-Brücke hindurch und an der »Rosa Röhre« vorbei, deren Putz abblätterte.

Ihr kam das Treppenhaus in Sergejs Plattenbau in den Sinn, in dem es nach Katzenkot stank und unter dessen Müllentsorgungsschacht eine Rotzpfütze stand. Die von ihren Ehefrauen vor die Tür geschickten Raucher spien absichtlich dorthin, schließlich war »Schlagt die Schwarzärsche« an die Wand gesprüht, und jeden Morgen schrubbte ein eingeschüchterter Tadschike den vollgespuckten Boden unter den hasserfüllten Blicken der Mieter, die sich an ihm wie an einem Exkrementenhaufen vorbeistahlen. Sie sah den feuchten Wintertag vor sich, den Gerichtssaal, die übergeschnappten Eiferer, wie sie die Angeklagte anspucken. Lena in der Nonnentracht, Bruder Nikifor, der das Vaterunser abbricht.

Sie hätte gerne gewusst, ob sie je imstande sein würde, ihr kleines, unspektakuläres Leben zu leben, ohne von diesem Irrsinn absorbiert und zermürbt zu werden. Fremd war sie dort, fremd war sie hier, gewogen und zu leicht befunden.

Er hatte sich wieder mit der Rasierklinge verletzt. Gribojedow war in Eile, zunächst musste jedoch das Blut gestillt werden, sonst würde er sich das Hemd versauen. Er presste ein Taschentuch gegen den kleinen Schnitt am Kinn und blieb vor dem Spiegel stehen. Zwischen den braunen, kurz geschnittenen Haaren sah er einige graue.

»Männer werden im Alter schöner«, hatte ihm einmal eine Frau erklärt, die ihn verzweifelt in ihr Bett zu kriegen versuchte, »bei Frauen verhält es sich eher umgekehrt.«

Aber das Älterwerden war ohnehin nicht sein Problem. Im Gegenteil: Eine hundsgewöhnliche männliche Krise zu durchleben wäre ihm lieber gewesen, statt andauernd diese gähnende Leere zu spüren. Mit fünfundvierzig war er ledig: ein Single, wenn auch nicht aus Prinzip oder Egoismus. Allerdings war ihm im Augenblick ohnehin nicht nach einer festen Beziehung zumute. Hinter seiner gelassenen Fassade spielte sich etwas ab, das seiner eingeübten Kontrolle immer mehr entglitt.

Nach dem Abschied von der Garnison hatte er sich für einen kurzen Augenblick eingebildet, man könnte seine Vergangenheit abschütteln und sein Leben bei null anfangen. Das war eine unverzeihliche Schwäche. An Stalins Sarkophag war ihm vorgeführt worden, dass seine Zukunft bereits besiegelt war. Dawydow hatte ihm eine Chance gegeben. Schließlich war er eigenmächtig in Deutschland geblieben und von der unsichtbaren Front, die es nun nicht mehr gab, faktisch desertiert.

Unvermittelt realisierte Gribojedow, dass er viel zu lange geistesabwesend vor dem Spiegel gestanden hatte. Der Bote wartete sicher schon im »12 Apostel« auf ihn. Hastig griff er nach seinem Sakko und stürzte zur Wohnungstür.

Ein am Fenster sitzender, beleibter Mann um die fünfzig mit Glatze winkte ihm zu. Im Inneren des Restaurants lärmten Studenten, und ein über ihre Köpfe hinwegdröhnender Zug ließ die Gläser am Ausschank klirren. Die Männer schüttelten sich die Hände und klopften einander auf die Schultern.

»Wie steht es mit der Firma?«, erkundigte sich der Mann, der sich Koschin nannte, ohne Einleitung und ohne ihm in die Augen zu sehen. Die Frage klang doppeldeutig.

»Der Firma?«

»Ach nein«, lächelte der Bote. »Die meine ich nicht. Wie geht es *deiner* Firma: *Hinundher*, oder wie sie heißt.«

»Die Geschäfte laufen im Augenblick nicht besonders. Seit dem Beitritt Polens ist die Nachfrage zusammengebrochen. Jetzt wird alles in Litauen abgewickelt. Marijampole ist der neue Umschlagplatz für Gebrauchtwagen, haben Sie von diesem Wunderort schon mal gehört? Jedenfalls sind wir eigentlich fast pleite. Gott weiß, wie lange die Flaute noch anhält.«

Gribojedow hatte keine Lust, einen auf Busenfreund zu machen.

»Flaute, sagst du?«, Koschin schlug einen skeptischen Ton an. »Hast du nicht einen Kompagnon?«

»Ja, Peter hat seinen Anteil an Slavko Dragowitsch verkauft. Der ist jetzt für Südeuropa zuständig. Ohne ihn hätten wir schon Insolvenz anmelden müssen. Sie wissen ja, ich kann mich nicht mit voller Kraft im Geschäft engagieren. Im letzten Jahr habe ich wieder mehrere Monate in der Heimat verbringen müssen und war mit ganz anderen Dingen beschäftigt. Slavko ist mein Figaro.«

»Dann solltest du deinen Figaro lieber loswerden. Wir

glauben, dass es an der Zeit ist, deine Firma vollständig in russische Hände zu geben. Ein national orientiertes Unternehmertum ist derzeit wichtiger denn je. Wie du weißt, ist das unsere Richtlinie seit der Neugründung. Es gibt da einen jungen Mann, dem du vorerst den Anteil von deinem Serben überschreiben sollst.«

Gribojedow konnte die Wut, die in ihm aufstieg, nur mühsam unterdrücken. Koschin musste die Zornesröte in seinem Gesicht bemerkt haben.

»Vielleicht könnten Sie Klartext reden?«, sagte Gribojedow bemüht ruhig. »Erzählen Sie mir gerade, dass ich enteignet werde? So läuft das also! Ich habe diese Firma ohne jede Hilfe aufgezogen. In Russland habe ich anfangs alles aus eigener Tasche bezahlt: die Überwachung, die Reisekosten für das *Banner*, die Kirche mit ihren unersättlichen Popen. Ich dachte mir, gut, es herrschen magere Zeiten, der Orden kann dafür nicht aufkommen. Aber wir haben doch gemeinsame Sache gemacht, ich hielt es für meine Pflicht! Und das ist nun also der Dank?«

»Ich sage ja nicht, dass du ganz aussteigen sollst. Wir möchten nur deinen Miteigentümer austauschen. In letzter Zeit hast du überhaupt nichts gespendet. Wir ziehen aber nun mal an einem Strang, und wir brauchen Kapital. Seit wir endlich am Ruder sind, sind viele neue Gesinnungsgenossen bei uns eingestiegen, und die machen Druck. Sie sind unzufrieden, dass sich die Älteren, die Veteranen sozusagen, auf ihren Lorbeeren ausruhen, während sie die Kastanien aus dem Feuer holen sollen. Das sind hungrige Gesellen.«

»Ich sage ja, zurzeit ist Flaute, wir machen kaum noch Gewinne.«

»Das tut aber nichts zur Sache. Wie können wir dir vertrauen, wenn du dich vor deinen Verpflichtungen drückst? Ist es nicht genug, dass du hier hübsch im Trockenen sitzt, während sich andere für die Heimat opfern?«

»Ach, für die Heimat? Wie dieser Idiot Botschkow, der nicht mal eine Mine richtig platzieren kann? Soll ich etwa für solche Deppen auch noch mein Geschäft verscherbeln? Ich habe gerade ein Netzwerk von Kampfeinheiten aufgebaut. Dawydow hat meinen Urlaub genehmigt, weil alles glattging und inzwischen von selbst läuft. Zählt das etwa nicht? Ich zahle doch den Mitgliedsbeitrag an die Organisation, ein Zehntel meiner Einkünfte, was nicht gerade bescheiden ist.«

»Na schön. Du hast noch Zeit, über mein Angebot nachzudenken. Jetzt aber rasch zur Sache. Aus deinem Urlaub wird vorerst nichts. Dir steht ein neues Projekt bevor.«

Koschin kicherte plötzlich und verschluckte sich an seinem Kaffee.

»Die Deutschen sind so dämlich«, stöhnte er und tippte sich an die Stirn.

»Hast du schon von dem Kloster gehört?«

»Welches meinen Sie?«, fragte Gribojedow gereizt.

»Du bist mir vielleicht ein Kirchenexperte.« Koschin lächelte verächtlich. »Darüber schreiben ja sogar deutsche Zeitungen! In Mecklenburg-Vorpommern wird ein orthodoxes Kloster gebaut. Irgend so ein deutscher Blödmann hat sich in den orthodoxen Ritus verliebt. Er hat ein verfallenes Schloss gekauft und sammelt jetzt Spenden, um es umbauen zu lassen. Wir dürfen ganz legal sechzig Mönche einreisen lassen, das übrige Personal nicht mitgerechnet. Stell dir nur vor, wir wurden praktisch dazu eingeladen, unser Netz auszubauen! Und du, mein Lieber, bist beauftragt, dich dieses Klosters als Geschäftsführer anzunehmen.«

»Warum ich?«

»Der Scheißgeschäftsführer hat das Konto leergeräumt und sich aus dem Staub gemacht. Aber die Unseren haben beschlossen, Ersatz zu organisieren. Das Projekt ist viel zu wichtig, um es wegen solcher Unwägbarkeiten aufzugeben. Und du, mein Lieber, bist der Ersatz. Nimm dich also dieses Klosters als Geschäftsführer an. Mit sofortiger Wirkung!«

Gribojedow drehte sich der Magen um.

»Jetzt hören Sie mir mal gut zu: Entweder übernehme ich das Kloster oder ihr enteignet mich! Alles beides könnt ihr nicht haben.«

»Hoho, ich sterbe vor Schreck!« Koschin zog eine Grimasse. »Über dieses unlösbare Dilemma werde ich nach oben berichten. Vielleicht haben sie ja Nachsicht.«

Er winkte der Kellnerin und ließ Gribojedow für beide zahlen. Sie liefen noch ein Stück schweigend nebeneinander her und verabschiedeten sich vor der Humboldt-Universität. Koschin bog in Richtung russische Botschaft ab. Gribojedow war sauer, es erschien ihm unwahrscheinlich, dass es einen Befehl gab, ihm die Firma zu nehmen. Koschin war wegen des Klosters zu ihm geschickt worden. Das mit der Firma musste er auf eigene Faust inszeniert haben. Der Dicke, der in den letzten Jahren für das kommerziell wenig ergiebige Weißrussland zuständig gewesen war, hatte wohl den Anschluss verpasst und wollte austesten, ob Gribojedow klein beigab und ihm einen Anteil an seiner Firma abtrat. Eine dilettantische Raider-Attacke also, Dawydow steckte jedenfalls nicht dahinter. Doch wenn dieser Fettwanst sich traute, ein anderes Ordensmitglied derart anzugehen, stimmte mit dem Orden etwas nicht mehr. Er sollte sich mit dem Chef in Verbindung setzen.

In derlei grimmige Gedanken versunken stand Gribojedow vor dem Eingang der Humboldt-Universität, aus der ein Schwarm laut lachender russischer Mädchen herausgeflattert kam. Die Studentinnen waren schlank und gut gekleidet, registrierte er mit Wohlwollen, und waren allemal hübscher als ihre deutschen Altersgenossinnen. Sie waren in ein aufgeregtes Gespräch vertieft, und er musste einige Schritte zurückweichen, um von dem ungestümen Grüppchen nicht über den Haufen gerannt zu werden. Als er zur Seite trat, stieß er gegen eine Frau, die zum Bus eilte. Er sagte »Entschuldigung« und lächelte sie an.

Er überquerte Unter den Linden am Zeughaus und ging bis zum Parkplatz am Palast der Republik, dessen Gerippe er plötzlich erstmals bewusst zur Kenntnis nahm.

Er fuhr in Richtung Reinickendorf, bog in die Lengeder Straße ein und parkte vor seiner Werkstatt. Im Küchenschrank suchte er nach etwas Alkoholischem, um den Augenblick hinauszuzögern, bis der irritierende Gedanke an die neue Aufgabe, an dieses Kloster, sich seiner bemächtigen würde. Er fand nur eine leere Cognacflasche.

Gribojedow spürte, dass die Gewalt, die er sich jahrelang antun musste, ihm zusetzte. Er kam sich ausgelaugt, leer und sich selbst fremd vor.

Im Klub war es zu dieser frühen Stunde öde. In dem Sonnenstrahl, der zwischen den schweren Samtgardinen hindurchfiel, tanzten Staubkörner. Oksana, erklärte der gelangweilte Barkeeper, sei im Heimaturlaub, er könne ihm aber ein anderes Mädchen anbieten, frisch aus der Ukraine.

Rita hatte ein vierstündiges Blockseminar gegeben und war erschöpft. Gewöhnlich nahmen etwa fünfzehn Studenten an ihren Seminaren teil, dieses Semester waren es siebzig, die sich in den kleinen Raum drängten. Aber der Ansturm bedeutete nicht, dass die Studenten plötzlich von einem brennenden Interesse für die Geschlechterforschung gepackt waren. Sie mussten Scheine machen, und in diesem Semester hatten drei Professoren auf einmal ein Freisemester beantragt, ohne sich abzusprechen, und die Lehrbeauftragten mussten das jetzt ausbaden.

Es waren diese Momente, in denen sie mit sich selbst haderte. »Eigentlich bin ich eine hervorragende Wissenschaftlerin«, sagte Rita sich immer wieder, »aber ich habe Pech. Warum bin ich bloß nicht in die USA ausgewandert? Bei den Amis hätte ich bestimmt mühelos Karriere machen können.«

Ihre Freunde in den Staaten hatten sich beruflich fabelhaft integriert, während sie sich in Deutschland links liegengelassen fühlte. Lange Zeit hatte sie auf eine richtige Stelle an der Universität gehofft, doch alles, was sie bekam, waren unregelmäßige Lehr- und Übersetzungsaufträge, materielle Nöte, die sie aus Moskau nicht kannte, und Hartz IV.

Sie war mit großen Ambitionen nach Deutschland gekommen, doch schnell hatte sie das Gefühl überkommen, dass sich die Deutschen gegen ausländische Intelligenz abschirmten. Stattdessen, beklagte sie sich bei Freunden, ließe man ungebildete Einwanderer in Scharen ins Land kommen, deren Kinder auf dem Arbeitsmarkt keine Chancen hätten.

Als sie aus der Uni trat und die frische Frühlingsluft

einatmete, ging ihr durch den Kopf, dass eine Mischung von Bachelor- und Masterstudenten in einer Gruppe Unfug war und die Uni bei diesem System Gefahr lief, Niveau einzubüßen. Für das nächste Semester würde sie keinen Antrag auf ein Seminar stellen. Ohnehin wurde fast das ganze Honorar vom Finanzamt einbehalten.

Der Bus hielt gerade an der Haltestelle. Sie rannte los und stieß gegen einen Mann. Er entschuldigte sich und zeigte ein entwaffnendes Lächeln. Rita sprang in den Bus, setzte sich und blickte noch einmal den Mann an, der geistesabwesend mit dem Zündschlüssel spielte.

Sie stieg in die U-Bahn um, die voll mit Studenten auf dem Weg zur Freien Universität war. Die Massenuniversität, so dachte sie beim Betrachten der Gesichter bitter, schuf ein akademisches Lumpenproletariat, das zum selbstständigen Denken unfähig ist. Aus Unsicherheit und wegen der fehlenden Aufstiegsmöglichkeiten neige es zum Konformismus und drifte nach links. Nur so konnte man unproduktive Arbeitsplätze in der Sozialindustrie politisch festschreiben.

Dann fiel ihr wieder der Mann von der Haltestelle ein. Männer, die müßig herumstanden und mit Zündschlüsseln spielten, hatten etwas Mafiöses an sich.

An der Station Dahlem-Dorf stieg sie bedächtig die Treppe zum Ausgang hoch.

»Der war bestimmt Russe, doch, bestimmt, er hatte einen russischen Akzent«, war sie plötzlich überzeugt. »An dem Typ war irgendetwas ... aber was konnte das sein?«

In unruhigen Gedanken verloren, fand sich Rita vor der Villa wieder, die laut eines Schildes der Freimaurerloge gehörte.

Sie hatte immer bedauert, dass das prächtige Haus mit seinen blinden Fenstern so verlassen wirkte. Doch heute stand es nicht dunkel da. Das Erdgeschoss war hell erleuchtet, und an der Eingangstür unterhielten sich Männer mit lauten rauen Stimmen.

Rita blieb stehen und erschrak: Die vorgeblichen Freimaurer sprachen Russisch. Und nicht nur das: Sie schimpften wie die Müllkutscher. Es fiel ihr schwer, das mit den Freimaurern unter einen Hut zu kriegen, und sie fragte sich, ob die Villa nur Tarnung sei und sich hinter den dichten Vorhängen ganz andere Dinge abspielten. Verwirrt sank sie auf eine Bank in einem gegenüberliegenden Park. Und plötzlich fiel es ihr wie Schuppen von den Augen. Sie kannte den Mann, mit dem sie vor der Humboldt-Universität zusammengestoßen war. Sie kannte ihn von früher, und wie sie ihn kannte!

Am Teich tollten Kinder, ein Reiher, von ihrem Lärm unbeeindruckt, ruhte mit dem Kopf unter dem Flügel auf einem Fuß. Die Dahlemer Idylle steigerte ihre innere Unruhe. Der Mann war ein Geist aus ihrer Jugend.

Als Rita ihrer einstigen Freundin vor einigen Jahren in Berlin wiederbegegnete, war sie verunsichert: Was wusste Legat?

Doch Tanja ließ sie nie etwas spüren. Über die Vergangenheit sprachen die beiden kaum.

Zu Hause angelangt, sank sie erschöpft aufs Sofa, ohne den Mantel auszuziehen. Er war nicht zufällig vor Ort gewesen, er musste sie beobachtet haben. Nur, was zum Teufel wollte er von ihr? Der Typ brachte sie um den Verstand. Mit zitternder Hand wählte sie Tanjas Nummer.

»Legat am Apparat.«

»Tanja, ich bin es, Rita. Könntest du jetzt gleich zu mir kommen?«

»Passt gerade nicht so recht, warum?«

»Ich werde verfolgt.«

»Vom Finanzamt?«

»Vom Ka Ge Be. Das ist kein Scherz. Ich werde beschattet.«

»Rita, ich bin sicher, das ist ein Privatdetektiv vom Finanzamt, er sammelt deine Restaurantrechnungen, um die erhöhten Ausgaben zu belegen.«

Rita fehlte die Kraft, um sich auf Tanjas Scherze einzulassen.

»Du wurdest doch damals vorgeladen. Wir haben uns danach aus den Augen verloren. Er ist nun da, in Berlin.«

»Wer ist in Berlin?«

»Komm bitte. Es ist lebenswichtig für mich, absolut dringend, verstehst du? Ich verliere den Verstand.«

Schon an der Türschwelle und ohne Begrüßung sprudelte es aus Rita:

»Würdest du mir bitte erzählen, was man dort von dir wollte?«

»Wo dort?«

»In der Lubjanka, beim Verhör.«

»Ach Gott, diese alte Geschichte, woher weißt du eigentlich davon? Ich habe fast niemandem davon erzählt.«

»Bitte, ich muss das jetzt genau wissen.«

»Weißt du, ab dem Moment, in dem ich da auf Wattebeinen rausgewankt bin, habe ich versucht, das alles zu verdrängen. Mir war von Scham und Hilflosigkeit übel, weil ich mich da so dumm angestellt hatte.

Danach bin ich gleich zu meinem Lehrer gefahren, fiel ihm in die Arme und bekam einen Heulkrampf. Ich glaubte, Juju würde mich trösten, er reagierte aber sehr unsensibel, kam mir damals zumindest so vor: ›Mein Kind, du sollst dich zusammenreißen, sonst werden sie dich brechen‹, sagte er nur. Für ihn war ein solches Verhör ganz normal, er hielt es wohl für eine Art Initiationsritus. Aber er war so gnadenlos, und ich fühlte mich schrecklich einsam. Wir haben damals schon versucht, den Verlauf des Verhörs zu rekonstruieren, aber mir fiel nur unzusammenhängendes Zeug ein.«

»Was weißt du denn noch?«

»Ich sage dir, das war nur noch peinlich. Der eine Typ bedrängte mich: ›Wie stehen Sie zum Akademiemitglied Sacharow? Ist er ein guter Mensch?‹ Und ich nickte wie eine Puppe: ›Ja, ich finde, er ist ein guter Mensch.‹ – ›Aber er ist doch ein Staatsfeind, er schwärzt unser Land im Ausland an‹, schrie der andere mich an. Ich antwortete so etwas wie: ›Ich glaube, er sagt nur, was er denkt.‹ Das klingt heute so unwirklich. Sie wollten mich auf Bogdan Kosak ansetzen, der zusammen mit Juju einen Protestbrief unterschrieben hatte.

›Kosak gibt vertrauliche Informationen an den Westen weiter. Wir würden gerne mehr über ihn erfahren. Sie müssen uns helfen.‹« Tanja schmunzelte. »Eigentlich war Kosak ein alter Bock, der mich bei Juju ins Bad gelockt und mich anzugrabschen versucht hatte.

Als ich mich weigerte, ein leeres Blatt Papier zu unterschreiben, haben sie angefangen, mir zu drohen. Ich würde doch gerade an meiner Diplomarbeit schreiben und insofern würde ich meine Sturheit noch bereuen, sie würde mir

›das Genick brechen‹, war ihre Wortwahl, wenn ich mich recht erinnere.«

»Haben sie auch nach mir gefragt?«

»Warum sollten sie?«

Rita saß blass am Küchentisch, schöpfte mit einem Löffel Tee aus dem Glas und ließ ihn zurücktropfen.

»Ich habe das bislang niemandem erzählt.«

»Was?«, Tanja wurde langsam ungeduldig.

»Von diesem Vorfall. Es war Mitternacht, ich kehrte vom Quasselklub, einem illegalen Seminar zurück, du weißt schon. Dort habe ich bei einem Freund Solschenizyn ausgeliehen. Der Waggon war leer, ich holte einen Band aus meiner Tasche und fing an, darin zu lesen. Natürlich wusste ich, dass das riskant war. Aber ich konnte das Buch nicht lange behalten.«

»Und dann?«

»Als ich aussteigen wollte, kamen zwei Männer von dem anderen Ende des Waggons auf mich zu. Sie stellten sich neben mich, und der eine fragte, ob er einen Blick in mein Buch werfen dürfe, lächelte mich widerlich an und zeigte mir irgendeinen Ausweis. Dann sagte er: ›Rita Scharun. Sie lesen ja ein außerordentlich spannendes Buch. Das haben Sie nicht zufällig in der Buchhandlung der Lubjanka besorgt? Das hoffe ich sehr für Sie. Und was haben Sie in Ihrer Tasche denn noch Spannendes?‹«

Rita bekam feuchte Augen, und Tanja stand auf und umarmte sie.

»Oh, der zweite Band. Solschenizyn«, äffte sie den Beschatter schluchzend nach.

»Dann zwangen sie mich zum Aussteigen.«

»Wollten sie dich mitnehmen?«

»Nein, aber sie haben gefragt, von wem ich die Bücher bekommen hätte. Wenn ich es ihnen verrate, würde der Vorfall für mich ohne Folgen bleiben.«

»Und wie hieß das arme Schwein, das dich mit den Klassikern antisowjetischer Literatur versorgt hatte?«, seufzte Tanja.

Rita heulte los: »Ich habe ihnen deinen Namen genannt.«

»Wie bitte?«

»Er hat dann nochmals gefragt: ›Legat? Hm, klingt ausländisch.‹ Ich wollte dich sofort anrufen, aber ich habe es nicht gewagt.«

»Warum ausgerechnet ich?«

»Weil du mit Valentin geflirtet hast.«

Tanja lachte auf. »Spinnst du? Mit dem habe ich nie was gehabt! Ich war ja schon mit Alex zusammen und hab nach dieser Geschichte mit dem Verhör gezittert, dass die im KGB Wind davon bekommen. Ich hatte Angst, sie könnten ihn heimschicken oder erpressen, seine Kommilitonen zu bespitzeln. Solche Fälle gab es ja zuhauf.«

»Ich dachte bloß, du würdest dir mehrere Optionen offenhalten.«

»Aha, so nach dem Motto: Wenn es mit Alex nicht klappt, hätte ich wenigstens Valentin auf Vorrat. Stimmt's?« Tanja grinste. »Hör mal zu, du weißt, ich kann mich nicht verstellen und lüge bloß in Ausnahmefällen. Hättest du mich aus Eifersucht denunziert, wäre das ... na ja ... wir Weiber rasten eben manchmal aus. Es ging aber gar nicht um Eifersucht, richtig? Vielmehr hast du deine Strategie bedroht gesehen, die du dir so schön zurechtgelegt hattest.«

Rita sank in sich zusammen.

»Dir ging es nicht um Valentin. Du bist die Beziehung mit ihm nur eingegangen, um in Moskau bleiben zu können.«

»Hätte ich deiner Meinung nach in mein Heimatkaff zurückkehren sollen? Nach Muchosransk, wo Mädchen schon mit zwanzig Kinder bekommen und Männer mit dreißig vom Suff impotent werden? Nach Muchosransk, wo der Professor für wissenschaftlichen Kommunismus künftige Dorflehrerinnen in seinem Büro zum Oralsex zwang? Du bist ja in Moskau geboren und hast keine Ahnung. Ist das ein Verbrechen, dort leben zu wollen, wo es einem besser geht?«

»Natürlich nicht. Ich bin auch weggezogen, und damals hat es auch geheißen, ich würde Alex nur benutzen, um rauszukommen. Als ob ich von der Zone geträumt hätte. Ich meine nur, dass du Valentin ausgenutzt hast.«

»Dass dir ausgerechnet Männer leidtun ...«

Tanja musste lachen.

»Hast du sonst jemandem von dem Verhör erzählt?«, fragte Tanja.

»Nein, eigentlich habe ich die ganze Sache nach meiner Auswanderung vergessen.«

»Du meinst verdrängt?«

Rita sah Tanja betreten an.

»Ich hatte Angst. Ich hatte Angst, dass niemand mehr mit mir zu tun haben will, wenn das rauskommt. Nicht meine alten Jugendfreunde und schon gar nicht meine Freunde hier in Deutschland. Das sind doch alles Linke, die bis heute ständig von irgendwelchen IMs und Stasiakten reden. Was meinst du, was los gewesen wäre, wenn sie von der Geschichte erfahren hätten?«

»Hast du in die Mitarbeit eingewilligt?«

»Ja, aber ich musste nur ein einziges Mal einen Bericht verfassen. Dann habe ich von denen nichts mehr gehört.«

»Ging es in deinem Bericht um mich?«

»Unter anderem.«

»Merkwürdig, dass beim Verhör keine Rede von den Büchern war, die du mir angehängt hattest. Sie hätten mich doch viel leichter erpressen können: Verbreitung antisowjetischer Literatur, drei Jahre Lager. Aber nach dem Verhör haben sie mich in Ruhe gelassen, warum? Jedenfalls konnte ich ein Jahr später reibungslos zu Alex ausreisen. Du hast mir also alles umsonst gebeichtet.«

»Ja ... vielleicht. Aber ich erzähle dir das, weil ich dem Beschatter von damals heute vor der HU begegnet bin. Er stand an der Bushaltestelle. Ich hatte die ganze Fahrt über sein Gesicht vor Augen, bis mir plötzlich klar geworden ist, woher ich ihn kannte. Er ist hinter mir her. Und er wird sich bald auch an dich ranmachen.«

»Du solltest dich mal behandeln lassen!«, sagte Tanja ruhig, stand auf, zog den Mantel an und ging, ohne sich zu verabschieden.

In Wirklichkeit hatte Tanja die Beichte keineswegs so leicht aufgenommen, wie sie vorgegeben hatte. Sie schob das Fahrrad neben sich her und überlegte, ob sie Rita wegen dieses Verrats die Freundschaft aufkündigen sollte. Das war kein Geständnis aus freien Stücken, Rita war wegen dieser komischen Begegnung in Panik geraten und versuchte jetzt, die Gefahr auszuloten.

Tanja kannte etliche DDR-Oppositionelle, die bis zuletzt nicht imstande waren, ihre Mitarbeit einzugestehen. Jahrelang verdrängten sie ihre Furcht vor dem Unvermeidlichen:

dass ein von ihnen bespitzelter Freund seine Akten liest, sie unter dem Decknamen erkennt und ihr bürgerliches Leben zerstört. Ernst Lundt, der seine Mitbürger immer als Zonies beschimpfte und über ihren vorauseilenden Gehorsam empört war, hieß bei der Stasi »der Grieche«, weil er ein Altphilologe war. Bis zuletzt bestritt er, der Grieche gewesen zu sein, und nahm sich nach der Veröffentlichung seines Dossiers das Leben. Irene Hanke, die mit Alex in der Friedensbewegung aktiv war, wanderte aus.

Alex verabscheute diese Menschen und schäumte vor Wut, wenn jemand aus dem Freundeskreis als IM geoutet wurde. Tanja teilte seinen Ärger nicht. »Ich war auch mal nicht weit davon entfernt, einzuknicken«, hielt sie ihm entgegen, »du weißt doch, ich habe dir damals gestanden: würde ich noch einmal vorgeladen werden und hätten sie gedroht, dich auszuweisen oder zur Mitarbeit zu zwingen, wüsste ich nicht, ob ich dem Druck standgehalten hätte. Ich möchte andere nicht nach einer Elle messen, die ich selbst nicht erreiche.«

»Ich verstehe schon«, sagte Alex dann und brüllte beim nächsten Mal doch wieder los.

Nein, sie wird mit ihr nachsichtig sein. Warum aber hatte man nicht versucht, sie selbst mit Hilfe dieser Geschichte zu erpressen und an sich zu binden? Der KGB hatte sich verhalten, als ob Ritas Denunziation gar nicht weitergegeben worden wäre. Beim Amt musste zu der Zeit bereits etwas im Gange gewesen sein, sonst hätte sie nie Alex heiraten können.

Allerdings: Was tat dieser Mann, der Rita damals mit den Büchern erwischt hatte und sie dann laufen ließ, in

Berlin? War er ein Geheimagent, ein Maulwurf? Tanja blieb an einer Kreuzung stehen. Klara! Rita war in ihrer Selbstbezogenheit gar nicht auf eine mögliche Verbindung zwischen ihrem angeblichen Beschatter und dem Verschwinden der Künstlerin gekommen.

Bisher hatte Tanja nicht daran glauben wollen, dass Klara einem Anschlag zum Opfer gefallen war. Weder die Französin noch andere hatten sie überzeugen können. Doch jetzt störte der Mann von Unter den Linden ihre Gewissheit. Es waren einfach zu viele Zufälle auf einmal, um noch an einen Zufall glauben zu können.

BRANDGERUCH

Bad Jerichow, ein kleines Provinzstädtchen in Mecklenburg-Vorpommern, kannte Tanja bislang nur dem Namen nach. Aus diesem Grund reiste sie schon gut zwei Stunden vor dem Termin an. Sie hatte es sich zur Regel gemacht, zuerst einmal die nähere Umgebung zu sondieren, wenn sie zu einem Interview außerhalb Berlins verabredet war. Sich einzustimmen, zu verstehen, wie ein Ort tickte, war für sie eine Voraussetzung für eine gelungene Reportage. Sie lief vom Bahnhof zum Marktplatz und sah sich die Gebäude und Gesichter der Menschen an.

Das Städtchen war von einem anglophilen Aristokraten als klassizistisches Gesamtkunstwerk errichtet worden, nachdem im Ort Heilwasserquellen entdeckt worden waren. Der Gründer wollte es mit dem britischen Kurort Bath aufnehmen. Allerdings kam das in der dünn besiedelten und armen Gegend errichtete SPA-Wunder nie richtig in Schwung. Der Zweite Weltkrieg hatte das beeindruckende Ensemble verschont, und die notdürftig erhaltenen Baudenkmäler dümpelten bis zum Ende der DDR vor sich hin.

Nach der Wende wurden Unsummen in die Infrastruktur und Sanierung investiert. Genützt hatte es nichts. Die Hälfte der renovierten Bauten am runden, kunstvoll gepflasterten klassizistischen Platz standen leer, in den übrigen Villen waren Rathaus, Kreisgericht und etliche Verwaltungsämter untergebracht. Auch in den Straßen, die strahlenförmig vom Circus ausgingen, erstrahlten unter frischem Putz unbewohnte Häuser.

Bad Jerichow mit seiner instand gesetzten Geschichte erschien Tanja so zukunftsleer, dass sie für einen Augenblick den Impuls hatte, zum Bahnhof zurückzugehen und wieder in den Zug zu steigen. Dies war nicht die erste ostdeutsche Kleinstadt, in der sie Schwermut überkam. Sie hatte dabei immer dasselbe Gefühl, nämlich, einem aufgeräumten, kultivierten Niedergang beizuwohnen. Wie anders sollte man jedoch mit der Entvölkerung, mit dem Kulturerbe verfahren? Hugenotten für eine Neubesiedlung gab es nicht. Ließe man hier eine Handvoll Polen einziehen, stünden gleich Neonazis vor der Tür.

Tanja folgte zwei Rucksacktouristen zu einem Café am Marktplatz und bestellte sich einen Latte. Ein einäugiger junger Mann mit entstelltem Gesicht brachte ihr eine heiße Schokolade. Sie hasste Kakao und wollte schon einen Streit mit dem Kellner anzetteln, besann sich dann aber doch eines Besseren. Sie schlug noch einmal den Stadtplan auf und entschied, zu Fuß zum Kloster zu gehen, was etwa eine halbe Stunde dauern würde. Tanja legte ein Zweieurostück auf den Tisch und ging.

Bald schon war das Schloss zu erkennen, das der Beschreibung nach zum Dreieinigkeitskloster gehören sollte. Am Eingangstor sah sie auf einem Baumstumpf einen Mönch sitzen, der mit einem Taschenmesser Muster in einen Ast schnitzte. »Ich grüße Sie«, rief sie ihm zu. »Könnten Sie mich zum Geschäftsführer bringen?«

Der Mönch legte den Ast beiseite, drehte sich zu ihr um, musterte sie finster und verschwand im Gebäude. Tanja hätte schwören können, dass sie den Mann kannte. Überrascht stellte sie fest, dass er der Kerl war, der im Moskauer Gericht die Eiferer dirigiert hatte. Sie suchte in ihrem Gedächtnis nach seinem Namen. Ach ja, Nikifor. Das war ja ein Ding, sagte sie zu sich. Wie kam es bloß, dass der sich auf einmal in Deutschland befand? Wollte man etwa auch hier ein *Banner* gründen?

Nach wenigen Minuten trat ein Mann mittleren Alters mit braunen, kurz geschnittenen Haaren aus dem Schloss und winkte sie heran. Er stellte sich als Nikolaj Nikolajewitsch Gribojedow vor und führte sie in sein Büro. Tanja stellte ihr Aufnahmegerät auf den Tisch und war plötzlich verlegen.

Sie kaute auf ihrer Unterlippe herum, und ihr Gesicht bekam einen unsicheren Ausdruck. Sie neigte den Kopf auf die linke Schulter und sah zu dem Geschäftsführer auf. Gribojedows Blick glitt über ihr Gesicht, verweilte bei der Nase und am Herpes an der Oberlippe und stellte sich vor, wie sich diese gerötete, raue Wölbung auf seiner Zunge anfühlen würde. »Du spinnst wohl«, wies er sich in der nächsten Sekunde zurecht.

Tanja merkte, wie seine Augen für einen Augenblick warm wurden, um gleich darauf wieder einen gleichgültigen Ausdruck anzunehmen.

»Darf ich anfangen?«, fragte sie auf Russisch.

Er nickte.

»Zunächst möchte ich mich vorstellen. Ich bin freie Journalistin, lebe in Berlin und schreibe für diverse deutsche Medien. Wollen wir das Interview auf Russisch oder auf Deutsch machen? Mir ist es gleich.«

»Wie Sie wünschen«, wechselte Gribojedow auf Deutsch.

»Sie sprechen aber toll, ganz ohne Akzent, da schäme ich mich fast für mein Deutsch. Kaum mache ich den Mund auf, werde ich gefragt, aus welchem Land ich komme – und das seit zwanzig Jahren.«

»Stört Sie das?«

»Bei meinem Beruf schon«, seufzte Tanja.

»Und ich werde gefragt, warum ich als Deutscher einen nichtdeutschen Namen hätte«, tröstete Gribojedow sie. »Migrationshintergründe, wohin man auch schaut.«

Beide lachten.

»Trotzdem sind Sie in der besseren Position. Sie müssten sich nur eine andere Namensendung zulegen und *Gribojedoff* heißen. Dann sähe es so aus, als stammten Sie aus einer adligen Emigrantenfamilie. Aber im Ernst, sind Sie in Deutschland geboren?«

Die Richtung, die das Gespräch genommen hatte, behagte Gribojedow nicht. Er hatte sie mit seinem Deutsch beeindrucken wollen, doch er spürte, dass er sich damit verdächtig machte.

»Nein, aber ich habe in den Achtzigern bei den sowjetischen Streitkräften gedient. Davor habe ich Übersetzung in der Militärakademie studiert.«

»Wie spannend! Sind Sie nach dem Abzug der Truppen da geblieben oder jetzt wegen des Klosters hergekommen?«

»Nein, ich bin mit den abziehenden Truppen nach Russland zurückgekehrt«, erzählte er weiter. »Diesen Job hier habe ich über einen Freund bekommen, der für das Patriarchat tätig ist.«

»Zum eigentlichen Thema: Wie ist es zu der Idee gekommen, ein orthodoxes Kloster in Deutschland zu gründen?«

»Nun ja, wie Sie ja wissen, bin ich nur Geschäftsführer. Zuständig für die Bauaufsicht und Finanzen, aber auch für die Öffentlichkeitsarbeit. Der Vorsteher, der sich zurzeit in Konstantinopel aufhält, könnte Ihnen das alles viel besser erklären. Meine Kenntnisse über die Hintergründe sind wirklich bescheiden. Ich weiß lediglich, dass die Idee, in dieser Gegend ein orthodoxes Kloster zu bauen, das erste in Deutschland wohlgemerkt, gar nicht aus Russland stammt. Es war eine deutsche Initiative. Ein sehr freundlicher Herr – ein Kollege von Ihnen, der Journalist Gerd Richter – hat das Projekt in die Wege geleitet. Er ist inzwischen ein alter Mann und leider schwer krank, sonst würde ich Sie direkt zu ihm schicken. Er muss am besten wissen, warum er Deutschland unbedingt dieses Geschenk machen wollte. Er besitzt auch eine wertvolle Ikonensammlung.

Nachdem das Patriarchat dem Vorhaben zugestimmt hatte, hat er für einen Euro diese heruntergekommene Immobilie erworben – vor der Wende war hier ein Stasi-Bordell untergebracht«, sagte Gribojedow lächelnd. »Unser Wohltäter Oleg Nikulin hat dann noch ein paar Millionen beigesteuert. Und auch Gazprom war sehr hilfsbereit. Mittlerweile befinden wir uns, wie Sie sehen, in der aktiven Bauphase.«

»Das Gebäude scheint für ein orthodoxes Kloster nicht wirklich passend, architektonisch, meine ich.«

»Ins Schloss soll ein Hotel für Pilger kommen, und im ehemaligen Dienstbotengebäude werden die Mönche untergebracht. Im Zentrum der Anlage wurde bereits ein Fundament für die Kirche mit einem fünfunddreißig Meter hohen Glockenturm gelegt.« Er zeigte ihr die Bauten auf der Blaupause. »Der gesamte Komplex wird wohl bis Ende nächsten Jahres stehen.«

»Wie viele Mönche wird es hier geben?«

»Sechzig.«

»Und womit werden die sich beschäftigen?«

»Ora et labora, natürlich«, sagte Gribojedow lächelnd. »Wir haben drei Hektar Land und wollen einen Garten anlegen. Außerdem soll das Kloster zu einem Anziehungspunkt für Pilger werden. Allein in Deutschland leben Hunderttausende Russisch-Orthodoxe, in ganz Nord- und Osteuropa sind es über eine Million. Das Kloster könnte sich zu einer wichtigen Pilgerstätte entwickeln, zu einem Athos des Nordens sozusagen. Um die Mönche braucht man sich keine Sorgen zu machen, denen wird die Arbeit nicht ausgehen.«

»Will die Kirche hier auch missionieren?«

»Die orthodoxe Kirche missioniert nicht außerhalb ihres kanonischen Territoriums. Das Patriarchat möchte ja auch nicht, dass andere Konfessionen bei uns missionieren. Das ist sein gutes Recht, nicht wahr?«

»Da bin ich mir nicht so sicher«, erwiderte Tanja. »In Paris wird gerade ein ›Missionarisches Seminar‹ gebaut.«

»In Paris? Darüber weiß ich nichts.«

»In Paris zu missionieren ist vermutlich ergiebiger als in dieser Einöde«, sagte Tanja schmunzelnd. »Ein orthodoxes Kloster in dieser historisch und kulturell zwar reichen, doch recht depressiven Gegend könnte aber durchaus zu einem neuen Anziehungspunkt werden und als touristische Attraktion der gesamten Region zugutekommen – neben diesem Wellness-Zentrum ganz in der Nähe. Aber es wäre auch ein starkes Symbol. Herrn Richter schwebte dabei vermutlich etwas Ökumenisches vor. Was glauben Sie, welches Zeichen wird ein orthodoxes Kloster hier im Osten Deutschlands setzen?«

»Jede orthodoxe Pfarrei im Ausland mit russischen Wurzeln ist eine Repräsentanz der Russischen Föderation. Das hatte unser Präsident gesagt. Sie ist ein Symbol der Stärke und des Selbstbewusstseins unseres Staates.«

»Ach so? In Deutschland sind Kirche und Staat aber getrennt.«

»Ich behaupte nicht, dass das Kloster eine staatliche Institution ist. Die russische Verfassung trennt Staat und Religion ebenfalls. Aber Sie haben sicher von der orthodoxen Symphonie-Lehre gehört, der Symphonie von Staat und Kirche?«

»Ich habe sogar schon etliche Symphonien gehört«, scherzte Tanja etwas deplatziert. »Aber ein anderer Name für Ihre Symphonie ist ja Cäsaropapismus, nicht wahr? Sagen Sie, dürfte ich auch mit dem Mönch sprechen?«

Gribojedow zuckte zustimmend mit den Achseln und erhob sich langsam vom Stuhl. Er schien von der Idee nicht sonderlich begeistert zu sein. Sie traten auf die Außentreppe. Gribojedow winkte den Mönch heran.

Er näherte sich ihnen, ohne Tanja anzuschauen. »Die Journalistin«, sagte er und zeigte auf sie, »möchte mit dir sprechen.« Der Mönch wischte sich seine verdreckten Hände an der Kutte ab.

»Vielleicht können wir uns irgendwo hinsetzen?«, meinte Tanja. Doch der Mönch blieb stehen, Gribojedow ebenfalls.

»Na schön«, sagte sie auf Russisch. »Wie heißen Sie?«

»Bruder Nikifor.«

»Könnten Sie mir erklären, wie die Mönche ausgewählt werden, die hierherkommen?«

Nikifor sah Gribojedow fragend an. Der nickte.

»Ich wurde von meinem Kloster geschickt.«

»Und wo befindet sich Ihr Kloster?«

»In Saraisk. Das Boris-und-Gleb-Kloster.«

»Müssen Sie Deutsch können?«

»Schon.«

»Und wo haben Sie die Sprache gelernt, in der Schule?«

»Ja. Aber ich konnte schon früher Deutsch. Ich war als Kind in der DDR. Mein Vater war Soldat.«

»Kann es sein, dass ich Ihnen zufällig in Moskau begegnet bin?« Tanja registrierte, dass der Geschäftsführer unruhig wurde. Der Mönch sah durch sie hindurch, ohne auf die Frage zu reagieren. »Gefällt es Ihnen in Deutschland?«, wagte sie die letzte Frage.

»Gottes Wille gilt für alles und jeden von uns, Mütterchen«, antwortete Nikifor, verbeugte sich und entfernte sich Richtung Baustelle.

»Ich danke Ihnen für Ihre Offenheit«, sagte Tanja zu Gribojedow. Sie reichte ihm die Hand und fragte beiläufig: »Kennen Sie zufällig eine Klara Gordon?«

Er machte ein verwundertes Gesicht. »Gordon? Da muss ich überlegen. Warum wollen Sie das wissen?«

Tanja hatte das Gefühl, ihn mit ihrer Frage verunsichert zu haben.

»Also der Name sagt Ihnen nichts. Sie sollten ihn aber auf jeden Fall mal gehört haben. Wenn nicht hier, dann wenigstens in Moskau.«

»Na, Sie sind mir vielleicht witzig.« Seine Stimme klang gereizt. »Ich höre täglich Hunderte Namen.«

»In der Tat. Unter anderem auch Gordon. Rein zufällig. Kann ja vorkommen, bei Hunderten von Namen.«

Tanja blickte zu Nikifor, der in einiger Entfernung stehengeblieben war.

»Sie haben soeben gesagt, das Kloster dürfte im Ausland nicht missionieren. Aber darf es eine Volkswehr betreiben?«

»Wie kommen Sie auf Volkswehr? Wovon sprechen Sie?«

»Das könnte Ihnen vielleicht Nikifor erklären. Er hat auf diesem Gebiet gewiss Großes geleistet. Und außerdem kennt er Klara Gordon. Das kann ich Ihnen versichern. Also vielen Dank für das Gespräch. Ich darf meinen Zug nicht verpassen.«

Tanja winkte ihm zu und machte sich auf den Weg zum Ausgang.

Tanja drehte sich noch einmal um und schaute auf das Schloss. Sie stellte sich die neue Kirche im pseudorussischen Stil vor, den Glockenturm, das Glockengeläut, das über Dörfer und Wälder ertönen würde. Lag etwa irgendeine merkwürdige Logik darin, dass dieses Kloster ausgerechnet in dieser leise vor sich hin sterbenden Gegend angesiedelt wurde?

Eigentlich sollte man gründlich über das Kloster recherchieren. Doch das würde ihre Kräfte übersteigen. Nach dem Verhör damals war sie sich ihrer bescheidenen psychischen Möglichkeiten bewusst. Wie konnte sie einen Artikel verantworten, der das Wichtigste aussparte?

Anfangs hatte sie den Gerüchten, diese neue Sehenswürdigkeit solle ein Spionagestützpunkt in Deutschland werden, keinen Glauben geschenkt. Doch was sie dort gesehen hatte, ließ sie zweifeln. Der Mann, der sich Gribojedow nannte, war jedenfalls kein einfacher Manager im Auftrag der orthodoxen Kirche. Und der Mönch, den der langhaarige Künstler damals als Anführer des *Banners* bezeichnet hatte, war sicher nicht zum Beten nach Deutschland geschickt worden. Er war ein wertvoller Kader und hatte einen besonderen Auftrag. Aber ließ sich aus dieser Tatsache unbedingt folgern, dass er auch etwas mit Klaras Verschwinden zu tun hatte?

Laetitia hatte richtiger gelegen, als ihr, Tanja, lieb war. Allerdings ließ sich die Renaissance der Spionage auch anders erklären. Nämlich als der Versuch, ihre uneingeschränkte Macht durch die Herausforderungen zu legitimieren, die dem Staat von innen und von außen drohten: Je größer die Bedrohungen, desto einflussreicher die Geheimdienste. Wenn es die Gefahren nicht gäbe, müssten sie erfunden werden. Denn sobald der Geheimdienst neue Feinde witterte, konnte er Etataufstockungen beantragen und zusätzliches Personal rekrutieren. In der Folge war ein wahres Geheimdienstmonster entstanden, eine tausendköpfige Hydra. Und die musste beschäftigt werden.

Diese Entwicklung mit Klaras Verschwinden in Zusammenhang zu bringen erschien ihr deshalb gar nicht mehr so abwegig. Bislang hatte sie den Gerüchten, im Fall Gordon sei unzureichend ermittelt worden, keine Beachtung geschenkt. Nun konnte sie nicht mehr ausschließen, dass Klara doch eines gewaltsamen Todes gestorben war. Und Nikolaj Nikolajewitsch Gribojedow mit seinem makellosen Deutsch – könnte er ein Strippenzieher sein?

Was, wenn Rita gar nicht spönne und der Typ jener

Beschatter gewesen war, der sie vor einer halben Ewigkeit in Moskau mit verbotenen Büchern erwischt hatte? Dann würde sich der Kreis schließen.

Als der Zug im Bahnhof Zoo einfuhr, war der Himmel über Berlin bereits dunkel.

Gribojedow saß an seinem Tisch im Büro des zukünftigen Klosterhotels und zeichnete auf ein Blatt Papier mit dem Briefkopf des Klosters einen Elefantenhintern und einen Frosch auf einem Seerosenblatt.

Sie hatte Koljan sofort erkannt. Na klar, das Verfahren hatte großes Aufsehen erregt. Journalisten waren zum Prozess in Scharen angereist und Koljan hatte da die erste Geige gespielt.

Zudem hatte er sich mit seinem Deutsch verraten. Es war kein Kunststück, darauf zu kommen, wo in der Sowjetunion Fremdsprachen auf diesem Niveau gelehrt wurden. Sie musste nun die Gerüchte für bestätigt halten, nach denen das Kloster lediglich als Tarnung für russische Geheimdienste diente. Das ganze Projekt war in Gefahr.

Und wenn es denn einzig und allein um das Kloster ging. Dessen Zukunft war Gribojedow eigentlich egal. Er starrte die Elefantenhintern an, von denen er inzwischen eine ganze Herde gekritzelt hatte, und fühlte sich elend.

Das erste Mal hatte sich das Gefühl, dass etwas schiefläuft, bemerkbar gemacht, als Dawydow ihn nach Wünsdorf aufs Abstellgleis befördert hatte.

Auch später meldete sich dieses Unbehagen immer wieder: Als er in der Moskauer Wohnung demonstrativ zurückgelassene Spuren sah, nachdem er Koljan ins Kloster gebracht und bei Jewstafij die Stalin-Ikone gesichtet hatte, als die Kirche anfing, Museen zu plündern, und jetzt wieder bei diesem Interview.

Ja, Gribojedow musste sich eingestehen, dass er sich vor seinen Zweifeln am Dienst für das Vaterland – dort beim *Banner*, hier im Dreieinigkeitskloster – fürchtete, mehr noch sogar als vor einer möglichen Enttarnung. Mit jeder Operation war sein Misstrauen gegenüber dem Orden gewachsen, der die alte Hauptabteilung mit ihren alten Werten abgelöst hatte. Aber jetzt, nach dem Interview, während dessen er sich das erste Mal über seine Operationen hatte reden hören, waren die Zweifel größer denn je, er war sich dabei fremd vorgekommen.

Das Theater am Stalin-Sarkophag, die Werte, die der Orden vorgeblich hochhielt, und das Allerschlimmste: die Funktion, mit der man ihn, einen de facto desertierten Aufklärer, dem man »großzügig« verziehen hatte, betraut hatte – das alles erhielt für ihn auf einmal einen völlig anderen Sinn. Die Adelshybris des Geheimdiensts, die Wiedergeburt der Großmacht, mit der sich so gut wie jede Schweinerei begründen ließ, das alles war lediglich ein Deckmantel für die hemmungslose Ausplünderung Russlands. Dienst am Vaterland für die Konten im Ausland. Gribojedow war kein Idealist wie sein Vater, aber der Zynismus seiner patriotischen Kameraden kotzte ihn an.

Mit einem Mal kam ihm die ganze Geheimniskrämerei mit den als Mönchen getarnten Agenten lächerlich vor, und er schämte sich, den Trick nicht von Anfang an durchschaut zu haben. Die Versammlung der Agenten unter einem Dach wäre die reinste Farce gewesen. Dawydow, seit den siebziger Jahren beim Orden und nun dessen Leiter, war ein gerissener Hund, er konnte nicht auf eine derart dilettantische Idee verfallen sein. Wenn aber doch, musste eine andere Absicht dahinterstecken.

Gribojedow erinnerte sich an Koschin, der ihm seine Firma abspenstig machen wollte. Er hatte es sich bislang noch nicht recht vorstellen können, dass Koschin vom Orden beauftragt worden war, ihn zu enteignen. Er hatte ihn für einen kleinen miesen Erpresser gehalten, für eine gierige KGB-Wanze.

Jetzt traute er dem Orden einen solchen Boten durchaus zu. Was hieße, dass er nicht bloß als nützlicher Idiot für die Geschäfte dieser unersättlichen Riege missbraucht worden wäre, sondern dass er ihnen überhaupt nichts wert war. Er war kein wertvoller Idiot. Sobald das Kloster stand, würden sie sich seiner einfach entledigen.

Es dämmerte bereits, und aus Bad Jerichow hallte das mechanische Glockengeläut einer evangelischen Kirche herüber. Gribojedow spürte, wie der Schutzpanzer, in dem er fast sein ganzes erwachsenes Leben gelebt hatte, brüchig zu werden begann. Ihn, der sich in seinem Junggesellenleben eingerichtet hatte, Einsamkeit gewöhnt war und keine Tragödie daraus machte, überkam plötzlich eine durchdringende Schwermut. Er hatte keine Familie gegründet. Das einzig Wertvolle in seinem Leben war die Firma. Und es sah ganz danach aus, dass man sie ihm als Erstes nehmen würde.

Vor dem Fenster sah er eine Schwalbe durch die Lüfte schneiden. Er zog eine Schreibtischschublade auf, nahm Tanjas Visitenkarte heraus und drehte sie lange in den Fingern. Diese zierliche Journalistin hatte ihm sofort gefallen.

So federleicht, so aufrecht, irgendwie anders, sie erinnerte ihn an keine Frau, die er bislang kennengelernt hatte. Hätte er sie doch früher getroffen, nicht hier in diesem Kloster und nicht mit seiner Biografie! Andererseits, was sollte sie mit so einem wie ihm, dem Scheißagenten? Er begehrte sie, so einfach war das.

Tanja lag im Bett, ohne ein Auge zuzumachen. Das Kloster, Gribojedow und der auf rätselhafte Weise nach Deutschland gelangte Nikifor gingen ihr nicht aus dem Kopf. Der neue Tag brach bereits an, als sie in einen unruhigen Schlaf fiel.

Um halb zehn klingelte der Postbote. Sie nahm die Lieferung entgegen und schlurfte in die Küche, um Kaffee aufzusetzen. Noch nicht ganz wach und mit schwerem Kopf, musste sie sofort wieder an das Kloster denken.

Der Vorsteher war verreist und der Wohltäter Gerd Richter schwer krank. Es schien ihr, als wollte Gribojedow verhindern, dass sie mit denjenigen sprach, die Entscheidungen trafen und am Ursprung der ganzen Unternehmung standen. Sie schlug das Telefonbuch auf. Kurzerhand wählte sie Gerd Richters Nummer.

»Richter am Apparat«, meldete sich eine tiefe männliche Stimme.

»Guten Tag, mein Name ist Tanja Legat. Ich bin freie Journalistin und recherchiere über das orthodoxe Kloster in Mecklenburg-Vorpommern. Darüber würde ich mich gerne mit Ihnen unterhalten.«

»Legat, Legat ... Ich habe irgendeinen Artikel von Ihnen gelesen. Sie schreiben also über das Kloster? Da sind Sie aber ein wenig spät dran mit dem Thema, es stand alles schon in den Zeitungen. Ich habe dem nichts mehr hinzuzufügen.«

»Ich bin gestern dort gewesen und habe mit dem Geschäftsführer gesprochen. Er sagte, Sie seien krank und würden keine Interviews geben. Ich glaube, er wollte Sie schonen. Aber ich habe gehofft, dass es Ihnen wieder besser geht, und würde wirklich sehr gerne über dieses Projekt sprechen. Sie waren Journalist in Moskau. Und Sie wissen, dass man verschiedene Sichtweisen braucht, um ein Thema überzeugend darstellen zu können. Ohne Ihre Meinung als Gründungsstifter wäre das Material unvollständig und sehr steril.«

»Was hat Ihnen der Geschäftsführer denn verraten?«

»Ach, nur formale Dinge: die Anzahl der Mönche, das Hotel, die Pilger und so.«

»Sie brauchen also einen O-Ton?«

»Nein, ich möchte Sie verstehen. Warum Sie sich für die orthodoxe Kirche engagieren. Das, was ich der Presse entnehmen konnte, reicht mir nicht.«

»Na schön. Kommen Sie heute Nachmittag zu mir aufs Dach.«

Tanja atmete auf.

Sie schloss ihr Fahrrad an einer Laterne fest und klingelte an der Tür eines fünfstöckigen Mietshauses, das reich mit Stuck verziert war. Das Treppenhaus war aufgeräumt und mit Avantgarde-Kunst-Postern behängt. Der Aufzug brachte sie ins oberste Stockwerk, wo Richter sie an der Türschwelle erwartete. Der kleinwüchsige, knorrige Mann mit kahlem Schädel und bohrendem Blick schüttelte Tanja die Hand und führte sie ins Wohnzimmer.

Beim Anblick des Raumes verschlug es ihr den Atem. Das Wohnzimmer war ein Saal mit Gewölbedecke und mindestens sechs Meter hohen Wänden, an denen dicht an dicht Gemälde hingen. Die Einrichtung mit ausgesuchten Antiquitäten war dagegen sparsam. Ikonen, viele von ihnen anscheinend sehr alt, hingen neben zeitgenössischer Konzeptkunst und primitiver Malerei aus Russland. Richter merkte, dass Tanja, wie vermutlich viele andere Besucher vor ihr, schwer beeindruckt von der Ausstattung war, und bot ihr eine Wohnungsführung an.

Über eine Treppe stiegen sie aufs Dach, auf dem ein dreizehn Meter langer Swimmingpool lag. »Da schwimme ich jeden Morgen.«

»Darf man so etwas denn auf einem Dach einbauen?«

»Man hat mir das Schwimmbecken jedenfalls genehmigt. Es gibt in Berlin etliche dieser Art. Das Mietshaus gehört mir. Die Mieter sind fast alle Hartz-IV-Empfänger und ein paar Rentner.«

»Aber können Sie diese Immobilie mit finanzschwachen Mietern finanzieren?«

»Die Klientel, die von Staatsknete lebt, ist am zuverlässigsten. Wir haben ein gutes Klima hier im Haus. Diese Wohnung hier haben wir für uns ausgebaut. Auf der anderen Seite haben wir einen Wintergarten.«

Sie betraten eine geräumige, mit Palmen und Magnolien bepflanzte schattige Terrasse. Tanja bemerkte eine alte Dame, die in einem Rollstuhl döste.

»Meine Frau«, sagte Richter. »Marion, wir haben Besuch!«, schrie er laut. Die Dame rührte sich nicht. »Meine Frau ist leider schwer krank, sie hat Multiple Sklerose. Sie können jetzt Ihre Fragen stellen.«

Sie gingen zurück in das Wohnzimmer und setzten sich an einen Esstisch aus massivem Holz. Tanja stellte ihr Aufnahmegerät auf den Tisch und bat um Erlaubnis, Richter vor der Ikonenwand fotografieren zu dürfen. Er nahm eine entspannte Pose ein und kreuzte die Arme vor der Brust.

»Herr Richter, Sie sind als Bewunderer des orthodoxen Ritus und der Ikonenkunst bekannt. Aber wie sind Sie als evangelischer Christ zur orthodoxen Kirche gekommen? Warum wollten Sie ein Kloster stiften?«

»Ach, evangelisch war ich nur mit Einschränkungen. Man hat mich nach dem Krieg zwar auf eine evangelische Schule geschickt, aber gläubig bin ich deshalb nicht gewesen. Diese Geschichte mit der Orthodoxie hat familiäre Ursprünge. Mein Vater war Soldat an der Ostfront, er hat in der Artillerie gedient und war in der Region von Pskow stationiert. Dort hat er faszinierende Kirchenbauten vorgefunden, die er eigenhändig in die Luft jagen sollte. Mein Vater hat all diese Kirchen fotografiert. Er war kein besonders gläubiger Mensch, aber er war erschüttert, dass diese alte Kultur vor seinen Augen dem Boden gleichgemacht wurde, unter seiner Mithilfe. Damals hat er das Gelübde abgelegt, dass er, wenn der Wahn zu Ende wäre, beim Wiederaufbau der Kirchen helfen würde. Kurze Zeit später wurde er schwer verwundet. Er lebte nicht mehr lange. Bevor er starb, versammelte er uns Kinder um sich – ich war damals zwölf. Dann hat er uns zum ersten Mal die Fotos von den brennenden Kirchen gezeigt, und von Bauern, die vor ihren Trümmern im Morast knien.«

Richter bekam feuchte Augen. Er schlug ein vergilbtes Album auf und zeigte Tanja die alten Aufnahmen.

»Seine Reue und sein Bedürfnis, die deutsche Barbarei wiedergutzumachen, haben mich tief geprägt. Er hat uns ein Vermächtnis hinterlassen. Ohne meinen Vater hätte ich wahrscheinlich nie Russisch gelernt und wäre nie als Journalist nach Moskau gegangen. Ich habe auch Kunstgeschichte studiert, und mein Schwerpunkt waren byzantinische und russische Ikonen. Als die orthodoxe Kirche nach dem Ende des Kommunismus eine Renaissance erlebte, habe ich mit Spenden beim Wiederaufbau geholfen und viele engagierte Geistliche kennengelernt. Ich wurde sogar dem Patriarchen vorgestellt.«

»In Russland hat die orthodoxe Kirche das Vakuum, das die kommunistische Ideologie hinterlassen hat, ziemlich schnell gefüllt. Formell ist sie zwar vom Staat getrennt, führt sich aber auf wie eine staatliche Institution. Sie drängt in die Schulen, hetzt gegen Künstler. Sie haben doch sicher von dem Prozess gegen die Künstler gehört. Stört Sie das denn nicht?«

»Ach, wissen Sie, ich lebe schon etwas länger auf dieser Welt. Natürlich läuft manches nicht so, wie wir im Westen uns das gewünscht hätten. Aber die Russen brauchen moralische Führung, sonst gehen sie vor die Hunde. Und außer der Kirche gibt es niemanden, der sie an die Hand nehmen könnte. Es ist eben ein paternalistisches Volk.«

»Verzeihen Sie, Herr Richter, aber das ist die alte Leier der Russlandversteher. Sie müssen sich doch darüber im Klaren sein, dass die Kirche zu Sowjetzeiten nicht nur vom Geheimdienst kontrolliert, sondern auch von ihm geführt wurde. Der KGB hat die Priester eingestellt und Informanten eingeschleust. Kein einziges Mal hat die Kirche Stellung zur Vergangenheit bezogen, nichts zugegeben, nichts aufgearbeitet. Das sind immer noch die gleichen Kreaturen, unter ihren Talaren tragen sie immer noch Stalins Mantel. Wenn Sie also mit dem Patriarchen sprechen, kommt Ihnen diese Kluft zwischen Sein und Schein da nicht unheimlich vor?«

»Nein«, erwiderte Richter, »ich glaube, es gibt so etwas wie die Würde des Amtes. Die Verstrickung der Kirche unter den Kommunisten war die einzige Möglichkeit, sie zu retten. Ich habe Hochachtung vor dem Patriarchen.«

»Und Sie meinen, die Verpflanzung dieser Institution nach Deutschland könnte einer Annäherung der christlichen Kirchen dienen?«

»Als mich der Patriarch um Vermittlung gebeten hat, dachte ich, ein orthodoxes Kloster in Deutschland wäre keine schlechte Idee. In der Diaspora ist die Kirche oft offener und toleranter als in der Metropolie. Da aber immer auch ein Austausch zwischen Diaspora und Metropolie stattfindet, könnte die Diaspora so zur Mäßigung und, wenn man will, zu einer Lockerung konservativer Einstellungen beitragen. In Europa träumt man vom Euro-Islam. Umso berechtigter wäre es, auf eine Euro-Orthodoxie zu hoffen, nicht wahr? Verstehen Sie, was ich meine?«

»Haben Sie sich orthodox taufen lassen?«, fragte Tanja.

»Ja, ich bin zur Orthodoxie übergetreten.« Richter erhob sich ruhig. »Ich will daran glauben, dass in Bad Jerichow ein kleiner Schritt hin zur Ökumene stattfindet.«

Tanja erhob sich ebenfalls und steckte ihr Aufnahmegerät in die Tasche. Von der Terrasse drang ein Stöhnen.

»Das ist meine Frau, bitte entschuldigen Sie mich«, sagte Richter und begleitete sie zum Ausgang.

Als Tanja an der Synagoge vorbeiradelte, platzte ihr

ein Schlauch. Sie schob das Rad zur U-Bahn und dachte darüber nach, wie sie die Geschichte nun schreiben sollte. Richter hatte ihr gefallen. Das Ganze schien nicht die Macke irgendeines gelangweilten, vermögenden Alten zu sein. Auch sein Vertrauen in eine Annäherung der Konfessionen schien nicht gespielt. Es lief darauf hinaus, dass sie am besten ein Porträt des Wohltäters ins Zentrum ihrer Geschichte stellte, nicht das Kloster mit seinem dubiosen Geschäftsführer. Das Kloster war eine Krönung seines Lebenswegs und verlieh seinem Dasein einen höheren Sinn. Sie musste daran denken, dass seine Frau vielleicht schon bald nicht mehr lebte. Seine Augenlider würden von fremden Menschen geschlossen werden, vielleicht von Nikifor.

Ihre Dachwohnung glühte. Tanja konnte sich auf nichts mehr konzentrieren und wusste nicht so recht, warum sie noch zögerte. Ihr Hirn schmolz förmlich, und sie musste endlich eine Entscheidung treffen. Als Rita sie anrief, ob sie Lust hätte, mit zum Schlachtensee zu kommen, sagte Tanja sofort zu.

Auch Gribojedow machte die ungewöhnliche Hitze zu schaffen. Ausgerechnet an einem so heißen Tag hatte er aus Bad Jerichow in die Stadt kommen müssen, um an einer feierlichen Zusammenkunft von in Deutschland ansässigen Ordensmitgliedern teilzunehmen. Gribojedow klingelte an der Pforte und nannte seinen Namen.

»Es tut mir leid, Genosse Gribojedow«, sagte der Empfangsoffizier, »ich konnte Sie nicht mehr erreichen. Die Versammlung verschiebt sich nach hinten. General Dawydow sitzt wegen des Qualms in Moskau am Flughafen fest. Die Torfmoore um die Stadt brennen. Aber er hofft, bald starten zu können. Die anderen Herrschaften sind zum See gefahren.«

»Keine schlechte Idee«, sagte Gribojedow lächelnd. »Wissen Sie, zu welchem See?«

»Schlachtensee, glaube ich, aber da liegen ja mehrere nebeneinander.«

Gribojedow stieg ins Auto und fuhr los.

Als Rita und Tanja an der Freimaurer-Villa vorbeiradelten, bremste Rita an der Pforte.

»Ich will dir was zeigen«, sagte sie und deutete auf das Gelände. »Schau dir mal diese Villa an. Die gehört eigentlich einer Freimaurerloge. Damals, als ich mit diesem Typen zusammengestoßen bin, bin ich nach Hause gefahren und völlig durcheinander hier rumgelaufen. Ich war total aufgelöst. Die Gegend kenne ich wie meine Westentasche. Auch an den Freimaurern bin ich schon öfter vorbeigegangen und habe jedes Mal gedacht, wie schade, dass da drin kein Leben ist. Dieses wunderbare Haus sah immer aus wie ausgestorben. Aber an diesem Tag hörte ich Männer laut reden, fast schreien und dachte, was ist denn da plötzlich los? Ich bin extra langsam am Zaun langgegangen, um etwas aufzuschnappen. Und musste feststellen, dass die Männer Russisch sprachen und außerdem schmutzige Ausdrücke gebrauchten. Ich fühlte mich auf einmal wie von unheimlichen Geistern umzingelt. Anschließend bin ich dann nach Hause gelaufen und habe dich angerufen.«

»Vielleicht waren es ja Mitglieder der russischen Mafia«, erwiderte Tanja.

Am Schlachtensee war der Teufel los. Die beiden Frauen kamen völlig verschwitzt dort an und wollten sich umgehend ins Wasser stürzen. Aber aus dem Biergarten am Ufer dröhnte bayrische Oktoberfestmusik, und der Zugang zum Wasser war von nackten Vätern und Säuglingen in vollgekackten Windeln blockiert, die gemeinsam mit ihren Hunden im seichten Wasser planschten. So mussten sie am Uferweg nach einer freien Stelle suchen und machten schließlich an einem Baumstamm halt, an dem ihre Räder und Klamotten halbwegs sicher waren. Die Frauen entblößten ihre nicht mehr jungen Körper, zwangen sich in Badeanzüge und gingen gleich ins Wasser. Tanja war eine gute Schwimmerin. Sie schwamm in die Mitte des Sees und beschloss, eine Runde bis zur Bootsstation und zurück zu drehen.

Rita, die nur Hundepaddeln beherrschte, traute sich vom seichten Ufer nicht weg und schwamm mit geschlossenen Augen. Immer wieder prallte sie mit anderen Badenden zusammen und musste sich entschuldigen. Als sie sich bereits wieder in Sichtweite ihrer Sachen befand, stieß sie erneut gegen einen Bauch. Sie stellte sich hin, sagte: »Verzeihung«, und sah den Mann an.

Sie meinte, ihr Schrei müsse über den ganzen See schallen und jedermann gleich zu ihr stürzen. In Wirklichkeit stand sie mit weit aufgerissenen Augen und offenem Mund da und konnte keinen Laut von sich geben.

Gribojedow sah den Ausdruck des Schreckens. Das angstverzerrte Gesicht und das komische Gefühl, der Frau schon mal begegnet zu sein, trieben ihn aus dem Wasser. Als endlich auch Tanja wieder ans Ufer kam, sah sie Rita mit blauen Lippen und in ihr Badetuch gehüllt auf dem

Stamm zittern. »Er ist da drüben«, sagte sie und zeigte in Richtung See.

»Wer er?«

»Der ...«

Tanja drehte sich um und sah niemanden. Plötzlich bekam sie einen Lachkrampf und sank zu Boden. Rita sah sie beleidigt an.

»Es ist eben heiß, auch Gespenster möchten sich abkühlen.« Tanja wollte nicht, dass sich die labile Freundin wieder in etwas hineinsteigerte. »Außerdem trifft man in Berlin sogar im Wasser ständig auf Bekannte. Die Berliner Welt ist halt klein, manchmal zu klein. Was aber auch seine angenehmen Seiten hat. Die werde ich vermissen. Rita, ich wollte dir schon lange was sagen. Ich verlasse Berlin, ich kehre nach Moskau zurück.«

Rita schaute sie entgeistert an.

»Ich könnte nicht mehr in Moskau leben, ich bekäme da Angstzustände.«

»Hier ja auch!«

»Weißt du was? Willst du mir nicht meine Moskauer Wohnung abkaufen? Als ich die deutsche Staatsangehörigkeit angenommen habe, habe ich unterschrieben, ich hätte keinen Besitz im Ausland. Sonst hätte ich keine Unterstützung bekommen. Diese Lüge belastet mich sehr.«

»Genau, deswegen kriegst du diese Angstanfälle, nicht wegen Gribojedow.«

»Was für ein Gribojedow?«, stöhnte Rita.

»Der Mann, mit dem du im Wasser zusammengestoßen bist. Wenn es kein Gespenst war, dürfte er Gribojedow heißen. Vielleicht ist das auch sein Deckname, das spielt aber keine Rolle.«

Rita war perplex. »Wo hast du den kennengelernt?«

»Ich bin ihm bei der Recherche zum orthodoxen Kloster in Bad Jerichow begegnet.«

»Ein Kloster? In Deutschland? Nicht auf dem Laufenden?«, erwiderte Rita verblüfft. »Ist der zu allem Überfluss auch noch ein Pope?«

»Der Wassermann von Schlachtensee«, sagte Tanja, »hat er sich bekreuzigt, nachdem er dich berührt hat?«

»Du kannst darüber lachen.«

»Er ist Geschäftsführer, zumindest offiziell.«

»Du machst dich aus dem Staub. Und was ist mit mir? Ich habe Angst. Alle meine Dämonen sind jetzt hier. Und die Leute glauben, Klara sei umgebracht worden. Ich bin mit den Nerven am Ende. Was soll ich bloß tun?«

»Ich weiß wirklich nicht, ob der Mann ein Geheimdienstler ist. Aber ich glaube nicht, dass von ihm eine Bedrohung für dich ausgeht. Was soll er denn von einer Hartz-IV-Empfängerin wollen?«

»Ich hau ab«, sie umarmte ihre aufgelöste Freundin. »Ich rufe dich an, sobald ich wieder weiß, in welcher Welt ich mich befinde.«

»Tanja, ich grüße Sie, hier spricht Gribojedow. Erinnern Sie sich an mich? Ich wollte fragen, ob Sie das Interview schon veröffentlicht haben. Ich hätte gerne ein Exemplar für unser Archiv.«

»Da muss ich Sie leider enttäuschen, ich habe das Material vorerst beiseitegelegt und beschäftige mich gerade mit anderen Dingen.«

»Schade, dann sind Sie ja ganz umsonst nach Bad Jerichow gefahren, und wir haben uns ganz vergeblich kennengelernt.«

»Ja, nein. Ich habe die Geschichte einfach nicht hingekriegt.«

»Aber wieso denn, so kompliziert ist das ja nicht, und das Kloster steht erst an seinem Anfang.«

Tanja platzte der Kragen. »Weil ich das Gefühl habe, dass dieses Kloster nicht das ist, wofür Sie es ausgeben wollen. Wie in dem alten sowjetischen Witz, den kennen Sie doch? Kommt ein Patient in die Poliklinik und verlangt, den Augen-Ohren-Arzt zu sehen ...«

»Ehrlich gesagt habe ich vergessen, wie der ging.«

»Dem Patienten wird erklärt, so einen Arzt gebe es nicht. Er müsse entweder zum Augenarzt oder zum Hals-Nasen-Ohrenarzt gehen. Wie kann es bloß sein, dass es einen solchen Arzt nicht gibt, empört sich daraufhin der Patient, wenn ich Tag für Tag nicht sehen kann, was ich zu hören bekomme?«

Gribojedow rächte sich an ihr, indem er nicht lachte. Der alte Witz blieb in der Luft hängen. Tanja war pikiert. »Im Kloster hatte ich ein ähnliches Gefühl. Das eine ist die Posse, die Sie mir vorspielen, und das andere, was dieses heilige Ding hier überhaupt zu suchen hat. Und weil ich den Eindruck habe, dass mit dem Kloster etwas nicht stimmt, kann ich nicht einfach eine halbgare Reportage schreiben.«

»Wenn Sie mögen, könnten wir uns in einem Restaurant in der Stadt treffen. Ich wäre bereit, Ihnen mehr über das Kloster zu erzählen, um Ihre Zweifel auszuräumen. Kennen Sie die ›12 Apostel‹ in der Georgenstraße? Haben Sie heute Abend Zeit? Ich lade Sie ein. So um halb acht?«

Tanja war verblüfft – und sagte ohne zu zögern zu, was sie noch mehr verblüffte.

Als sie eintraf, war das Restaurant rappelvoll, und Gribojedow saß bereits an einem der Tische. »Ich habe schon Antipasti bestellt«, sagte er, erhob sich von seinem Platz und küsste ihr die Hand. Sie setzte sich, er schenkte ihr Wein aus der Karaffe ein und erhob das Glas. »Also, auf die Fortsetzung unserer Bekanntschaft.«

Sie beschloss, die Frechheit vorerst zu ignorieren. Beim Anstoßen erzeugten die Gläser einen dumpfen Klang. Beide lachten über das Geräusch, und Tanja entspannte sich ein wenig.

»Also, was wollen Sie über das Kloster wissen, das ich Ihnen noch nicht verraten habe?«

»Ich möchte wissen, wer Sie, Sie«, wiederholte sie und richtete die Gabel auf ihn, »wirklich sind. Wenn ich das erst einmal verstanden habe, weiß ich auch mehr über das Kloster.«

»Wie albern von Ihnen! Ich bin nicht verpflichtet, Ihnen meine Biografie offenzulegen. Ich suche keine Öffentlichkeit.«

»Jetzt hören Sie mir einmal zu. Ich bin ganz unvoreingenommen nach Bad Jerichow gefahren. Dort haben Sie mir was von *ora et labora* erzählt, von der Kirche als Repräsentanz des russischen Staates und noch mehr solches PR-Zeug. Okay, ich bin von Natur aus leichtgläubig und hätte das bestimmt für bare Münze genommen, wenn nicht vor einiger Zeit eine Künstlerin aus Moskau hier in Berlin spurlos verschwunden wäre. Klara Gordon. Sie verließ am Karfreitag ihre Wohnung und kehrte nicht mehr zurück.

Viele in Berlin lebende Russen – Künstler, Intellektuelle, Geschäftsleute – haben es daraufhin mit der Angst zu tun bekommen. Weil sie ihr Verschwinden als Fortsetzung einer Mordserie deuten. Zuletzt die Quecksilbervergiftung von diesem ... Wie hieß er noch? ... Der FSB-Agent, der sich neulich nach Deutschland abgesetzt hat. Und jetzt die Künstlerin, die in ein Gerichtsverfahren gegen eine Ausstellung involviert war und deshalb automatisch als Regimekritikerin galt. Natürlich hat man die vermeintliche Tat dem FSB, oder wie ihr jetzt alle heißt, unterstellt. Da sind den Menschen einfach Albträume aus der Sowjetzeit gekommen.«

Gribojedow sah sie mit versteinerter Miene an. »Schon das letzte Mal haben Sie mir Ihre Künstlerin untergeschoben. Ich kenne keine Klara Gordon. Wollen Sie mir wirklich unterstellen, ich hätte eine Frau namens Gordon umgebracht und verschwinden lassen? Warum sollte ich das tun? Was erlauben Sie sich?«

»Unterbrechen Sie mich nicht! Ich fasse nur den Stand der Dinge zusammen. In der Regel halte ich von Verschwörungstheorien nichts. Schon damals während des Prozesses hatte ich den Eindruck, dass es der Frau nicht gut ging. Allerdings, wem ginge es unter solchen Umständen überhaupt gut?«

»Von welchem Prozess sprechen Sie überhaupt?«, fragte Gribojedow.

»Jetzt erzählen Sie mir nur nicht, Sie hätten nichts davon gehört. Vor einem Jahr wurde in Moskau ein Strafverfahren gegen die Veranstalter der kleinen und nicht besonders spektakulären Ausstellung ›Jenseits der Religion‹ eröffnet. Gordon hatte da ein Bild ausgestellt und war zusammen mit ein paar anderen Künstlern wegen angeblichen Schürens religiöser Zwietracht angeklagt worden.«

Gribojedow hörte angespannt zu. Er wunderte sich, dass die Spuren dieser Operation, in die er so viel Energie investiert hatte, plötzlich bis nach Berlin führten. Schlimmer noch, sie drohten, seinen angeschlagenen Gefühlshaushalt endgültig aus dem Lot zu bringen.

»Ich habe wirklich keinen blassen Schimmer von dieser Sache.«

»Vielleicht sollten Sie sich einmal von Ihrem Schützling Bruder Nikifor aufklären lassen. Er war an der Sache nicht ganz unbeteiligt. Sind Sie über seine Rolle wirklich nicht im Bilde? Merkwürdig. Haben Sie ihn wirklich erst hier kennengelernt? Jedenfalls wurde die Ausstellung am Tag nach ihrer Eröffnung von orthodoxen Schlägern verwüstet, die vermutlich von gewissen fundamentalistischen Kirchenkreisen angeheuert worden waren. Sie sollten das ideologische und moralische Monopol der Kirche durchsetzen und missliebige Künstler einschüchtern – was ihnen im Übrigen ja auch gelungen ist. Ich habe natürlich keine Beweise, aber ich glaube, dass die völlige Missachtung von Rechtsnormen in diesem Prozess – was ihn zu einem politischen Prozess gemacht hat – ohne die Geheimdienste nicht möglich gewesen wäre. Zumal die Kirche ja seit frühesten Sowjetzeiten von den Diensten infiltriert und personell ausgestattet war. Es ist ein offenes Geheimnis, dass der Patriarch ...«

»Sie sind ein Medienmensch«, unterbrach Gribojedow sie. »Sie verfolgen jeden Tag Nachrichten, lesen Zeitungen, analysieren. Sie können sich offenbar nicht vorstellen, dass es Menschen gibt, die ganz andere Prioritäten haben. Ich bin Geschäftsmann, und wenn ich mich nicht gerade um das Kloster kümmern muss, verbringe ich die ganze Zeit in meiner Firma, mit der es gerade nicht zum Besten bestellt ist. Ich habe eine Autowerkstatt und handle mit gebrauchten Autos für Süd- und Osteuropa. Wir beide sind doch Landsleute. Damit will ich sagen, wir kennen die Vergangenheit und haben, wenn auch jeder auf seine Weise, den Untergang miterlebt. Mein Vater war Testpilot, und ich sollte eigentlich in seine Fußstapfen treten. Aber mein Gleichgewichtssinn ist gestört, deshalb wurde ich zum Militärübersetzer ausgebildet.«

»Moment! Ich wusste gar nicht, dass Militärdolmetscher bei der Jagd auf Dissidenten eingesetzt wurden.«

»Wie meinen Sie das?«

»Kurz vor meinem Besuch im Kloster habe ich einen panischen Anruf von einer alten Freundin aus Studienzeiten bekommen. Einige Jahre bevor sie als Kontingentflüchtling nach Berlin gekommen ist, war sie in die Fänge des KGB geraten. Sie rief mich an, weil sie glaubte, einem ihrer einstigen Peiniger an der Humboldt-Universität begegnet zu sein.

Ich war mir sicher, dass sie ein Gespenst gesehen hat, da ich mir nicht vorstellen konnte, dass man sich nach mehr als zwanzig Jahren so genau an ein Gesicht erinnern kann, noch dazu, wenn man bei der Begegnung unter Schock gestanden hat. Ich bin selbst einmal verhört worden und würde sicher keinen von diesen Leuten wiedererkennen. Sie hatten keine Gesichter.«

»Warum wurden Sie verhört?«

»Weil ihr Wüstlinge vom Amt anscheinend Gefallen daran fandet, junge Mädchen einzuschüchtern. Ich war nicht einmal 22«, Tanja lächelte. »Oder vielleicht steckten Sie dahinter?«

»Möchten Sie noch etwas Warmes bestellen?«

»Nein, versuchen Sie nicht, abzulenken.«

»Dann erlaube ich mir, etwas für mich zu bestellen.« Er winkte der Kellnerin und orderte Kaninchen.

»Diese Sache zwischen Ihnen – einem damals blutjungen Mann im Dienst für das Vaterland – und meiner Freundin. Geben Sie es doch zu. Sie waren es. Man hat Sie auf meine Freundin angesetzt, solche Aufträge lagen in der Verantwortung des KGB. Fünftes Referat, nicht wahr? Sie sollten mal Ihr professionelles Gedächtnis anstrengen.

Außerdem hat eine Freundin von mir die Künstlerin kurz vor ihrem Verschwinden getroffen. Sie hatte nicht den Eindruck, dass Klara deprimiert oder verstört gewesen war. Dass Rita unter diesen Umständen in Panik gerät, kann man ihr wirklich nicht verdenken. Und dann komme ich in ein orthodoxes Kloster auf der grünen Wiese, mit dem der reumütige Gerd Richter das deutsche Volk beglücken will, und siehe da ... begegne einem, na ja, einem gewissen mir bekannten Mönch und Ihnen an seiner Seite, Herr Geschäftsführer. Ihnen eben. Das Wasser war übrigens herrlich. Ich habe es bis zur Bootsstation und zurück geschafft, Rita aber ist mit Ihnen kollidiert. Ich habe ihr immer gesagt, man sollte nicht mit geschlossenen Augen schwimmen. Was würden Sie an meiner Stelle denken?«

Gribojedow war erschöpft. Natürlich könnte er sich stur stellen, alles leugnen oder einfach aufstehen und gehen. Aber es hatte sie gegeben, diese Nacht, und eine erschrockene junge Frau mit Büchern und ihn selbst, der sich so toll fand. Wenn er jetzt fortfahren würde, ihr blanke Lügen aufzutischen, würde er sie verspielen. Wenn er die Wahrheit sagen würde allerdings auch.

»Nun ja, das war eine dumme Jugendgeschichte. Ich war ein Student aus der Provinz, frisch aus einer Garnison an der chinesischen Grenze, in der mein Vater diente, nach Moskau gekommen. Der war ein glühender Großmachtpatriot, dazu noch aus dem Adel.«

»Stammen Sie aus dem Geschlecht von Alexander Gribojedow?«

»Um zwei Ecken, über seinen Neffen. Im Studium hatte ich dann einen Freund aus der KGB-Hochschule, der musste solche Dinge machen. Das gehörte zu seiner Ausbildung. Einmal hat er mir vorgeschlagen, ihn zu begleiten. Nur so zum Spaß. Er wollte mir zeigen, wie antisowjetische Elemente ausgespäht und gestellt werden. Und so bin ich an Ihre Freundin geraten und musste all diese Sachen sagen, die ich davor mit meinem Kumpel geübt hatte. Das Mädchen hat gezittert vor Angst und ihre Freundin verraten.«

»Und wissen Sie noch, wer diese Freundin war?« Tanja sah ihn vergnügt an.

»Doch nicht etwa Sie?«

Tanja lachte. »Ich hatte übrigens mit diesen Büchern nicht das Geringste zu tun. Es waren nicht meine. Rita hat mich nur aus Eifersucht denunziert. Trotzdem: Warum ist mir in dieser Angelegenheit nie etwas passiert? Ich hätte locker drei Jahre Straflager kriegen können.«

»Sie waren das wirklich? Meine Güte, Tanja.« Gribojedow breitete die Hände aus. »Wenn Sie wüssten, wie peinlich mir das alles heute ist. Aber es ist leicht zu erklären, warum Sie ungeschoren davongekommen sind. Weil der ganze Blödsinn nämlich nur eine Mutprobe für mich war. Ich hatte nie vor, die Information weiterzuleiten.«

»Und Ihr Freund?«

»Den habe ich dazu gedrängt, die Aussage des Mädchens nicht weiterzugeben. Später haben wir uns dann überworfen.«

Er schaute Tanja direkt in die Augen.

»Und Sie wollen, dass ich Ihnen das abnehme? Ich kann einfach nicht unterscheiden, wann Sie lügen und wann sie die Wahrheit sagen. Gefallen Sie sich in dieser Rolle? Sie haben gerade das Wort ›Mut‹ benutzt. Wissen Sie überhaupt noch, was Mut ist? War es Ihrer Meinung nach mutig, nachts eine Jagd auf eine Frau zu veranstalten? Okay, Sie sind Geschäftsmann.«

»Ach, Tanja, wissen Sie was? Sie sind mir sehr sympathisch. Ich habe noch nie eine so attraktive und scharfsinnige Frau getroffen. Aber es ist furchtbar anstrengend, den Abend mit einer attraktiven Frau zu verbringen, die einen Gott weiß welcher Scheußlichkeiten verdächtigt und in die Enge treibt. Sie geben mir zu verstehen, ich sei ein Schurke und Mörder. Ich habe Sie eingeladen, weil ich Sie unbedingt näher kennenlernen wollte. Entschuldigen Sie, dass ich das so offen sage, aber Sie sind regelrecht über mich hergefallen.«

Tanja wirkte entwaffnet und drehte ihr Weinglas in den Händen.

Gribojedows Gesicht war gerötet, er lockerte seine Krawatte. Tanja spürte plötzlich, wie dick die Luft im Restaurant war.

»Nehmen Sie doch Ihr Jackett ab«, lächelte sie Gribojedow an, »ich höre nicht auf, mich zu wundern, wie Männer es überhaupt vermögen, die unbarmherzige Hitze in einer solchen Montur auszuhalten. Das nenne ich Zucht. Ich habe das nie gelernt. Selbst eine Strumpfhose würde mir bei dem Wetter zu schaffen machen.«

Und während sie das so unbekümmert sagte, realisierte Tanja, dass sie völlig unangemessen angezogen war. Sie hatte ein tief geöffnetes und enges Sommerkleid mit dünnen Trägern an, und eine Perlenkette, die ihr Alex einst aus Sri Lanka mitgebracht hatte, aber nichts, das ihre Schultern bedeckte.

»Danke«, erwiderte Gribojedow und zog erleichtert sein Jackett aus.

»Sie mussten nicht auf meine Erlaubnis warten.«

Tanja blickte auf sein freigelegtes Handgelenk.

»Oh, Sie haben eine Tätowierung!«

»Was meinen Sie?«

»Auf Ihrem Handgelenk.«

Er knöpfte den Ärmel auf.

»Ach, das meinen Sie! Das ist kein Tattoo!«, er lächelte. »Das habe ich mir als Kind eingehandelt. Wir haben Krieg gespielt. Ich war Faschist und wurde von Partisanen überwältigt, sie haben mir die Hände mit dem Seil gebunden und mich zum Verhör in den Wald geschleppt.«

»Waren Sie immer Faschist?«

»Nein, ich war lediglich an diesem Tag an der Reihe. Ein Partisan war ich schon beim letzten Spiel und wurde von Faschisten gefoltert. Jedenfalls sind die Male nie ganz verschwunden. Ansonsten ist es nicht mein Ding, den Körper zu schmücken.«

Tanja merkte plötzlich, dass ihr der Faden entglitt.

»Wie war es nun mit Ihnen wirklich?«

»Ich war als Militärdolmetscher beim Garnisonsstab in Wünsdorf stationiert. Dann begann der Truppenabzug. Ich bekam es mit Waffenhandel zu tun, ich konnte nicht anders, da galt das Gesetz der Kollektivhaftung. Entweder machte man mit oder man war tot. Jedenfalls hatte ich Zugang zu entsprechenden Dokumenten und Rechnungen. Als echter Sowjetmensch habe ich den Abzugsvertrag und diese Schiebereien als eine Demütigung erlebt. Alle haben sich hemmungslos bereichert. Nichts war ihnen heilig, und es blieb nichts, woran man noch glauben konnte. Alles brach auseinander. So habe ich das Vertrauen in die Streitkräfte, in das Vaterland verloren und wollte nicht mehr zurück.

Mit dem Geld aus dem Waffenhandel bin ich in den Autohandel eingestiegen. Ich könnte Ihnen Dutzende ähnlicher Geschichten erzählen. Sie kennen doch bestimmt diese russische Buchhandlung in Charlottenburg? Sie gehört einem ehemaligen Offizier aus Potsdam.«

»Und wie sind Sie an das Kloster geraten? Wieder ein falscher Freund?«

Gribojedow seufzte. »Habe ich Ihnen das nicht bereits erklärt? Ja, ein alter Kamerad aus der Westgruppe ist Geschäftsführer im Patriarchat und hat mich gebeten, das Kloster zu unterstützen. Diese Aufgabe war neu und anspruchsvoll für mich.«

»Und haben Sie Ihr Geschäft dafür aufgegeben?«

»Nein, mein Partner führt es weiter, Slavko. Er kommt ganz gut zurecht. Und ich verbringe jetzt die meiste Zeit in Bad Jerichow und auf Reisen.«

»Essen Sie doch Ihr Kaninchen, es ist ja schon ganz kalt«, sagte Tanja. Er nickte und stach mit der Gabel ins Fleisch. Der Appetit war ihm vergangen.

»Aber im Ernst: Was soll dieses Kloster hier in Deutschland?«

Gribojedow verschluckte sich angesichts ihrer Hartnäckigkeit. Ihm wurde klar, dass er sein Versteckspiel nicht mehr weitertreiben konnte. Nicht mit dieser Frau, die ihn ohnehin durchschaute.

»Ach, wissen Sie«, begann er und trank einen Schluck Wein, um das Fleisch runterzuwürgen, »die wollen doch alle dasselbe.«

»Ich wäre Ihnen dankbar, wenn Sie mich darüber aufklären könnten.«

»Jetzt bin ich sehr müde«, bekannte Gribojedow plötzlich. »Ich hoffe, wir können unser Gespräch ein anderes Mal fortsetzen. Es war eine sehr einseitige Kommunikation, fast eine Art Verhör, möchte ich behaupten.« Seine Stimme klang sanft.

»Ja, Sie haben recht. Aber ich wollte mir einen Reim auf all diese Geschichten machen.«

»Dann sollten wir uns unbedingt noch einmal treffen.«

Blitzschnell streifte er ihr mit dem Finger über ihre Halskette. Sie zuckte zusammen.

»Das wird leider nicht gehen, ich fliege am Montag nach Moskau.«

»Und wann kommen Sie zurück?«

»Überhaupt nicht. Ich will dort bleiben.«

Gribojedow entglitten die Gesichtszüge. Offenbar hatte er sich etwas eingebildet, sich etwas von einem Wiedersehen mit ihr versprochen, das sich nun vor seinen Augen auflöste. Ein Gefühl großer Leere überkam ihn.

»Das ist unendlich schade. Ich hatte gehofft, wir würden uns näher kennenlernen, auch damit ich Sie irgendwann hätte überzeugen können, dass ich kein Mörder bin, Frau Legat. Ist das Ihr Name oder der Ihres Gatten?«

»Na, Sie sind ja ein richtiger Aufklärer. Legat ist mein Mädchenname. Ich habe den Nachnamen meines Exmannes nicht angenommen.«

»Ein schöner Name, und Tanja gefällt mir auch.«

»Der Dichter Gribojedow war auch nicht der schlechteste in unserer Schullektüre. ›Frisch ist die Sage, nur ist ihr kaum zu glauben.‹ Passt das nicht sehr gut auf Ihre Lügengeschichten, Nikolaj Nikolajewitsch?«

Sein Gesicht verfinsterte sich. Traurig und ratlos sah er sie an. Tanja dachte plötzlich, dass er sehr einsam sein musste, und ihr wurde unbehaglich. Warum hatte sie die ganze Zeit auf ihn einschlagen müssen? Eigentlich war er ihr gegenüber doch sehr zuvorkommend gewesen.

»Darf ich Sie nach Hause bringen?«, fragte Gribojedow, nachdem er die Rechnung bezahlt hatte.

»Danke nein. Ich bin mit dem Rad hier. Da bin ich eben eine Berliner Pflanze. Das Radeln werde ich in Moskau sehr vermissen.«

Sie gab ihm die Hand, und er hielt sie lange in seinen warmen, trockenen Fingern, als wollte er sie nicht gehen lassen.

»Tanja, wir kommen beide aus demselben Land ... Dürfte ich Sie in Moskau treffen? Ich würde Sie gerne noch einmal sehen. Ist das ein Verbrechen, Sie sehen zu wollen?«

»Wir kommen vielleicht aus demselben Land, aber aus verschiedenen Welten, Nikolaj Nikolajewitsch. Versprechen Sie mir einfach, Rita in Ruhe zu lassen. Sie ist Ihretwegen völlig außer sich.«

»Tanja!«, sagte er vorwurfsvoll und gab ihre Hand frei.

Gribojedow öffnete die Tür seiner Wohnung, machte das Licht an, ging an die Bar, entkorkte eine Flasche Cognac und kippte nacheinander zwei volle Gläser in sich hinein.

Er nickte vor dem Fernseher ein und blieb lange reglos vor dem flackernden Bildschirm liegen. In der Nacht wälzte er sich im Schlaf und hatte erotische Träume wie schon seit Jahren nicht mehr. Gribojedow hatte Liebeskummer, und er wusste, dass aus dieser Geschichte nichts werden würde. Selbst wenn er darauf hätte hoffen können, jemals Tanjas Sympathie zu gewinnen, wäre ihre Beziehung mit seinem schäbigen Doppelleben nicht unter einen Hut zu bringen. Aber die Sache hinzuschmeißen, auszusteigen – daran war überhaupt nicht zu denken. Damit würde er nur auch sie in Gefahr bringen und alles endgültig ruinieren. Schon deshalb konnte es für sie beide keine Hoffnung geben.

Am Sonntag sollte Gribojedow zum Kloster rausfahren, um wichtige Bauverträge vorzubereiten. Aber er hatte keine Lust auf das Kloster. Dieser Laden kotzte ihn an, der humpelnde Koljan erst recht. Er wünschte sich, aussteigen und sich ganz der Firma widmen zu können. Sie war sein Kind, das er großgezogen hatte. Und seine einzige Unternehmung, für die er geradestehen konnte. Schon Wochen war er nicht mehr im Büro gewesen. Er musste einmal nach dem Rechten sehen.

Gribojedow setzte sich ins Auto und fuhr über sonntäglich leere Straßen nach Reinickendorf. Er fühlte sich ausgelaugt und versuchte, nicht an Tanja zu denken. Es gelang ihm nicht. Sie hatte diese Drohkulisse doch nur aufgebaut, weil sie verunsichert war und in ihm einen verlogenen Hund gesehen hatte. Aber warum war ihm der Name Gordon kein Begriff? Weil er damals nicht auf der Prozessebene agiert hatte. Die Staatsanwaltschaft hatte die anzuklagenden Personen ausgesucht. Und nun war eine der Angeklagten in Berlin verschwunden, und Tanja glaubte, sie wäre ermordet worden – und er der Auftraggeber. Sollte er Koljan zur Rede stellen?

In der Seestraße wurde Gribojedow von einem Feuerwehrfahrzeug mit heulender Sirene überholt. Die Zufahrt zur Lengeder Straße war von der Polizei gesperrt. Er stieg aus dem Auto und sah auf der rechten Straßenseite eine Rauchsäule aufsteigen. Mit einem Satz sprang er über die Absperrung und rannte auf sie zu. Der überraschte Polizist hielt ihn nicht auf.

Das Feuer war schon gelöscht. Von den zwanzig, zum Teil bereits verkauften Autos waren nur noch mit Löschschaum bedeckte schwarze Gerippe übrig. Die Werkstatt rauchte noch. Auf der Treppe saß Slavko und schluchzte. Der Wind trieb Papierfetzen über den Hof und die Straße. Gribojedow bückte sich nach einem angesengten Blatt und hob es auf. Er erkannte darauf einen Frosch, den er selbst gezeichnet hatte. Seltsam, die pflegte er nie in der Firma zu zeichnen, ausschließlich im Kloster, wenn er das Treiben nicht mehr ertragen konnte. Auf die Rückseite war in Druckbuchstaben »Der neue Adel« gekritzelt. Jawohl, Genosse General, Sie liegen wie immer richtig.

»Die Polizei sagt«, schluchzte Slavko, »dass die Leute im Schrebergarten gegenüber einen bärtigen Mann gesehen haben, der einen Kanister wegwarf und zur Straße rannte.«

Gribojedow war schon seit Monaten nicht mehr in seinem Klub gewesen. Als er am Abend die Bar betrat, war sie gähnendleer, und der Barkeeper machte ein überraschtes Gesicht. »Einen Doppelten?« Nikolaj nickte. Das Mädchen Oksana, von dem er immer vermutete, dass sie noch minderjährig war, setzte sich zu ihm, ein Glas in den polierten, knallroten Krallen.

»Na, Chef, heute nicht in Stimmung? Pfui, woher kommt denn dieser Brandgeruch?«

Er kippte seinen Cognac hinunter, nahm ihr das Glas aus der Hand, leerte es ebenfalls und sagte: »Komm mit.«

Am darauffolgenden Montag saß Tanja schon in der startbereiten Maschine und wollte gerade ihr Handy ausschalten, als es summte. Sie hatte zwei SMS erhalten. Eine kam von Rita: »Gordon in Spree gefunden.« Da war also die Gewissheit, dass Klara nicht mehr lebte. Die zweite SMS war von Sergej: »Abend Chinesischer Pilot Dschao Da Streljany ergattert.«

Sie brauchte immer eine Weile, um die kryptischen Botschaften von Sergej zu entziffern. Vermutlich, so reimte sie es sich zusammen, war der »Chinesische Pilot« ein Nachtklub. Streljany sollte der Name eines neuen Stars und echten Geheimtipps sein. Auf solche Sachen fuhr er ab. Mit einem Mal kam ihr das Gespräch mit dem langhaarigen Künstler im China-Imbiss in den Sinn. Er hatte von einem Liedermacher namens Streljany erzählt, der beim *Banner* ausgestiegen war.

Die Stewardess schaute schon ungeduldig zu Tanjas Sitz herüber, als ihr Handy plötzlich klingelte.

»Tanja, ich bin es, Gribojedow. Tanja, leg bitte nicht auf.«

»Ich sitze im Flugzeug und muss sofort aufhören.«

»Tanja, ich liebe dich. Ich meine es ernst.«

Die Stewardess setzte sich in ihre Richtung in Bewegung, und Tanja schaltete ihr Handy ab.

Sie spürte plötzlich Tränen über ihre Wange laufen. Gestern hatte sie den ganzen Tag Papiere sortiert, in alten Briefen und Manuskripten geblättert und zu packen versucht. Sie hatte alte Briefe von Alex gefunden, die er ihr damals nach Moskau geschickt hatte. Sie hatte weinen müssen, als sie seine unbeholfenen Liebeserklärungen mit den vielen Grammatikfehlern las.

Und nun dieser Gribojedow.

Aber sie wollte nicht mehr nach immer weiteren Argumenten dafür oder dagegen suchen, Berlin den Rücken zu kehren. Sie hatte sich von ihren Freunden verabschiedet und sich so selbst vor vollendete Tatsachen gestellt. Noch an dem Abend, an dem sie gegenüber Gribojedow behauptet hatte, sie fliege am nächsten Montag nach Moskau, hatte sie sich an den Laptop gesetzt und tatsächlich ein Ticket für diesen Tag gebucht.

Durch Tränen hindurch sah Tanja das Gesicht von Klara vor sich, wie sie mit nach innen gewandtem Blick im Gerichtssaal saß. Sie sah die elegante Französin im Interconti, von der sie nie mehr etwas gehört hatte, die junge, schöne Rita in der Moskauer Nacht zwischen zwei Geheimdienstlern, die gealterte Rita vor der Freimaurer-Villa, verschreckt von Männern, die laut fluchten, und sie sah Alex in der Uni an ihr vorbeilaufen.

Und sie spürte Gribojedows warme Berührung auf ihrer Haut. Natürlich hatte sie sofort bemerkt, dass er sich in sie verliebt hatte, dass es ihm einzig und allein um ein Treffen mit ihr gegangen war und nicht um das Kloster oder das Interview. Sie fragte sich, warum sie sich darauf eingelassen und ihn dann schroff abgefertigt hatte. Hatte sie für ihn etwas übrig? Kämpfte sie gegen die Versuchung an, ihre Entscheidung doch noch rückgängig zu machen? Sie hatte ihm unrecht getan.

Die Flugzeugmotoren heulten auf. Tanja lehnte sich im Sitz zurück und schloss die Augen.

OUTLOOK EXPRESS

Von: niknik@snafu.de
An: t.legat@web.de
Datum: 24. September; 23:10
Betreff: Bitte antworte

Liebe Tanja,
es ist jetzt über ein Jahr vergangen, seit wir uns das letzte Mal gesehen haben. Ich muss Dir beichten, dass ich damals an jenem Montag zum Flughafen gefahren bin, in der Hoffnung, Dich noch einmal zu sehen. Auch wenn mir klar war, dass mein Erscheinen nichts an Deiner Entscheidung ändern würde. Dort hockte ich dann in der Abfertigungshalle und wartete, bis der letzte Fluggast eingecheckt hatte. Plötzlich ging mir auf, dass Du wahrscheinlich gar nicht von Tegel, sondern von Schönefeld aus fliegst. Und ich alter Trottel bin durchgedreht und habe Dich in letzter Sekunde angerufen. Ich stehe immer noch zu meinem damaligen Geständnis, obwohl ich ohne Hoffnung bin. Warum solltest Du auch.

Seit unserem ersten und – zu meiner Bestürzung – letzten gemeinsamen Abend und Deinem Abflug ist mein Dasein in Trümmer gefallen. Am Tag nach unserem Treffen bin ich nicht ins Kloster gefahren, ich war mit meinem Latein am Ende und trug mich mit dem Gedanken, den

Klosterjob einfach hinzuschmeißen. Ich fuhr ziemlich aufgelöst in meine Firma. Das habe ich immer getan, wenn es mir dreckig ging. Doch die Straße war von der Polizei abgeriegelt, und als ich mich zum Firmengelände durchgeschlagen hatte, war schon alles abgebrannt: die Büroräume, die Autos, alles. Zeugen hatten einen bärtigen Mann einen Kanister wegwerfen sehen. Es war also sehr wahrscheinlich Koljans Werk. Ich (und mein Partner Slavko) waren damit auf einen Schlag geschäftlich ruiniert. Ich fühlte mich bedroht und bin noch in derselben Woche nach Moskau geflogen, um das Problem zu klären. Und hier bin ich hängengeblieben. In der Anfangszeit habe ich auf den Straßen wie ein Irrer Ausschau nach Dir gehalten. Ich habe Dir auch ein paarmal geschrieben, an die E-Mail-Adresse auf der Visitenkarte. Vergeblich.

Warum ich Dir jetzt wieder schreibe? Ich habe keine Hoffnung, gebe sie aber dennoch nicht auf. Kannst Du das nachvollziehen? Es muss absurd in Deinen Ohren klingen.

Ich habe lange gebraucht, um zu verstehen, in welche Knechtschaft ich mich als junger Mensch begeben habe. Und mit der Zeit fühlte ich mich immer mehr wie ein Fisch in einem Teich, aus dem nach und nach das Wasser abgelassen wird. Dein Erscheinen war wie ein Schwall Frischwasser, aber zugleich war da auch diese erschütternde Klarheit, mit der mir meine Lage in all ihrer Aussichtslosigkeit bewusst wurde. Was ich mir im Augenblick am meisten wünsche, ist, deine Hände zu halten.

Deine Adresse t.legat@web.de scheint inaktiv zu sein. Ich habe Dich bei Facebook gefunden und Dir eine Freundschaftsanfrage geschickt. Das hat aber auch nichts gebracht, genauso wenig die Skype-Adresse. Ich kann mir vorstellen, dass ich in Deinen Augen ein kleiner armseliger Loser bin, der nach einem Strohhalm greift. Warum solltest Du Kontakt zu mir wollen? Ich wäre Dir trotzdem dankbar, wenn Du Dich wenigstens mit einem Wort melden oder meine E-Mails einfach zurückschicken würdest. Weil ich langsam beginne, mir Sorgen um Dich zu machen.

Dein Nik

An: niknik@snafu.de
Von: t.legat@web.de
Datum: 24. Oktober; 23:56
Betreff: Deine verschollenen Mails

Wie rührend, dass Du Dir Sorgen um meine Sicherheit machst. Die Organe schlafen nicht. Meine Adressen sind aktiv. Deine E-Mail ist im Spam gelandet. Im Prinzip hätte ich gar nichts gegen einen Briefwechsel, ich bin in der Regel neugierig auf Menschen. Ich gestehe, dass ich, als ich Deine E-Mail öffnete und realisierte, wer sich hinter NikNik verbarg, dachte: Oh, wie interessant! Der Agent lässt nicht locker. Wer weiß, was sich daraus machen lässt, das könnte vielleicht eine spannende Story werden.

Was mich eher in Verlegenheit bringt, ist der Temperaturunterschied. Verzeih mir, es klingt vielleicht brutal: Ich kann Deine Leidenschaft nicht erwidern. Komisch, bei Dir schlage ich wieder einen Ton an, den ich sonst gar nicht draufhabe. Ich will gar nicht schroff sein. Aber das ist die Folge meiner Inkonsequenz: Wenn ich Dir die Verantwortung an Gordons Tod unterstelle, müsste ich Dich in die Wüste schicken – in der Du Dich Deinem Geständnis nach bereits befindest. Das tue ich aber, wie Du siehst, nicht.

Trotzdem solltest Du wissen, dass ich nicht jedes Mal, wenn ich eine Mail von Dir öffne, Liebesbekenntnisse lesen möchte. Das macht mich hilflos und verlegen. Ein schlechtes Gewissen wäre da nicht mehr weit. Aber weshalb sollte ich Deinetwegen Schuldgefühle haben? Ich weiß nicht einmal, wer Du wirklich bist. Vielleicht hat man Dich geschickt, mir nachzuspionieren. Du sagst ja selber, Du seist unfrei. Ich fordere Dich aber auch nicht auf, auszupacken. Das würde die Sache vielleicht nur noch schlimmer machen. Wie sollte ich mich dazu verhalten? Früher, Du verstehst hoffentlich, was ich meine, sagte man in unseren Kreisen über Typen wie Dich: »Mit dem würde ich mich nicht auf dieselbe Klobrille setzen.« Das schreibe ich nicht deshalb, weil ich auch so denke oder Dich beleidigen will, sondern damit Du verstehst, woher ich komme.

Vor dem Hintergrund, in dem ich Dich kennengelernt habe, bist Du für mich so etwas wie der Feind. Ich meine das nicht persönlich. Du gehörst eben zum feindlichen Lager. Und ich wurde so sozialisiert, dieses unheimliche Lager zu verachten und zu meiden. Ich kann mir schon vorstellen, wie man als junger Mann aus einem Provinznest, aus einer tadellos parteitreuen Familie, aber unerfahren und idealistisch, von diesen Rattenfängern angelockt werden konnte. Hättest Du Kontakt zu einem anderen Milieu gehabt, hättest Du Dich vielleicht für einen anderen Berufsweg entschieden. Andererseits pflegte mein Lehrer immer zu sagen: »Man muss aufhören, sich durch die Umstände zu erklären.«

Um auf unsere schicksalhafte Begegnung im Kloster zurückzukommen: Ich habe Gerd Richter doch aufgesucht und ein Gespräch mit ihm geführt. Darüber habe ich Dir damals im Restaurant nichts erzählen wollen. Er war gar nicht krank, Du Lügner! Mir erschien seine Geschichte ergiebiger als Deine. Du warst ziemlich linientreu, und das ganze Unterfangen kam mir verdächtig vor. Richters Motive waren jedenfalls nachvollziehbar. Warst Du jemals in seiner Wohnung? Sehr beeindruckend. Ich hänge den Text und das Foto an, zum Kloster steht da wirklich sehr wenig.

Tschüs, Tanja L.

An: t.legat@web.de
Von: niknik@snafu.de
Datum: 25. Oktober; 08:34
Betreff: Der Gutmensch vom Fraenkelufer

Liebe Tanja,
ich kannte Deinen Artikel bereits, ich habe ihn mir aus dem Netz gefischt, wie auch alles andere von Dir und über Dich. Es steht Dir frei, meine Recherchen als Nachspionieren zu interpretieren. Übrigens sind Deine Webseite und Dein Lebenslauf bei Wikipedia sehr schlampig gestaltet, und ich würde Dir raten, sie zu erneuern und grafisch zu verbessern. Im Kloster musste ich mich viel mit PR beschäftigen und lernen, wie man sich präsentiert. Falls Du Deine Seite tatsächlich jemals neu gestalten möchtest, könnte ich Dir dabei helfen.

Was nun den guten Menschen vom Fraenkelufer betrifft: Da bist Du viel zu leichtgläubig gewesen (was ich nicht ohne Genugtuung feststelle). Liebe zum orthodoxen Ritus hin oder her: Eines Tages ist ihm seine Leidenschaft für Ikonen zum Verhängnis geworden.

In seiner Zeit als Berichterstatter in Moskau ist er vom KGB beim Schmuggeln von Ikonen erwischt worden. Ihm hätten ein Gerichtsverfahren und womöglich langjährige Lagerhaft geblüht, aber er hat Reue gezeigt und sich bereit erklärt, mit den »Organen« zusammenzuarbeiten. Seither ließ man ihn in Ruhe, und als er aus dem Dienst schied, durfte er all seine Ikonen nach Deutschland mitnehmen. Bei seinem letzten Aufenthalt in Moskau hat er jedoch Besuch von seinem einstigen Führungsoffizier erhalten. Für den in die Jahre gekommenen Richter war das ein Schock, und man machte ihm ein Angebot, das er nicht ablehnen konnte. Deshalb lese ich Deinen Artikel mit etwas anderen Augen.

Freiheit ist ein rares Gut, und nichts wünsche ich mir sehnlicher als das. Im Moment kriege ich keinen Boden unter die Füße. Alle Gewissheiten sind zerstört, und manchmal komme ich mir vor wie der Gejagte in einem Agentenfilm. Entweder wird er von einer Kugel erwischt, oder er springt auf ein Boot und bricht zu neuen Ufern auf.

Wie geht es Dir eigentlich in Moskau? Da im Internet keine neuen Veröffentlichungen von Dir zu finden sind, kann man davon ausgehen, dass Du eine andere Beschäftigung gefunden hast. Vielleicht habe ich aber auch etwas übersehen.

Dein N.

An: niknik@snafu.de
Von: t.legat@web.de
Datum: 29. Oktober; 01:12
Betreff: Der gute Mensch …

Klöster verfolgen mich. Gerade habe ich erfahren, dass sich eine Schulfreundin von mir in ein Kloster zurückgezogen hat, nachdem ihre Tochter an Aids gestorben ist. »Too much heaven on their minds.«

Du hast eine richtige Achterbahn für mich aufgebaut: Einerseits kommt die blöde Journalistin nicht hinter Eure Sonderoperationen, andererseits fährst Du mit Deiner Anbetung fort. Ganz schön perfide. Du wartest offenbar darauf, dass ich irgendwann die weiße Flagge hisse und mich ergebe.

Deine Lage ist, wenn Du nicht übertreibst, wirklich unheimlich. Den Wahrheitsgehalt Deiner Geständnisse kann ich allerdings nicht überprüfen. Ehrlich gesagt kommt es mir aber so vor, als wolltest Du mich mit Deinen Thriller-Geheimnissen von Deiner wahren Identität ablenken. Und mich davon überzeugen, dass Du in Wirklichkeit gar kein mieser Beschatter warst, sondern ein gefallener Engel, selbst ein Gejagter. Dich also reinzuwaschen. Das macht Dich in meinen Augen aber nur noch dubioser. Schließlich sollte ein Mann Zuversicht ausstrahlen, wenn er um eine Frau wirbt, nicht Unsicherheit und Angst.

Sehnst Du Dich manchmal nach Berlin? Dieser niedrige bleierne Himmel im November, das trübe Laternenlicht, die Berliner Schnauze der Taxifahrer. Und bald wieder diese menschenleeren Straßen an schneelosen Weihnachten.

T. L.

An: t.legat@web.de
Von: niknik@snafu.de
Datum: 29.Oktober; 08:11
Betreff: Himmel über Berlin

Das poetische Bild am Ende Deiner Mail sollte wohl den Hammerschlag Deiner Unterstellung abdämpfen, nicht wahr? Alles bloße Ablenkungsmanöver? Das solltest Du eigentlich besser wissen. Und weshalb sollte ich Zuversicht ausstrahlen, wenn ich ohnehin nicht auf Ihre Gegenseitigkeit hoffen durfte, Madame? Aus lauter Verzweiflung beginne ich, allmählich die Selbstbeherrschung zu verlieren.

Aufrichtigkeit gehörte bislang nicht zu meiner Berufsidentität. Doch kaum versuche ich es damit, kriege ich einen übergebraten. Aber ich gestehe, im Umgang mit Frauen habe ich schon immer Fehler gemacht. Das kommt wahrscheinlich von meinem Vater.

Wenn ich ein gefallener Engel wäre, dürfte ich auf Erlösung hoffen. Aber ich bin, um in Deinem Bild zu bleiben, eher ein gefallener Teufel, was viel schlimmer ist. Der Engel fährt zur Hölle und wird Luzifer, ich dagegen wurde nicht aus dem Paradies, sondern aus der Hölle vertrieben. Ein ziemlicher Unterschied. Und: Wohin kann man aus der Hölle vertrieben werden? Darin besteht mein Problem: In den Himmel zurückzukommen ist eine Unmöglichkeit. Was soll ich also jetzt tun? Mir bleibt nichts anderes übrig, als mich herumzutreiben wie ein Werwolf und Dich zu entführen.

Dein Nik

An: niknik@snafu.de
Von: t.legat@web.de
Datum: 5. November; 23:31
Betreff: Besonderheiten des nationalen Zerfalls

Für die Rolle eines Rotkäppchens bin ich entschieden zu alt. Ich habe Dir schon mehrmals gesagt, Du sollst mit Deinem Pfauengesang aufhören. Du lässt keine Gelegenheit aus, Dich mir »zu Füßen« zu legen. Das macht alles nur noch schwerer.

An sich hat das Bild der Vertreibung aus der Hölle ein poetisches Potenzial, gratuliere. Gehört das zum Genre der Agentenlyrik?

Was Du in Bezug auf Richter geschrieben hast, hat mich doch überzeugt. Trotzdem habe ich nicht das Gefühl, dass seine Darstellung reine Fassade war. Welchen Platz hat diese Geschichte in seinem Gewissenshaushalt eingenommen? Aber von Gewissen verstehst Du eher nichts, was?

Was mein alltägliches Dasein betrifft, habe ich nichts zu verheimlichen. Wenn Du die Banalität unseres bösen Alltags unterhaltsam findest, bitte schön ...

Obwohl ich auf die Absurditäten der hiesigen Existenz einigermaßen gefasst war, hat mich der alltägliche Irrsinn doch stärker in Beschlag genommen, als ich mir vorstellen konnte. So hat es mich mehrere Monate gekostet, diverse Ämter mit undefinierbaren Zuständigkeiten abzuklappern, um eine befristete Aufenthaltsgenehmigung zu bekommen. Meine russische Staatsangehörigkeit hatte ich ja aufgegeben. Mein Exmann Alex wollte nicht, dass ich sie behalte. Es war dumm von mir, einzuwilligen. Als Ausländer landet man im Reißwolf der Behörden. Ich musste jedenfalls eine schier unvorstellbare Menge Bescheinigungen besorgen. Während dieser Zeit ist in aller Stille auch meine 80-jährige Mutter gestorben. Mit der Mafia vom Bestattungsdienst war es ebenfalls einfach haarsträubend, nicht nur was die Kosten anging. Es schmerzt immer noch, mich daran zu erinnern.

Was Du noch nicht weißt: Ich habe einen älteren Bruder, der seit Kindesbeinen mit mir auf Kriegsfuß steht. Er ist nach unserem Vater geraten und konnte nur glücklich sein, wenn er andere ins Unglück trieb. Ein echter Giftzwerg und eine dostojewskische Figur: Smerdjakow aus dem Kellerloch. Als ich ins Ausland ging, wurde er ganz grün vor Neid. Doch er hat sich damals zurückgehalten, in der Hoffnung, Nutzen daraus ziehen zu können. Denn ich habe meiner Mutter Geld geschickt, und das Söhnchen – in dritter Ehe mit einer langbeinigen Boutique-Verkäuferin – pflegte sich ausgiebig bei ihr zu bedienen. Natürlich wusste ich darüber Bescheid, aber der Mutter zu verbieten, das Bübchen zu verwöhnen, konnte ich auch nicht.

Als ich wieder zurück war, kam für ihn die Stunde des Triumphs: Seine Schwester hatte offenbar der Teufel geritten. Diese dumme Gans hatte sich doch tatsächlich von ihrem aus seiner Sicht reichen Ehemann scheiden lassen, noch dazu von einem Ausländer, und war, noch dämlicher, nach Moskau zurückgekehrt. Das verschaffte ihm eine günstige Angriffsfläche, ich bot ihm quasi die Chance, es mir heimzuzahlen. Für alles, was ich ihm »angetan« habe. Für welches Vergehen der kleinen Schwester er sich rächen wollte?

Tja, ich verkörperte vermutlich alles, was er nicht war oder sein konnte. Jedenfalls hat er mir vorgeworfen, ich hätte ihm sein ganzes Leben lang meine Überlegenheit demonstriert. Als Kind war ich schlank, er pummelig. Ich erhielt ein Lenin-Stipendium an der Uni, er besuchte eine drittklassige Abendhochschule. Er bekam einen Bierbauch und eine Glatze, ich heiratete einen Ausländer.

Ich war ihm in die Falle gelaufen. Keinen Quadratmeter und keine Kopeke sollte ich von der Wohnung bekommen, die unsere Mutter uns beiden vermacht hatte. Du kannst Dir vorstellen, dass ihre Dreizimmerwohnung ein Vermögen wert ist.

Unmittelbar nach der Rückkehr zog ich direkt zu Sergej, und das Treiben dieses Smerdjakow juckte mich wenig. Allerdings konnte ich nicht aufhören, mich darüber zu wundern, dass wir beide aus demselben Schoß stammten. Ich überlege immer noch, ob ich mich auf ein teures Verfahren einlassen soll, dessen Ausgang angesichts der Unberechenbarkeit der Gerichte völlig ungewiss ist. Genauer gesagt, ziemlich gewiss. Den Prozess gegen diese Ausstellung damals habe ich jedenfalls noch lebhaft in Erinnerung – dass das Urteil bereits feststand, bevor der Prozess überhaupt eröffnet worden war, konnte man schon am Verhalten der Staatsanwältin und an der Mimik der Richterin ablesen. Sonst wäre es ja auch nie zu dem Verfahren gekommen.

Aber wem erzähle ich das? Hatten wir dieses Theater nicht Deinen Leuten zu verdanken? Natürlich ging es dabei um einen politischen Prozess und kein gewöhnliches Zivilverfahren. Aber mein Brüderchen kennt sich mit Schmieren bestens aus. Insofern sehen meine Chancen, Recht zu bekommen, ziemlich düster aus. Er wird natürlich argumentieren, dass ich seit zwanzig Jahren nicht in der Wohnung gewohnt und keine Anmeldung dafür gehabt hätte. Was würdest Du mir empfehlen? Könntest Du vielleicht den Richter für mich erpressen?

Meine Freundin Natalia, die seit zwanzig Jahren mit Esoterik ihr Geld verdient und sich in schwarzer Magie auskennt, meint, ich sollte mich nicht mit ihm anlegen. Mein Bruder hätte den bösen Blick, sagte sie, als ich ihr ein altes Foto von ihm gezeigt habe. Ich bewundere Natalia dafür, dass es ihr gelingt, mit so einem Quatsch Kundschaft um sich zu scharen und ausgiebig zu schröpfen. Mit meinem Bruder als Hexer kann ich allerdings wenig anfangen. Er ist einfach eine gemeine Kanaille, weiter nichts.

Das erste Kapitel war also das Mysterium der Anmeldung, das zweite der Tod meiner Mutter – zum Glück nicht in irgendeinem schrecklichen Krankenhaus –, das dritte ist mein geliebtes Brüderchen. Das ist aber nicht alles, obwohl es gerade kurz nach Mitternacht ist und ich schon fast vom Stuhl kippe.

Es ist nämlich etwas passiert, das mich fast abergläubisch gemacht hätte. Im Haus von Sergej hat es gebrannt. Im Stockwerk drunter ist Feuer ausgebrochen, weil ein betrunkener Nachbar mit seiner Zigarette eingeschlafen ist. Bis die Feuerwehr kam, brannte schon die Tür, und das Treppenhaus war voll mit giftigem Qualm. Das Feuer hat zwar nicht auf seine Wohnung übergegriffen, aber seitdem stinkt alles nach verbranntem Kunststoff: Tapeten, Möbel, Bettwäsche, Kleidung. Sergej hat nur eine Einzimmerwohnung, und die ist jetzt unbewohnbar.

Mir blieb nichts anderes übrig, als in die umstrittene Erbwohnung zu ziehen, in mein altes Kinderzimmer. Zum Glück hatte mein Bruder das Schloss noch nicht ausgewechselt, was jetzt allerdings jeden Tag geschehen könnte. Sergej ist inzwischen wieder zurück zu seiner geschiedenen Frau gegangen, bei der er noch ein Zimmer hatte. Unter anderem, weil er sich Sorgen um seine Tochter machte, die mit dem Kiffen angefangen hat und die Uni schwänzt. Auch da war Natalia sofort mit einer Interpretation zur Stelle und meinte, zwischen dem hasserfüllten Vernichtungswillen meines Bruders und dem Brand gäbe es einen Zusammenhang – sie hätte mich gewarnt, ich hätte ihr aber nicht glauben wollen.

Allmählich wird es mir hier wirklich zu bunt, obwohl ich es immer noch einigermaßen schaffe, innere Distanz gegenüber dem zu bewahren, was mir so alles passiert. Millionen von Menschen, rede ich mir ein, leben jeden Tag in Angst und der Gefahr, aus ihrem gewohnten Leben gerissen zu werden. Ob durch einen Brand im zehnten Stock, durch einen Einbruch oder durch einen besoffenen Milizionär, der zu später Stunde nach Beute Ausschau hält oder Amok läuft. Das alles ist einkalkuliert in diesen Zerfallsprozess. Mein Bruder ist nur ein Rädchen im Getriebe dieser Anomie, und es war nur eine Frage der Statistik oder der Wahrscheinlichkeit, ob und wann es mich erwischt.

So versuche ich, die Geschehnisse zu rationalisieren. Doch diese Denkweise tut mir nicht gut. Ich hasse es, von miesen Schweinen abhängig zu sein. Und hier gibt es zu viele von der Sorte, deren Hauptberuf oder gar Berufung es ist, anderen das Leben schwer zu machen und ihre Mitmenschen als Fußabtreter zu benutzen. Auch Du bist so einer (gewesen?), von Amts wegen.

Distanz – gut gebrüllt, Löwe, wie? – als Anästhetikum gegen die Verletzungen durch die überbordende Gemeinheit, die als Massenphänomen inzwischen zur Norm geworden ist. Ich versuche auch, insbesondere in Stresssituationen, mich mir als eine andere vorzustellen – es ist dann diese andere, die stundenlang in einem stinkenden Flur ansteht. Ich habe mir sozusagen einen Avatar zugelegt, der mir Demütigungen abnimmt, damit ich meine innere Ruhe bewahre. Natürlich muss so ein Avatar selbst bei stundenlangem Warten nicht zur Toilette, ich dagegen schon. Andererseits muss ich mich fragen, ob meine Rückkehr nicht gerade durch eine wachsende innere Distanz zu drüben motiviert war. Diese Distanz wollte ich verringern, irgendwo dazugehören. Würde ich endgültig in dieser Lage verharren, wäre mein »Aufbruch« umsonst gewesen.

Nun muss ich wirklich aufhören.

T. L.

An: t.legat@web.de
Von: niknik@snafu.de
Datum: 6. November; 03:02
Betreff: ./.

Tanja, Du kannst Dir einfach nicht vorstellen, wie sehr ich mich über Deine ausführliche Mail gefreut habe. Ich konnte nach dem Lesen nicht mehr einschlafen und habe eine ganze Schachtel geraucht, obwohl ich sonst eigentlich aufpasse. Ich danke Dir für Dein Vertrauen.

Trotzdem wünschte ich, Du würdest damit aufhören, mir immer wieder kleine Seitenhiebe zu verpassen. Zumal ich Deine vertrauensvollen Auslassungen durchaus auch als wachsende Zuneigung deuten könnte. Das Verdikt Agentenlyrik ist hart, ich hatte nicht vor, damit zu kokettieren. Ich habe nur Dein Bild ad absurdum geführt. Aber Deine Art, mich zurückzuweisen, hat etwas Anziehendes.

Tatsächlich sind die »Abenteuer«, die Du als Rückkehrerin hier erlebst, eigentlich ganz gewöhnlich, was nicht heißen soll, dass sie leicht zu ertragen wären. Ich kann Dir selbstverständlich meine Hilfe anbieten, z. B. Deinem Bruder die Fresse polieren, den Richter unter Druck setzen könnte ich auch. Überlege es Dir. Sollte ihm die ganze Wohnung zugesprochen werden, wirst Du bald auf der Straße stehen. Dann kannst Du nicht mehr in Moskau bleiben. Es sei denn, Du würdest zu mir ziehen ...

Wie Du von Distanz sprachst, hat mich fast umgehauen. Denn darüber muss auch ich immer wieder grübeln, denn auch ich habe nichts mehr, woran ich mich halten könnte.

Am Anfang stand der Glaube, dass ich einer großen Sache diene (lach nicht, aber ich weiß, Du hältst mich sowieso für einen beschränkten Idioten). Ja, ich war wirklich ein grüner Junge aus der Taiga. Stark von meinem Vater beeinflusst, den ich über alles liebte. Genau wie er habe ich weder die Ideologie noch das System in Frage gestellt.

Im Nachhinein musste ich mich immer wieder fragen, warum ich nicht schon viel früher meine Schlüsse aus dem offensichtlichen Verfall der Nachrichtendienste und der Armee gezogen habe. Zu den Verhältnissen in der Garnison kam es ja nicht aus heiterem Himmel. Ansätze von Korruption waren bereits lange vor der Wende vorhanden. Im allgemeinen Zusammenbruch wurde nur offenbar, was sich schon über Jahrzehnte unaufhaltsam eingeschlichen hatte.

Als ich Wünsdorf verließ, war ich buchstäblich hohl und ausgebrannt: ein Zombie. Ich konnte nirgendwohin zurückkehren. Und so gründete ich meine Berliner Firma, eher aus dem Mangel an anderen Optionen. Das war eine ganz neue Erfahrung für mich, und ich fühlte mich bestätigt. Das Geschäft gab mir Halt. In dieser Zeit habe ich fast vollkommen verdrängt, dass jemand wie ich nie und nimmer erlöst werden kann. Natürlich wäre ich damals auf eine solche Formulierung nicht gekommen, da hatte ich noch keine *Distanz* zu meinem bisherigen Leben.

Nachdem ich dann Mitte der Neunziger zum ersten Mal wieder in der Heimat war, habe ich mich seltsam fremd gefühlt. Stell Dir das vor, bei meinem Hintergrund! Tanja, Du bist der einzige Mensch in der Welt, mit dem ich darüber sprechen kann. Obwohl ich es nicht darf und ich mich in Deinen Augen mit meinem Gejammer bestimmt nur lächerlich mache. Ja, ich musste Dich damals belügen. Ich war noch ganz in meiner angestammten Rolle, die in Deiner Nähe zu bröckeln begann. Ich konnte sie nicht mehr ertragen. Aber ich fürchtete, wenn ich Dir alles auftische, würdest Du aufstehen und gehen. Gleichzeitig hoffte ich, dass wir uns vertrauter werden könnten und ich mit der Zeit den Mut fassen würde, Dir alles zu beichten. Und dann warst Du auf einmal weg. Das hat mir sehr wehgetan. Und es ist mir nicht gelungen, Dich zu vergessen, wie sehr ich mich auch darum bemüht habe.

Ich wurde also aus Berlin abberufen und musste in Russland für die Kirche arbeiten, auf einem mir völlig fremden Gebiet. Ich fügte mich und musste weiter meinen unbefristeten Dienst schieben.

Trotzdem hatte ich Erfolge vorzuweisen und wurde befördert. Meine letzte Operation hatte anscheinend ein böses Nachspiel. Ich meine die verschollene Künstlerin. Allerdings hatte ich von dieser Frau nie etwas gehört, die Angeklagten auszusuchen war nicht meine operative Ebene. Nach Deinen Vorwürfen habe ich recherchiert und kann Dir nur versichern, dass ich niemals Kenntnis von ihrer Existenz hatte. Was den Mönch betrifft, sehe ich trotz des Brandanschlags auf meine Firma, den er auf Geheiß von oben verübt hat, keinen Zusammenhang mit ihrem Verschwinden. Im Sinne der Ziele, die durch den Prozess ja längst erreicht waren, bestand keinerlei Interesse an derartigen Maßnahmen, schon gar nicht im Ausland.

Wie Du siehst, habe ich verschiedene Phasen der Entfremdung erlebt, und der Begriff von Distanz ist mir sehr geläufig. Deswegen haben mich Deine Gedanken so aufgewühlt. Mein seelischer Zustand lässt wirklich zu wünschen übrig, aber immerhin lebe ich noch. Wie lange das so bleibt, steht jedoch in den Sternen. Das ist keine Klage, sondern eine Beschreibung meiner realen Lage. Ich möchte aber nicht von der Erdoberfläche verschwinden, ohne Dich noch einmal gesehen zu haben. Mein Gott, wie absurd mein Leben ist!

Es tut mir leid wegen Deiner Mutter. Bitte verzeih, aber ich weiß nicht, was ich Dir in dieser traurigen Angelegenheit Tröstliches sagen könnte.

Bitte, Tanja, *erbarme Dich meiner.*

An: niknik@snafu.de
Von: t.legat@web.de
Datum: 15. November; 01:30
Betreff:

Das am Schluss war grobe Erpressung. Ich habe keine Lust mehr, ich hab wirklich genug am Hals. Du musst einsehen, dass Du mit derartigem Druck lediglich das Gegenteil erreichst. Maßnahmen, Operation, Ziele ... Klara Gordon wurde am Tag meines Abflugs in der Spree gefunden. Das ist Dir anscheinend entgangen.

T.

An: t.legat@web.de
Von: niknik@snafu.de
Datum: 15. November; 07:42
Betreff: Ignorant

Tanja, ich werde heute 47. Als Geschenk habe ich Prügel von Dir bekommen. Würde ich sagen, dass ich mich trotzdem freue, denkst Du vermutlich, dieser Typ ist nicht nur ein mieser Killer, sondern auch noch Masochist. Ich hatte nicht mehr auf eine Antwort von Dir gehofft. Denn eigentlich hattest Du recht: Wir lebten in verschiedenen Welten.

Mir ist heute Nacht so einiges durch den Kopf gegangen. Z. B. dass ich mein ganzes Leben lang keine Vertrauensperson hatte, niemanden, mit dem ich über mich selbst, meine Gefühle und Zweifel hätte reden können. Früher hielt ich diesen Zustand für völlig normal, das gehörte zu meiner

Berufsidentität. Es wäre gelogen, zu behaupten, dass ich darunter besonders gelitten hätte. Dann aber ging das mit den Selbstzweifeln los, das habe ich Dir ja alles schon geschrieben. Dann bist Du auf der Bildfläche erschienen, und die Sicherung ist durchgebrannt.

Mir ist aufgegangen, dass ich überhaupt nicht weiß, womit Du Dich gerade beschäftigst. Hast du irgendeinen anständigen Job finden können? Du wirst lachen, wenn ich Dir verrate, wie ich gerade mein Geld verdiene: Ich bin ein Bombilo geworden und sitze den ganzen Tag und manchmal auch nachts am Lenkrad. Man muss zwar aufpassen, dass man den legalen Taxifahrern nicht zu sehr in die Quere kommt, aber der Job hilft. Er zerstreut, man kann mit Fahrgästen plaudern, das lenkt mich von der Ungewissheit ab, von der Leere – und von aufdringlichen Gedanken an Dich. Nach meiner letzten E-Mail war ich drei Tage krank – Grippe –, musste die ganze Zeit zu Hause bleiben und fühlte mich beschissen. Ich habe mir aus dem Regal ein altes Buch genommen und plötzlich realisiert, dass ich seit Jahren außer Zeitungen nichts gelesen habe. Dabei war ich früher ein richtiger Bücherwurm und habe die deutsche Klassik rauf und runter gelesen. Kaum zu glauben. Sag mir, was ich lesen sollte, mir fällt kein einziger Autor ein.

Dein Nik

An: niknik@snafu.de
Von: t.legat@web.de
Datum: 16. November; 00:05
Betreff: Mein Job

Herzlichen Glückwunsch zum Geburtstag! Es ist nicht gut, dass Du diesen Tag ganz alleine verbringen musstest. Aber drück bloß nicht auf die Tränendrüse.

Vielleicht könntest Du ja selbst einen Agententhriller schreiben, aus eigener Erfahrung sozusagen? Ich würde ihn dann an einen deutschen Verlag vermitteln.

Aber im Ernst: Es ist gar nicht so einfach, Dir eine Lektüre zu empfehlen, denn ich kenne Deinen Geschmack nicht. Mein Freund zum Beispiel liest gar keine Romane, nur Memoiren. Ich selbst bin von der zeitgenössischen Literatur oft enttäuscht und weiche auf Thriller aus. Lass mir Zeit, ich denke darüber nach.

Du überschüttest mich mit Deinen reumütigen Bekenntnissen. Und ich möchte wirklich glauben, dass Du aufrichtig mit Deiner Vergangenheit ringst. Du kommst mir vor wie ein Mann, der von Berufs wegen männlichen Stereotypen zu entsprechen hatte und jetzt vollkommen aus der Rolle gefallen ist. Ich hatte es in meinem bisherigen Leben nicht nötig, mich zu verstellen oder mich für etwas auszugeben, was ich nicht war. Deshalb falle ich leicht auf solche Typen wie Richter rein. Aber vielleicht fehlt mir auch einfach nur die Fantasie dafür.

Wie auch immer, ein zweifelnder und verzweifelter Mensch ist mir lieber als eine Prahltüte. Nur über Deine Vergangenheit kann ich Dich nicht hinwegtrösten, damit musst Du schon alleine klarkommen.

Du interessierst Dich dafür, wie ich meinen Lebensunterhalt verdiene. Na schön, es muss auch positive Überraschungen in meinem holprigen Dasein geben. Jedenfalls habe ich eine hübsche Geschichte zu erzählen.

An eine legale Stelle war zunächst nicht zu denken. Zuerst brauchte ich nämlich eine Aufenthaltserlaubnis, und das Prozedere zog sich hin. Noch dazu müsste ich als Ausländerin 30 Prozent Steuern zahlen – wenig verlockend und außerdem ein bürokratischer Albtraum. Also war ich nach meiner Ankunft ziemlich ratlos und habe mich bei verschiedenen Freunden und Verwandten umgehört, alles ergebnislos. Ich hatte keine Idee, wie ich das Problem lösen sollte. Aber auf Dauer konnte es so nicht weitergehen, ich bin nun mal keine Hausfrau.

Eines Tages musste ich zu einem weiteren Amt auf dem Gartenring fahren, und Sergej wollte mich unbedingt moralisch unterstützen. Wir sind in den Trolleybus B gestiegen, und Du als Bombilo wirst Dir ausmalen können, was passierte – der Verkehr brach vollkommen zusammen, und die Kiste schlich mit einer Geschwindigkeit von höchstens zwei Kilometer vorwärts. Wir stritten uns, ob wir aussteigen oder »weiterfahren« sollten. Die Öffnungszeit des Amts war bald um, und ich meckerte.

Dann fing Sergej an, um mich zu beruhigen, etwas über die Häuser zu erzählen, an denen wir vorbeikrochen. Er ist nämlich ein begnadeter Historiker und kennt sich in Moskau wahnsinnig gut aus. Wir standen gerade vor dem Bulgakow-Haus in Richtung Majakowskaja, schräg gegenüber vom Hotel Peking. Und plötzlich hatte ich einen Geistesblitz: Ich würde Nachtführungen für Ausländer auf dem Gartenring machen! Spät am Abend ist die Straße frei, der

Trolleybus kostet nichts, und der gesamte Ring ist in anderthalb Stunden zu umrunden. Dann ging alles sehr schnell: Ich habe mein Angebot ins Internet gestellt und bin bei ein paar Reisebüros vorstellig geworden. Inzwischen kann ich mich vor Nachfrage kaum retten. Es gab schon Wochen im Sommer, in denen ich sechs Tage hintereinander arbeiten musste. Sergej fing an, zu murren. Keinen einzigen Abend konnte ich mehr mit ihm verbringen. Gewöhnlich kam ich völlig fertig nach Hause und bin ins Bett gefallen. Ein weiterer Nachteil war, dass ich von der Metrostation eine Viertelstunde nach Hause laufen muss; um halb zwei fährt der Bus nicht mehr. Bei uns im Viertel ist es aber ziemlich unsicher, und Sergej holt mich dann immer an der Metro ab. Ich habe ein schlechtes Gewissen, weil er wegen seiner Arbeit früh aufstehen muss. Jetzt, wo er in der anderen Wohnung ist, muss ich allein nach Hause laufen. Jede Nacht rutscht mir das Herz in die Hose, wenn ich im Hof irgendwelche verdächtigen Gestalten rumlungern sehe. Jetzt habe ich mein Pensum auf drei Führungen pro Woche reduziert. Das geht gerade noch. Außerdem muss ich wieder mehr schreiben. Sonst bin ich endgültig weg vom Fenster. Immerhin habe ich mich fast zwanzig Jahre mit der Schreiberei abgegeben. Warum aufhören?

Wie Du siehst, bin ich also auch eine Art Bombilo geworden. Bist Du jetzt zufrieden?

T. L.

An: t.legat@web.de
Von: niknik@snafu.de
Datum: 16. November; 08.02
Betreff: Führungen: Super!

Habe ich mich über Einsamkeit an meinem Geburtstag beklagt? Du trägst Deinen Sergej ja auch wie eine Monstranz vor Dir her. Ich bin, wie Du selbst siehst, kein Eroberer und kein Macho. Danke, dass Du mich wenigstens dafür nicht verachtest ...

Liebe Tanja, mit diesen nächtlichen Führungen hast Du Dir wirklich etwas Ungewöhnliches einfallen lassen. Respekt, Respekt! Aber so spät in der Nacht – da muss ich mir nun Sorgen um Dich machen. Darf ich an einer Führung teilnehmen? Und Dich danach nach Hause fahren, wozu habe ich denn meinen Wagen?

Nik

An: t.legat@mail.ru
Von: natalia.wizard@mail.ru
Datum: 17. November; 22:39
Betreff: Foto

Tanja, ich habe jetzt das Foto von dem Typen ausgewertet, das Du mir letzte Woche geschickt hast. Er sieht gut aus, aber ich habe Dir versprochen, die Wahrheit zu sagen, meine Wahrheit. Der Mann ist gezeichnet, er wird nicht lange leben. Ich weiß, dass Du noch nichts mit ihm hast. Aber ich warne Dich: Tue das nicht! Zwei Varianten sind möglich: Entweder färbt seine dunkle Aura auf Dich ab und ihr geht beide zugrunde, oder er wird ausgelöscht, und Du bleibst seelisch schwer verletzt zurück. Nichts wird jemals wieder so sein, wie es einmal war. Du wirst danach eine andere sein. Hüte Dich vor ihm.

Ciaocacao, Natalia

An: natalia.wizard@mail.ru
Von: t.legat@mail.ru
Datum: 18. November; 23:49
Betreff: Aura

Natalia, Du weißt, dass ich an diesen Quatsch nicht glaube. Insofern war es inkonsequent von mir, Dir das Foto zu schicken. Denkst Du manchmal daran, in welchem Maß Du Einfluss auf Menschen nimmst, wenn Du sie mit derartigen Vorhersagen konfrontierst?

Deine T.

An: t.legat@web.de
Von: natalia.wizard@mail.ru
Datum: 19. November; 20:18
Betreff: Wahrheit

Wenn Du nicht eine alte Freundin wärst, hätte ich Dich gleich in die Wüste geschickt. Es steht Dir frei, nicht an meine Vorhersage zu glauben. Zu mir kommen Menschen, die nicht mehr weiterwissen, die Todesfälle und Tragödien hinter sich haben, und ich passe schon auf. Wenn nicht ich Einfluss auf sie nehme, werden andere es tun, Scharlatane.

Du bist bis über beide Ohren in diesen Typen verknallt, deshalb wollte ich Dich vor seiner kaputten Aura warnen. In Deinem Alter solltest Du Dich nicht mehr wie ein Schmetterling aufführen, der ins Feuer fliegt. Sag jetzt nichts mehr.

Blöde Kuh.

N.

An: natalia.wizard@mail.ru
Von: t.legat@mail.ru
Datum: 19. November; 23:29
Betreff: mea culpa

Natalia, Entschuldigung, ich habe überreagiert. Ich habe zurzeit diesen Rechtsstreit mit meinem Bruder am Hals. Bei dem hattest Du mir ja auch empfohlen, die »Finger davon zu lassen«. Und dann noch dieser Brand bei Sergej – alles auf einmal. Seine Wohnung steht jetzt schon den zweiten Monat leer, er kriegt es einfach nicht hin, Handwerker anzuheuern. Außerdem arbeite ich spät in der Nacht und muss alleine in die Wohnung meiner Mutter fahren. Die liegt in einem dieser sozialen Problemviertel, da bin ich nachts praktisch vogelfrei.

Und ich bin überhaupt nicht in ihn verliebt! Allerdings hatte ich ein paar merkwürdige Begegnungen mit ihm, noch in Deutschland. Er hat so etwas Gebrochenes, ich war nur neugierig, woher das kommt.

T.

An: t.legat@mail.ru
Von: natalia.wizard@mail.ru
Datum: 20. November; 10:02
Betreff: Wahrheit

Lüg Dir ruhig schön weiter in die Tasche! Neugierig! Bin gespannt, wie schnell er in Deinem Bett landet.

Und zu dem Brand, jetzt mal ganz ohne Zauberei: Sergej ist einfach total überfordert. Er betet Dich an, aber es macht ihm zu schaffen, dass Du seine Rechnungen und seinen Urlaub bezahlst. Fliegt ihr nicht demnächst nach Innsbruck zum Skifahren? Und wer zahlt? Darunter leidet sein männlicher Stolz. Ich wundere mich, dass Du das nicht merkst.

Ciao, N.

An: natalia.wizard@mail.ru
Von: t.legat@mail.ru
Datum: 20. November; 23:42
Betreff: müde

Natalia, natürlich weiß ich, dass Sergej sehr empfindlich darauf reagiert, dass ich mehr Geld habe als er. Sein Vater war General vom Typ Gutsherr, und er ist mit der Vorstellung aufgewachsen, dass ein Mann finanziell für seine Frau sorgen müsse. Nach der Scheidung wurde er aber völlig mittellos, fast wie ein Penner. Ich habe ihn in seiner Bibliothek kennengelernt, wo er ein Jahr lang kein Gehalt gekriegt hatte. Sich nach etwas anderem umschauen, irgendein Gewerbe betreiben, wie das damals viele gemacht haben, war für ihn aber unvorstellbar.

Ich kann mich aber nicht extra enteignen lassen, damit wir gemeinsam hungern können! Ich brauche Bewegungsfreiheit, sonst hat es keinen Sinn. Das habe ich alles mit ihm durchgekaut. Er versteht es auch, denn er ist intelligent, galant, liebenswürdig – ein wirklich anständiger Mensch. Dass er seine Reflexe nicht abstellen kann und immer wieder die beleidigte Leberwurst spielt, geht mir aber langsam auf die Nerven. Ich brauche eine Beziehung auf Augenhöhe. Könntest Du mit ihm darüber reden? Ach, vergiss es, das ist kindisch. Also, wir fahren Silvester jedenfalls nach Innsbruck. Ich bin sehr müde, und der Urlaub ist inzwischen die einzige Möglichkeit, mal gemeinsam in einem Bett zu schlafen. So weit ist es nach einem Jahr mit uns gekommen.

T.

An: t.legat@mail.ru
Von: rita.scharun@gmx.de
Datum: 10. Dezember; 09:16
Betreff: Berlin, Berlin

Grüß Dich, Tanja! Jetzt bist Du schon über ein Jahr weg, und wir haben uns ganz aus den Augen verloren. Ich habe öfter an Dich gedacht und darauf gewartet, dass Du Dich irgendwann einmal an mich erinnerst. Nun habe ich entschieden, dass es nicht wesentlich ist, wer den ersten Schritt macht. Es gibt wichtigere Dinge auf der Welt als Kränkungen und Eitelkeiten.

Ich möchte natürlich wissen, wie es Dir in Moskau ergangen ist. Ich habe nie so recht verstehen können, warum Du Dich abgeseilt hast. Doch nicht etwa wegen dieser Liebschaft?

In der Zwischenzeit ist in unserem Dorf Berlin ziemlich viel passiert. Außerdem habe ich versucht, mit meinem bisherigen Leben und meiner Vergangenheit ins Reine zu kommen. Deshalb habe ich das Gefühl, ich schulde Dir eine Erklärung.

Aber zuerst zum Wichtigsten: Klara Gordon scheint wirklich Selbstmord begangen zu haben. Bevor sie ihre Wohnung zum letzten Mal verließ, hat sie eine SMS an ihre Tochter in Moskau geschickt: »Verzeih mir, ich habe alles falsch gemacht.« Die Tochter hat darauf aber nicht reagiert, weil sie solche Sprüche seit ihrer Kindheit gewohnt war. So nach dem Motto: »Schon wieder, typisch Mutter.«

Und jetzt halte Dich fest: Leonid hat eine Amerikanerin geheiratet und zieht zu ihr nach New York!

Aber zurück zu meiner Wenigkeit. Nach langem Hin und Her habe ich die Moskauer Wohnung meinem Bruder geschenkt. Mir ist ein Stein vom Herzen gefallen! Seitdem kann ich wieder ruhig schlafen und meine Depression ist weg. Das nenne ich Freiheit! Wie ich mich mit dem Loch in meinen Einkünften zurechtfinden werde, steht auf einem anderen Blatt.

Nun aber zum Schwierigsten: Gestern ist Valentin im Alter von sechzig Jahren gestorben. Er hat sich zu Tode gesoffen. Ich habe Schuldgefühle gekriegt, musste wieder und wieder an unsere Jugend denken und warum ich ihm das alles angetan habe. Auch an die Geschichte mit dem KGB und mit Solschenizyn, mit der ich Dich belastet habe.

Valentin war damals wahnsinnig naiv, ein richtiges Unschuldslamm. Und ich habe ihn dafür verachtet. Wenn man bedenkt, dass alles, sein Tod inbegriffen, lediglich geschehen sein soll, damit ich in Moskau bleiben konnte. Die Begegnung mit dem Typen, den Du kennst, hat dafür gesorgt, dass die Vergangenheit aus dem Giftschrank herausquoll und mich in diese Gewissenskrise gestürzt hat. Aber jetzt geht es mir besser, auch wenn ich einen großen Bogen um die Freimaurer-Villa mache.

Tanja, ich weiß, dass es unsinnig ist, aber ich möchte mich für damals entschuldigen.

Lass von Dir hören,

Rita

An: rita.scharun@net.de
Von: t.legat@mail.ru
Datum: 10. Dezember; 23:31
Betreff: mutatis mutandis

Rita, Du musst nicht denken, ich wollte nichts mehr von Dir wissen. Tatsächlich hat sich mein Bekanntenkreis von Berlin nach Moskau verlagert. Trotzdem bin ich Dir sehr dankbar für die Neuigkeiten – was ist an Leonids neuer Ehe so ungewöhnlich? – und freue mich auch darüber, dass Du mit Dir ins Reine gekommen bist. Das gelingt nicht vielen in diesem Alter.

Warum ich nach Moskau zurück bin, ist eigentlich nicht mehr so wichtig. Vielleicht wegen der Midlife-Crisis, wenn Dir diese Erklärung das Verständnis erleichtert. Für mich zählt mehr, dass ich immer noch nicht zur Ruhe komme und noch immer nicht in einem Gleichgewicht bin: zu viele negative Emotionen und zu viel Stress. Du würdest wahrscheinlich sagen: Was hast Du denn sonst erwartet?

Und mit Sergej? Manchmal muss ich mich fragen, ob ich ihn wirklich bedingungslos liebe – und diese Frage gefällt mir nicht. Genauer gesagt, ich gefalle mir nicht in dieser Haltung. Sie verspricht nichts Gutes. Und noch eines: Dieser Gribojedow hält sich in Moskau auf. Ich will nicht behaupten, dass er meiner Reize wegen aus Berlin abgehauen ist. Aber er schreibt mir regelmäßig E-Mails und tut verliebt. Dabei laufen in dieser Stadt zwanzigjährige Raubkatzen in Scharen rum, die auf Männer wie ihn aus sind. Gib doch zu: Er ist ein Schmuckstück für jedes Bett. Wie sollte ich es da mit der stürmischen Jugend aufnehmen können?

Weißt Du, ich habe mich mal mit Juju gestritten. Eine seiner ehemaligen Schülerinnen hatte sich in ein Parteimitglied verliebt. Er hat sie daraufhin »exkommuniziert« und wollte ihn nicht mit in sein Haus lassen. Er war fest davon überzeugt, man dürfte nur Gesinnungsgenossen lieben. Das Mädchen tat mir leid. Was für ein Monster soll dieser Bolschewik gewesen sein? Manchmal ändern sich Menschen. Wir haben uns damals allerdings eingemauert und uns für etwas Besseres gehalten. Aber wem erzähle ich das?

Jedenfalls mache ich mir schon meine Gedanken über Gribojedow. Er ist über seine Situation alles andere als glücklich. Er »bombt« jetzt, um seinen Lebensunterhalt zu verdienen. Meinetwegen soll er sich als Müllmann verdingen, Hauptsache, er macht nicht diese Geheimdienstscheiße weiter. Aber wie es bei ihm am Ende kommt, gehören wir einfach nicht zusammen. Du kannst Dir schon denken. Unsere Welten haben keine gemeinsame Schnittmenge. Zum Glück ist unsere Beziehung virtuell, ich kann unsere Mailerei jederzeit beenden. Was ich wahrscheinlich auch bald tun werde.

Rita, ich werde an Dich denken.

Tanja

Sie klickte auf »Senden« und sah zu, wie die E-Mail im Netz verschwand. »Ich habe alles falsch gemacht«, ging ihr Klaras verzweifelte Botschaft durch den Kopf. Das entlastete Gribojedow aber nicht im Mindesten.

Tanja schaltete den Rechner aus und sah auf die Uhr. In einer Stunde hatte sie eine Führung für eine deutsche Gruppe. Bei diesem Wetter wäre sie allerdings am liebsten mit einem Krimi unter die warme Decke geschlüpft. Noch drei Führungen vor Weihnachten, dann würden sie nach Innsbruck fliegen. Sie zog einen Pullover, Winterstiefel und einen Lammfellmantel an und verließ die Wohnung.

Der Sammelpunkt für die Gruppe war um zehn am Majakowskij-Denkmal, wo bereits ein Dutzend älterer Herrschaften nebst ihrer Reiseleiterin auf sie warteten.

»So, jetzt überlass ich die alten Knacker dir«, sagte sie. »Ich bin total fertig heute, ich muss unbedingt nach Hause.« Tanja wusste schon, dass sie die Gruppe nachher ins Hotel bringen sollte, was sie noch mal eine halbe Stunde kosten würde, wenn nicht mehr.

»Hallo, allerseits!«, sagte sie laut und hob ihr Fähnchen hoch. »Ich heiße Tanja Legat. Wir werden zusammen eine nächtliche Führung mit dem Trolleybus über den Gartenring machen. Die Dauer beträgt anderthalb Stunden. Falls der Wunsch besteht, auszusteigen und einzelne Viertel näher anzuschauen, haben wir dafür leider nur etwa eine halbe Stunde Zeit extra.« Die Gruppe folgte ihr zur Haltestelle.

»Es ist sinnvoll, gleich hier anzufangen. Wir stehen gerade vor einem bemerkenswerten Haus, was sich einem nicht gleich erschließt. In diesem Wohnhaus, Große Sadowaja 10, wohnte in den zwanziger Jahren Michail Bulgakow, der hier in einer Kommunalka sein schöpferisches Dasein fristen musste. Später hat er dieser Wohnung in seinem berühmten Roman *Der Meister und Margarita* ein Denkmal gesetzt.« Die Gruppe hörte ihr aufmerksam zu. »Ausgerechnet in diese Wohnung zieht der Satan namens Voland ein und wirkt in der sowjetischen Hauptstadt als jene Kraft, die das Böse will, aber das Gute schafft. Heute befindet sich in der Wohnung ein Museum, der Eingang ist im Hof. Hinter diesem Bogen«, fuhr sie fort und zeigte in dessen Richtung, »finden Sie den berühmten Patriarchenteich, an dem die Handlung des Romans ihren Ausgang nimmt. Hat jemand den Roman gelesen?« Drei Hände hoben sich. »An diesem Teich endete unter den Rädern der Straßenbahn der Vorsitzende des Moskauer Schriftstellerverbandes Berlioz, der im Gespräch mit Voland gewagt hatte zu behaupten, es habe nie einen Christus gegeben und Religion sei Opium für das Volk. Sein Kopf blieb spurlos verschwunden.« Einige aus der Gruppe kicherten. »Den Tatort sollten Sie sich lieber bei Tageslicht anschauen.«

Die Gruppe bestieg den Trolleybus, Tanja grüßte die Fahrerin, gab ihr dreihundert Rubel und nahm vorne bei der Fahrerkabine Platz. Im Trolleybus saßen nur wenige Fahrgäste. Tanja fing mit der Majakowskaja-Metrostation an, als Nächstes sahen sie ein Stalin-Hochhaus und den berühmten Kasaner Bahnhof. Der Gartenring war beleuchtet wie eine belgische Autobahn.

Die Touristen waren hellwach und hörten ihr aufmerksam zu.

Bald waren alle anderen Fahrgäste ausgestiegen, bis auf einen Mann, der am hinteren Einstieg mit dem Rücken zur Fahrerin saß. Tanja dachte, dass es vielleicht ein Obdachloser wäre, der so lange wie möglich im Warmen bleiben wollte. Die Zeit verging schnell. Das war immer so, wenn die Gruppe interessiert war und viele Fragen stellte. Die letzte Station waren das Hotel Peking und das Denkmal für Wladimir Majakowski. Tanja sah auf die Uhr – es war 23.50 Uhr. Die Rundfahrt war zu Ende.

Nun musste sie die Gäste zu ihrem Hotel begleiten. »Bitte, halten Sie sich an mich!«, rief sie laut, und die Gruppe folgte ihr gehorsam in Richtung des Hotels. Der Platz vor der Metrostation leerte sich. Neben einer der Marmorsäulen des Metro-Eingangs sah sie wieder den Rücken des Mannes, der mit ihnen im Trolleybus gefahren war. Er öffnete gerade eine der schweren Türen und drehte sich kurz zu der Gruppe um. Tanja erhaschte einen Blick auf sein Gesicht, im selben Augenblick verschwand er auch schon im Bauch der Metrostation. Sie strauchelte, ließ das Fähnchen fallen. Ein verschreckter Deutscher half ihr auf. »Oh, vielen Dank, ich bin nur gestolpert.«

Es war gekommen, wie es kommen musste. Sie hatte doch gleich gewusst, dass sie nicht mit ihm anbändeln sollte, dachte sie. Sie hatte gar nicht gemerkt, wie geschickt er ihr genaue Angaben zu Ort und Zeitpunkt ihrer Führungen entlockt hatte, war auf seine unschuldigen Fragen einfach reingefallen! Jetzt begann sich ihr virtuelles Spielchen also zu entvirtualisieren. »Gespannt, wie schnell er in deinem Bett landet.« Diese Idiotin von Orakel!

Tanja stieg an der nächsten Station in die Metro, sonst würde sie es nicht mehr nach Hause schaffen.

Gribojedow lief die Zeit davon. Nachdem Koljan die Berliner Werkstatt in Brand gesteckt hatte, war er sich sicher, dass er selbst ebenfalls zum Abschuss freigegeben worden war. Sein schlimmstes Vergehen war aber nicht das Wiedersehen mit Tanja. Sein schlimmstes Vergehen war, dass er das Manöver des Ordens durchschaut hatte. Das war von Dawydow nicht vorgesehen gewesen, er hätte in dessen schmutzigem Spiel lediglich als gehorsamer Einfaltspinsel für die Aufrechterhaltung der Fassade sorgen sollen. Welchen Sinn hatte es dann aber gehabt, wieder nach Moskau zu gehen?

Anfangs hatte Gribojedow gehofft, das Missverständnis mit seinem Chef doch noch klären zu können – eine absolut lächerliche und peinliche Vorstellung, wie er schon bald feststellen musste. Dawydow war wie vom Erdboden verschwunden, und Gribojedow stieß überall bloß auf eine Mauer des Schweigens. Gab es den Orden überhaupt noch, oder saßen seine Mitglieder bereits an den Schaltstellen der Macht? Zunächst hatte er sich darüber gewundert, dass seine Moskauer Wohnung weder geplündert noch versiegelt worden war. Er konnte einfach wieder in ihr wohnen, als ob nichts geschehen wäre. Doch dann war ihm schnell aufgegangen, dass das nichts anderes als ihre Zermürbungstaktik war. Tag für Tag musste er in diese Falle zurückkehren. Man wollte ihn psychisch fertigmachen und dann kaltblütig beseitigen.

An: t.legat@web.de
Von: niknik@snafu.de
Datum: 31. Dezember; 23:12
Betreff: Neues Jahr

Liebe Tanja, Du bereust es sicher, mir von den Führungen erzählt zu haben. Aber ich habe es einfach nicht mehr ausgehalten, Dich nicht sehen zu können. Trotzdem möchte ich nicht versäumen, Dir meine besten Wünsche zum Neuen Jahr zu senden. Ich wünsche Dir, dass Du immer so bleibst, wie Du bist. Auch wenn das unbeholfen klingt. Was ich mir für mich wünsche, weißt Du ja.

Dein Nikolaj

An: niknik@snafu.de
Von: t.legat@web.de
Datum: 24. Januar; 20:08
Betreff: Schluss jetzt

Nikolaj, wir schreiben uns bereits seit einem halben Jahr. Ich weiß wirklich nicht, was ich mit Dir anfangen soll. Es macht mir keinerlei Spaß, Dich ständig zurückzuweisen. Ich bedauere Deine innere Obdachlosigkeit, aber ...

Sag mir nur eines: Warum musste diese arme harmlose Frau an den Pranger gestellt werden und sterben? Ich glaube Dir, dass Du sie nicht hast ermorden lassen. Aber das Strafverfahren hat sie zermürbt und in den Selbstmord getrieben. Auch nach in Russland geltendem Recht entspricht das dem Tatbestand »Treiben in den Selbstmord«, von der moralischen Verantwortung einmal ganz abgesehen.

Woher nahmst Du das Recht, das zu tun? Das frage ich Dich als einen Menschen, der Gefühle hat, der zweifelt. Der Gefühle für mich hat. Ich habe diese Brut, zu der Du ja auch gehört hast und von der Du anscheinend wegzukommen versuchst, niemals als Menschen wahrgenommen. Zu viele in meiner Umgebung wurden zu deren Opfern. Diese drei Männer, die mich als Einundzwanzigjährige in eurer Prachtvilla verhört, mir ihre blöden Fragen gestellt und mich bedroht haben, waren Handlanger des Bösen, keine Menschen. Sie hatten keine Gesichter, nur graue Anzüge. Naiv und radikal, wie ich war, konnte ich mir damals nicht vorstellen, dass auch sie leiden oder jemanden lieben könnten.

Aber wenn ich sehe, wie Du mit Dir ringst, lodert ein Funke Hoffnung in mir auf. Vielleicht könnte sich Deine Schwäche zu Deiner Stärke wenden, und Du könntest zu Dir finden. Ich wünsche Dir von ganzem Herzen, dass sich Dir ein Ausweg eröffnet.

Bitte, schreib mir nicht mehr.

Tanja

DIE RÜCKKEHR

Sergej hatte ihr versprochen, endlich die Wohnung renovieren zu lassen, von einem Weißrussen, der ihm über die Nachbarn vermittelt worden war. Nach den Ferien reduzierte Tanja ihre Führungen auf zwei in der Woche. Die Veranstalter murrten. Aber Ende Januar fielen Unmengen Schnee, der Frost biss an den Beinen und im Gesicht.

Prachtvolle Eisblumen zierten die Fensterscheiben im Trolleybus, sodass die Touristen die Sehenswürdigkeiten, von denen Tanja erzählte, kaum sehen konnten. Es war ihre schlechteste Führung, seit sie mit dieser Arbeit begonnen hatte. Erschöpft und niedergeschlagen stieg Tanja um ein Uhr nachts aus dem Bus. Das Wohnviertel war gähnend leer. Immer wieder wurden Bewohner hier von Jugendgangs und Kriminellen überfallen, tagtäglich drang das Geheul der Milizsirene in die Wohnungen. Und Sergej konnte sie weiter nicht an der Haltestelle abholen, er wohnte noch immer am anderen Ende der Stadt.

Träge kreisten Schneeflocken im trüben Laternenlicht und legten sich auf ihr Gesicht. Wäre Tanja nicht so fertig gewesen, hätte sie gern eine Weile die weiße Stille genossen. Bis zum Hauseingang, den nur eine schwache Glühbirne beleuchtete, waren es noch fünfzig Schritte. Alle Fenster in ihrem Haus waren dunkel. Keine Menschenseele schien noch wach zu sein, kein Geräusch störte die

Ruhe, nur der frische Schneeteppich knirschte unter ihren Stiefeln.

Doch auf einer Bank, wo im Sommer immer die alten Frauen über die Nachbarn herzogen, sah sie eine dunkle Gestalt hocken: einen Mann, der sich vor Kälte zu krümmen schien. Den Mantelkragen hatte er bis ins Gesicht gezogen und den Mützenschirm tief über die Augen geschoben. Tanja erstarrte. Das war der Augenblick, vor dem sie sich immer gefürchtet hatte. Der Kerl würde ihr eins über den Schädel ziehen, ihr Mantel und Tasche vom Leib reißen und sich mit beidem auf- und davonmachen. Oder sie sogar vergewaltigen. Bis jemand ihren zugerichteten Körper fände, wäre sie längst erfroren. Jetzt richtete der Typ sich auf und wandte den Kopf in ihre Richtung. Von Panik erfasst, drehte Tanja sich um und rannte die Straße hinab. Sie hörte eilige Schritte hinter ihr herlaufen. Als er ihr etwas zuschrie, stolperte sie über ein Loch im Asphalt.

»Das war's, Legat«, dachte Tanja. Das Blut pochte ihr in den Schläfen. Wie ein verletzter Spatz kauerte sie auf dem Boden und zitterte. Der Verfolger, außer Atem und mit aufgeknöpftem Mantel, beugte sich über sie. »Mein Gott, Tanja. Hoffentlich hast du dich nicht verletzt.« Tanja spürte einen stechenden Schmerz in ihrem Fuß, hob den Kopf und sah Gribojedow vor sich knien.

Er fasste sie am rechten Arm und sagte leise: »Versuch, aufzustehen.« Tanja reichte ihm die linke Hand und erhob sich. »Mach einen Schritt.«

Tanja verzerrte das Gesicht. »Welcher Teufel hat dich denn geritten, verdammt noch mal?«

Gribojedow ignorierte die Frage, öffnete die Mantelschöße und umschloss sie damit. »Gleich wird dir wärmer.«

»Mir ist nicht kalt, du verdammter Trottel. Deinetwegen habe ich mir jetzt wahrscheinlich den Fuß gebrochen. Was hast du überhaupt hier zu suchen? Habe ich dich etwa eingeladen?«

»Das ist kein Bruch, glaube ich. Aber man muss schnell Eis auf die Stelle legen, lass uns vorsichtig nach oben gehen und uns den Fuß mal ansehen.«

»Zuerst spionierst du mir nach, dann breche ich mir deinetwegen den Fuß, und jetzt willst du auch noch hoch in meine Wohnung kommen. Du machst wirklich Fortschritte.« Halbherzig boxte sie ihm mit der Faust gegen die Brust.

»Genug mit dem Gemeckere«, erwiderte Gribojedow schroff, nahm sie behutsam auf die Arme und trug sie ins Treppenhaus. Im Aufzug setzte er sie ab. Tanja merkte, wie es ihn schüttelte, und sie wandte den Blick von ihm ab.

In der Diele knöpfte Gribojedow ihr den Mantel auf, half ihr aus den Ärmeln und kniete sich hin, um ihr die Stiefel auszuziehen. Sie stöhnte vor Schmerz. Er zog ihr das Hosenbein hoch, die Socke ein Stück herunter und berührte sanft die geschwollene Stelle.

»Kennst du dich mit so was aus?«

»Nein. Hast du eine Kältekompresse?«

»Im Gefrierfach.«

Er ging in die Küche.

»Ich muss mir noch die Zähne putzen«, schrie sie ihm hinterher. Gribojedow kehrte zurück, half ihr auf die Beine und führte sie ins Bad. »Warte, da ist noch mein Nachthemd, unter dem Kissen.« Er brachte Tanja das Nachthemd, und sie verschwand im Bad.

Gribojedow versuchte vergeblich, seine Erregung unter Kontrolle zu bekommen. Er tastete in der Brusttasche nach den Zigaretten, trat, ohne Licht zu machen, ans Küchenfenster und öffnete es. Es hatte aufgehört zu schneien. Unten auf der Zufahrtsstraße war sein Opel zu sehen, neben dem gerade ein anderer Wagen einparkte.

Tanja kam im Nachthemd aus dem Bad gehumpelt. Der ungebetene Gast musterte sie und meinte so trocken, wie es ihm eben möglich war: »Nicht besonders sexy. Wie kannst du nur so was anziehen?«

Tanja lächelte. »Das ist mein Kindernachthemd, das hab ich immer angezogen, wenn ich bei meiner Mama geschlafen habe. Kriegst du mit Biene Maja keinen hoch? Ich hatte heute eigentlich niemanden in meinem Bett erwartet, sonst hätte ich mir im Sexshop etwas andere Wäsche besorgt.«

Sie legte sich ins Bett, zog die Decke bis zum Hals, rutschte an die Wand und machte ihm Platz. Gribojedow setzte sich ungelenk auf den Bettrand. Sie streichelte seinen Arm. »Entspann dich, Kolja.«

»Du hast mich Kolja genannt.«

»Ist das verkehrt? Soll ich vielleicht dieses bescheuerte NikNik verwenden?«

Er schüttelte den Kopf und schluckte.

»Und jetzt erklär mir mal, was dich um diese Zeit hierher verschlagen hat. Das durftest du nicht. Die Folgen liegen auf der Hand – ich meine natürlich auf dem Fuß.«

»Weil ich fliehen muss, und ich wollte dich noch einmal sehen, vielleicht ein letztes Mal.«

»Oh, wie dramatisch! ›Auch Reiche weinen‹, Folge achthundertvier.«

»Tanja, man will mich beseitigen. Alles, was ich dir bis jetzt geschrieben habe, ist wahr. Man hat bei mir eingebrochen. Sie haben meinen deutschen Pass mitgenommen.

Sie haben ihn geholt. Damit wollten sie mir zu verstehen geben, dass es keinen Ausweg für mich gibt. Ich muss morgen irgendwie mit meinem russischen Pass in ein Land ausreisen, wo ich im deutschen Konsulat ein Ersatzdokument kriegen kann. Verstehst du?«

Tanja nickte stumm.

»Das Schlimmste ist, dass ich dich, ohne es zu wollen, mit hineingezogen habe. Sie wissen, dass ich gerade bei dir bin, und ich habe höllische Angst, dass sie dir etwas antun könnten. Du solltest lieber auch aus dem Land verschwinden. Schon heute. Nimm nur eine Handvoll Sachen mit, am besten in einer Umhängetasche. Nur das Nötigste. Buche einen Flug nach Istanbul. Dort wartest du auf mich, fünf Tage. Und maile mir gleich, in welchem Hotel du bist, an meine neue Adresse. Ich schreib sie dir morgen früh auf. Sollte ich nicht kommen, fliegst du nach Deutschland weiter. Ich flehe dich an, tu, was ich dir sage.«

»Möchtest du dir die Zähne putzen?«, fragte ihn Tanja.

Sein Gesicht hellte sich auf. »Ich habe keine Zahnbürste mit.«

»Im Bad liegen welche, nimm dir eine.«

»Ich rauche noch eine in der Küche, okay?« Er ging in die Küche und sah aus dem Fenster. Das Auto, das neben seinem Wagen geparkt hatte, war verschwunden.

»Du hast dir die Zähne nicht geputzt«, sagte Tanja im Ton eines Ermittlers.

»Nein.« Er zog den Pullover über den Kopf, warf das Hemd auf den Boden und legte die Uhr ab.

»Warum müssen Männer immer die Uhr ausziehen?«, seufzte Tanja.

Der nackte Gribojedow lächelte sie schelmisch an. »Weg

damit«, sagte er und riss ihr das Biene-Maja-Nachthemd vom Körper. Behutsam legte er sich auf sie, küsste ihre Augen, Nase und tastete ihre Lippen zärtlich mit seinen ab. »Wir müssen auf deinen Fuß aufpassen.«

Er schob mit dem Fuß die Kältekompresse auf ihrem Knöchel beiseite. Dann drehte er Tanja um, presste sich mit dem ganzen Körper an ihren Rücken und umklammerte sie fest. Tanja wurde schwindelig, und sie ergab sich seinem Verlangen.

Dann, sie hatte keine Ahnung, wie viel Zeit vergangen war, vernahm sie ihren eigenen Schrei wie aus weiter Ferne und hörte sein Schluchzen. Sie öffnete die Augen und sah ihn verwundert an. Gribojedow hatte sein Gesicht im Kissen vergraben. Sie streichelte ihm übers Haar.

Er drehte sich auf den Rücken und zog ihren Kopf auf seine Brust. »Wie habe ich das nur aushalten können? Ich habe dich jede Minute begehrt, seit ich dich das erste Mal gesehen habe. Warum hast du mich so lange gequält?«

»Ich hatte andere Pläne.«

»Hattest du nicht. Wir könnten schon seit einem Jahr zusammen sein.«

»Sei nicht so albern, dieser Unsinn war überhaupt nicht vorgesehen.«

»Was ist schon vorgesehen?« Er küsste sie auf den Mundwinkel.

»Am Anfang war es genau so, wie ich dir geschrieben habe: Ich konnte deine Gefühle einfach nicht erwidern. Aber du hast mich in die Ecke getrieben und verführt.«

Jetzt küsste er sie auf den anderen Mundwinkel. »Du bist eine umwerfende Frau. Ich verfluche jede Nacht meines verpfuschten Lebens, in der ich dich nicht haben konnte.«

Sie schmiegte sich an ihn und fuhr mit der Zunge über seine Brustwarze. Gribojedow zog sie auf sich. Jede Zelle ihres Körpers wollte er in Besitz nehmen, jede Falte. Bloß nicht aufhören, nicht an morgen denken.

»Kolja, ich habe Angst. Über welches Land willst du fliehen?«

»Ich weiß noch nicht, du sollst über meine Route lieber nichts wissen. Bitte. Ich habe noch nichts entschieden, aber eher über den Süden. Da sind die Kontrollen weniger streng.«

Gribojedow wurde vom schrillen Heulen der Milizsirene aus dem Schlaf gerissen. Es war sieben Uhr. Tanja an seiner Seite atmete ruhig. Regungslos betrachtete er sie einige Zeit, dann ging er in die Küche und machte sich einen Kaffee. Er schaltete ihren Laptop ein, öffnete Google, fand den Fahrplan der Eisenbahn und schrieb ein paar Züge auf. Auf einem weiteren Zettel notierte er ihr seine neu eingerichtete E-Mail-Adresse, mit der er hoffte, seine Spuren zu verwischen. Dann schlich er auf Zehenspitzen in den Flur und setzte sich auf den Hocker, um sich die Schuhe zu binden. Als er sich erhob, stand Tanja im Türrahmen.

»Machst du dich auf und davon, ohne mich zu wecken? Außerdem hast du in meinem Computer geschnüffelt.«

»Ich wollte dich nicht wecken. Das macht es nur noch schwerer, mich von dir zu trennen.« Er schloss sie in die Arme.

»Hat dir eine deiner Flammen mal gesagt, dass du ein toller Liebhaber bist? Ich beneide jede Frau, mit der du es getrieben hast.«

»Ich bleibe noch«, sagte er mit belegter Stimme.

»Nein, geh, du musst. Kann ich noch was für dich tun?«

»Ich habe kaum Geld. Meine deutschen Konten sind gesperrt.«

Tanja ging zum Schreibtisch und zog ein Bündel Rubelscheine aus der Schublade. »Ich weiß nicht genau, wie viel es ist, das ist mein Lohn für die Führungen. Für den Hinflug wird es reichen.« Dann schrieb sie vier Ziffern auf ein Blatt Papier und reichte es ihm. »Lern das auswendig. Jetzt.«

»Was ist das?«

»Die Pin meiner Kreditkarte. Merk dir die Zahlen.« Sie drückte ihm die Kreditkarte in die Hand.

Gribojedow küsste ihr die Handfläche. »Vertrau mir, du bekommst alles zurück.«

»Falls wir uns nicht mehr sehen, ist das dann auch scheißegal.« Tanja kämpfte mit den Tränen.

»Tanja, noch etwas. Mein Auto, es steht unten vor der Tür.« Er führte sie zum Küchenfenster und zeigte ihr den Wagen. »Es ist vermint. In der Nacht sind sie vorbeigekommen, ich habe ihr Auto gesehen. Ich glaube, es fliegt in die Luft, sobald die Tür geöffnet wird. Unternimm bitte etwas.« Er drückte sie an sich.

Tanja stellte sich auf die Zehenspitzen und flüsterte ihm etwas ins Ohr.

»Sag das noch mal«, verlangte er und küsste sie auf den Mund.

»Ich sag's dir am Freitag noch mal, in Istanbul. Komm, ich schmeiß' dich jetzt hier raus.« Sie schloss die Tür auf und schob Gribojedow über die Schwelle. »Dreh dich nicht um.«

Tanja hörte den surrenden Aufzug, die zufallende Eingangstür und dann seine Schritte auf dem Schnee. Sie war sicher, dass er sich dazu zwang, nicht zu ihrem Fenster hinaufzublicken, genau wie sie sich zwang, nicht aus dem Fenster zu schauen.

Tanja ging ins Bad, putzte sich wie in Zeitlupe die Zähne und starrte in ihr bleiches, unausgeschlafenes Gesicht. Anschließend sank sie schwach wieder ins Bett. Es kam ihr ganz selbstverständlich vor, dass sie mit ihm fliehen musste. Sie und fliehen – war das nicht irre?

Dabei war schon lange nichts mehr selbstverständlich für sie gewesen. Mit Alex einfach so weiterzuleben war nicht selbstverständlich gewesen. Sich von ihm zu trennen aber auch nicht. Hatte Rita nicht gesagt, wozu der ganze Aufwand, man könne Neues auch haben, ohne das Alte aufzugeben? Es war auch nicht selbstverständlich gewesen, Berlin zu verlassen und mit Sergej zusammenzuziehen. Und noch weniger selbstverständlich war ihr Frust über Moskau und die Ratlosigkeit in Bezug auf ihre Beziehung. Am wenigsten selbstverständlich aber war, dass Tanja Legat, eine keineswegs junge und eher kopfbetonte Frau, der Leidenschaft dieses wesensfremden Mannes hatte erliegen können.

Den Stromschlag, den der ausgemusterte Agent ihr verpasst hatte, spürte sie noch am ganzen Körper. Seine trockenen Lippen hatten ihre Haut gestreichelt, vorsichtig und zärtlich hatte er sich in sie getastet, und als sie ihm antwortete, hatte er nicht triumphiert, sondern sich nur dankbar und ergriffen gezeigt. Tja. Tanja schüttelte es. Warum hatte sie ihn nur schon gehen lassen, er hätte doch noch ein wenig bleiben können.

Sie zwang sich aus dem Bett, riss ein Blatt von einem

Papierblock, nahm einen Bleistift und schrieb in Druckbuchstaben: »Vor dem Eingang steht ein verminter Wagen, Kennzeichen MC-1951. Dies ist kein Scherz, bitte benachrichtigen Sie umgehend die Sicherheitsorgane.« Sie steckte den Zettel in ein Kuvert und adressierte es »An alle Haushalte«.

Danach schaltete sie den Laptop ein und buchte einen Flug nach Istanbul.

Aus ihrem Kleiderschrank beförderte sie Unterwäsche, eine Hose sowie einen Pullover und stopfte die Sachen in eine alte Umhängetasche. Der Gedanke, Sergej von heute auf morgen zu verlassen, bedrückte sie. Das hatte er nicht verdient, sie allein war an allem schuld. Aber es war unmöglich, ihm jetzt alles zu erklären. Sie konnte es sich ja selbst kaum erklären. Vor allem würde Sergej es unbegreiflich finden, dass sie sich mit einem Geheimdienstler einlassen konnte.

Tanja zog den Wintermantel und die Lederhandschuhe an, nahm den Brief und die Umhängetasche und ging zum Aufzug. Fast alle Briefkästen im Eingangsbereich waren aufgebrochen. Nur wenige Bewohner bekamen ihre Post noch ins Haus geliefert. Sie stopfte den Warnbrief in einen notdürftig verschlossenen Kasten und trat aus der Tür.

Ihr Handy quoll förmlich über vor Textnachrichten. Unter einer ihr unbekannten Nummer las sie die Nachricht: »Liebe, verrückt nach dir. N.« Des Weiteren machte Sergej sich Sorgen und es gab zwei dringende Anfragen für Nachtführungen.

Die Maschine landete gegen sechs Uhr in Istanbul. Kalter Sprühregen hatte es auf diese Stadt abgesehen, der

Himmel war düster, das Meer schwarz-grün und im Hotel war es feucht und schlecht geheizt. Bereits am Flughafen hatte sich Tanja für das Golden Horn entschieden.

Das Wetter passte zu der drängenden Unruhe, die sich in der schlaflosen Nacht ihrer bemächtigt hatte. Nach dem Frühstück schickte Tanja Nikolaj eine E-Mail mit dem Namen des Hotels an dessen neue Adresse. Anschließend ging sie nach draußen, fest entschlossen, als Touristin die Stadt zu erkunden. Auf der Straße hörte sie den Muezzin mit rauer Stimme aus einem dröhnenden Lautsprecher rufen. Selbst bei diesem Hundewetter war das Panorama, das sich ihr bot, majestätisch. Sie ging zur Hagia Sophia und erwarb eine Karte für eine deutschsprachige Führung. Doch die Erläuterungen gingen ihr zum einen Ohr hinein und aus dem anderen wieder heraus. Sie konnte sich nicht konzentrieren.

Die Zeit stand still, und ihr Kopf war voll mit Gribojedow. Am Nachmittag besichtigte sie die Theodosianische Landmauer und bestieg die Straßenbahn in Richtung Marmarameer.

Auch am nächsten Tag regnete es ohne Unterlass, und Tanja nahm noch einmal dieselbe Route. Sie stellte sich vor, wie Nikolaj sich durch verschneite Wälder schlug, sich vor Grenzposten versteckte und wie er zusammen mit Pennern in verdreckten Eisenbahnwaggons übernachtete. Sie malte sich aus, dass man ihn ausgeraubt hatte und er jetzt ohne Geld in irgendeinem Kaff festsaß. An Schlimmeres mochte sie gar nicht denken, um nicht völlig den Mut zu verlieren. Manchmal sah sie Sergejs ratloses Gesicht vor sich. Wie kam es bloß, dass sie immerzu in die Situation geriet, dass sie den Männern gegenüber ein schlechtes Gewissen haben musste? Sie zwang sich, Sergej aus einem Internetcafé zu schreiben.

»Lieber Serescha, es tut mir unendlich leid, Dich so furchtbar enttäuscht zu haben. Ich bin abgereist, ohne Dich darüber vorab zu informieren und ohne Dir meine Motive zu erklären. Ich glaube nicht, dass ich zurückkommen werde. Ich weiß, meine Entschuldigungen bringen nichts, ich tue Dir sehr weh. Das wollte ich nicht, es war sehr schön mit Dir. Verzeih mir, wenn Du kannst. Umarme Dich, Tanja.«

Am Donnerstag gab Tanja ihr Programm des Zeittotschlagens auf. Jetzt fürchtete sie sich vor dem morgigen Tag und wollte ihn so weit wie möglich hinausschieben. Denn morgen war Freitag, und das Schlimmste, was ihr passieren könnte: ein Nimmerwiedersehen. Sie wusste nicht mehr, was sie sonst noch tun sollte, um sich abzulenken, und ging in ein türkisches Bad.

Am Eingang zum Umkleideraum reichte man ihr das traditionelle Tuch. Tanja legte es auf die Bank und begann sich mechanisch auszuziehen. Ganz von ihren unruhigen Gedanken absorbiert, nahm sie das Treiben und das Stimmengewirr der Frauen um sie herum kaum wahr. Erst an der Schwelle zur Dampfhalle merkte sie, dass alle Frauen sie anstarrten.

Hier war sie eine Unreine: die Einzige mit unrasierter Scham. Tanja wickelte sich das seidene Peştemal um die Hüften, um ihre Scham zu bedecken, und hatte auf einmal keine Lust mehr auf den Dampf und die fremde Stadt. Sollte sie sich auch den Schamhügel rasieren? Was würde Gribojedow zu einer solchen Frisur sagen?

Die Reinigungsprozedur brachte ihr keine Erleichterung, und sie ging langsam ins Hotel zurück. An der Rezeption fragte sie nach ihrem Zimmerschlüssel. Der Portier sah im Regal nach, der Schlüssel war jedoch nicht da. Er glaube, ein Mann habe ihn mitgenommen. Ihr Ehemann vielleicht?

Tanjas Herz pochte heftig. Sie lief in die dritte Etage und machte vor der Tür halt. Jetzt musste sie klopfen. Doch die Tür war nicht abgesperrt. Ihr war mehr als bang, als sie das Zimmer betrat. Auf dem Bett lag Gribojedow und schnarchte. Dunkle Ringe hingen unter seinen Augen, und die mit einem grauen Drei-Tage-Bart bedeckten Wangen waren eingefallen. Tanja wurde beklommen zumute. Leise setzte sie sich auf die Bettkante und streichelte seine Bartstoppeln. »Ach, du, du«, flüsterte sie zärtlich, um ihn nicht zu wecken. Er sah aus wie ein Penner. Tränen rannen ihr über die Wangen. Eigentlich hätte sie glücklich sein müssen, aber sie war dermaßen aufgewühlt, dass sich das Glücksgefühl einfach nicht einstellte.

Plötzlich packte der Schlafende sie mit einer blitzartigen Bewegung am Handgelenk und zog sie zu sich. Jetzt lag sie auf seiner Brust und schluchzte. »Hast du dich verstellt, du Schurke? Wolltest meine untröstlichen Tränen genießen?«

Seine Augen strahlten. »Wir haben es geschafft, mein Mädchen.«

Sie küsste ihn auf den Mund. »Du stinkst wie ein Ziegenbock. Und ich komme gerade aus dem türkischen Bad. Ab unter die Dusche.«

»So fängt es also an: rumkommandieren, befehlen. Kaum angekommen, schon an die Ketten gelegt. Wir sind übrigens in einem islamischen Land. Hörst du den Muezzin? Ich könnte mich noch emanzipieren.« Gribojedow nahm ihren Kopf in seine Hände und drückte ihn an sein

Gesicht. »Ohne dich hätte ich es nicht geschafft. Das Geld bekommst du zurück. Ich musste ab Kiew Businessclass fliegen.«

»Da werden die Banker ja hocherfreut gewesen sein. Stinkst wie ein Penner und redest von Geld. Los jetzt, ab unter die Dusche.« Gribojedow verschwand im Bad.

»Warum glaubt er nur, wir wären in Berlin sicher?«, grübelte Tanja. »Macht er sich vielleicht etwas vor? Sollten wir nicht lieber in eine andere Stadt gehen, in der uns keiner kennt? In die USA?«

Nikolaj trat aus dem Bad.

»Hast du überhaupt was gegessen?«

»Ja, einen Hamburger im Flugzeug.«

»Wir sollten noch heute zur Polizei.«

»Später ...«

Draußen dämmerte es bereits. »Hattest du viele Frauen?«, rutschte es Tanja heraus.

Er stützte sich auf den Ellenbogen, sah sie verblüfft an, lächelte und sagte: »Was ist denn plötzlich in dich gefahren?«

»Wie hieß sie?«

»Oksana.«

»Wer war sie?«

»Eine Nutte. Aus dem Klub. Sie war vermutlich siebzehn. Zufrieden?«

»Aus welchem Klub?«

»Nachdem du mich abserviert hast, bin ich in meinen Klub gefahren und hab mich volllaufen lassen.«

»Wo?«

»In Berlin, wo sonst.«

»Was für ein Klub?«

»Oh Gott, ein Stasi-Klub, für die Ehemaligen. Ich war ja von der gleichen Sorte. Sag mal, bist du etwa eifersüchtig?«

»Hmhm, bin ich.«

»Und was musste ich aushalten, als du nach Innsbruck gefahren bist? Und überhaupt. Ich hab sie alle vergessen. Jetzt komme ich fast aus dem Jenseits, und du machst mir eine Szene.«

»Weißt du was?«, Tanja stützte sich auf seine Brust und sah ihm in die Augen. »Bis jetzt war ich noch nie eifersüchtig, in meinem ganzen Leben nicht.«

Sein Blick wurde warm und er strich ihr über den Kopf. »Du hast zwei graue Haare.«

Der Regen hatte aufgehört. Die Fußgängerzone Istiklal füllte sich mit Touristen, aus den kleinen Restaurants drangen Küchengerüche. An einer Straßenecke wandte sich Gribojedow an einen Polizisten. Das Polizeirevier befand sich ganz in der Nähe. Die Formalien waren schnell erledigt. Binnen einer Viertelstunde besaß er die Bescheinigung, dass ihm sein deutscher Reisepass auf dem Weg vom Flughafen ins Hotel abhandengekommen war. Tanja hatte sich wieder beruhigt. Montag würden sie zum deutschen Konsulat gehen. Bis dahin hatten sie drei Tage Glück vor sich.

Nikolaj legte ihr den Arm um die Schultern, und sie liefen langsam durch die hell erleuchtete Straße, bis er vor einem Restaurant anhielt. »Ich habe einen Bärenhunger.«

Sie setzten sich nebeneinander an einen Tisch. Gribojedow schmiegte sich an sie und drückte seinen Kopf an ihr Haar.

»Du musst etwas bestellen«, sagte sie und schielte auf

den Kellner, der geduldig am Tisch wartete. Gribojedow tippte mit dem Finger auf irgendein Fleischgericht, Tanja wählte Reis mit Salat und Tee. Ihr ging durch den Kopf, dass sie eigentlich nicht wusste, ob diese Flucht nach Istanbul nun Wiedervereinigung und Neuanfang oder den endgültigen Abschied für zwei verlorene Seelen bedeutete. Und dann war da noch etwas.

»Worüber denkst du gerade nach?«, fragte er sie, ihren verlorenen Blick auffangend.

»Dass ich dich eigentlich gar nicht kenne. Du hast mir zwar einiges erzählt und dabei vermutlich viel gelogen. Aber schon das Wenige, das ich weiß, bringt mich beinahe um den Verstand. Wie deine Welt aussieht, wer du als Mensch bist, bleibt mir verborgen. Bislang ist alles einfach nur verwirrend. Du weißt, damit habe ich ein Problem. Es ist wie ein dunkles Loch. Du schuldest mir zumindest den Versuch einer Erklärung, damit ich Vertrauen zu dir haben kann. Nicht nur in der Not. Alltag ist schwieriger als Notstand. Leidenschaft ist ein Notstand. Du hast nicht mehr weitergewusst und dich auf eine Frau gestürzt, die anders ist. Aber es ist schwer, mit einem wesensfremden Menschen auf Dauer zusammen zu sein.«

Sein Essen lag unangetastet auf dem Teller. »Kolja, du musst etwas essen, ich halte jetzt auch die Klappe.« Er spießte ein Stück Fleisch auf und schob es in den Mund. Tanja bereute, ihn hier zur Rede gestellt zu haben, an einem öffentlichen Ort, unter den neugierigen Blicken der anderen Gäste.

»Ja, ich wollte dich, ich war wie besessen. Soll ich deshalb ein schlechtes Gewissen haben? Soll ich dir erzählen, wie ich vor deinem Foto aus Wikipedia onanierte? Ich werde dir alles beichten, aber nicht hier und jetzt. Du hast selbst gesagt, dass wir jetzt eine Notgemeinschaft sind.«

Tanja zuckte zusammen.

»Du glaubst, dass auch hier jemand hinter dir her ist?«

Er nickte.

»Aber warum, um Gottes willen, sollten wir dann in Berlin sicher sein? All die schauerlichen Geschichten, die uns zusammengebracht haben, haben sich ja in Berlin ereignet: dein Kloster, der mutmaßliche Mord und der Brandanschlag. Kolja, ich sehe wenig Unterschied, ob wir nun in Moskau oder in Berlin bleiben.«

»In Moskau wärst du meinetwegen vogelfrei. Jetzt lass uns aber ins Hotel gehen, oder willst du, dass ich dir hier die Kleider vom Leib reiße.«

»Ich dachte, wir befinden uns in einem islamischen Land«, meinte Tanja lächelnd.

»Aber auf europäischer Seite«, erwiderte Gribojedow verschmitzt, und sie spürte, wie glücklich und gelöst er sich dem erotischen Spiel hingab, zumindest für den Augenblick.

Auf der Galatabrücke herrschte ein buntes Getümmel. Die Brückenangler boten frischen Fisch feil. Tanja merkte, wie Gribojedow, der sie fest an der Hand hielt, die Menge mit den Augen abtastete. Im Hotel ging Tanja zum Computertisch im Foyer, doch als Nikolaj im Aufzug verschwunden war, packte sie die Unruhe und sie folgte ihm eilig aufs Zimmer.

»Bist du schon fertig?«, wunderte er sich.

»Ach, ich habe plötzlich Panik gekriegt. Dass ich da unten sitze und jemand hier ins Zimmer einbricht. Wir sollten besser zusammenbleiben.«

»Soll ich mit dir nach unten gehen?«

»Nein, meine E-Mails sind jetzt nicht so wichtig.« Tanja sah aus dem Fenster. Auf dem Bürgersteig humpelte ein bärtiger Mann mit Gehstock Richtung Basar. Er telefonierte. Panik stieg in ihr hoch.

»Kolja, reg dich jetzt bloß nicht auf. Ich glaube, ich habe gerade Bruder Nikifor unten auf der Straße gesehen.«

Gribojedow schnellte ans Fenster, aber der verdächtige Mann war schon weg. »Vielleicht hast du dich ja geirrt. Trotzdem sollten wir hier lieber sofort auschecken. Pack deine Sachen.« Er warf ihr das Biene-Maja-Nachthemd zu. »Du zahlst an der Rezeption, und ich schaue schnell im Internet, wo wir eine andere Bleibe finden.«

Der Portier rief ihnen ein Taxi, und eine halbe Stunde später überquerten sie die Bosporusbrücke.

Bis Montag mussten sie nun in einem kleinen, versifften Hotel auf der asiatischen Seite ausharren. »Du hast eine Agentennase«, schmeichelte ihr Gribojedow, als sie im Bett lagen. Tanja wunderte sich, dass er sich nicht wie gewöhnlich auf sie stürzte, sondern nachdenklich neben ihr lag.

»Dieser Nikifor, der jetzt sogar hier rumläuft, warum musste ausgerechnet er deine Firma zerstören?« Er zog sie an sich. Sie legte ihren Kopf auf seine Schulter.

»Ich habe in der Wünsdorfer Garnison gedient, offiziell als Dolmetscher. Das weißt du ja schon. Dort habe ich eine Lehrerin gevögelt und ansonsten wenig zu tun gehabt.« Tanja zuckte nicht mit der Wimper. »Am Wochenende pflegte ich mit einem Unteroffizier namens Iwan Drosdow auf dem See angeln zu gehen. Dann kam der Truppenabzug. Drosdow hat es in den Ural verschlagen. Das arme Schwein kam nicht zurecht und ist nicht mehr mit seinem

Sohn fertig geworden. Er hat mir nach Moskau geschrieben und mich um Hilfe gebeten. Allerdings war ich zu der Zeit in Berlin und mit meinem Geschäft beschäftigt. Wider besseres Wissen habe ich damals gehofft, dass sie mich dort in Ruhe lassen würden.

Dann wurde ich doch nach Moskau abberufen und von meinem Geschäft fortgerissen. Man hat mir nahegelegt, die Kirche zu übernehmen.«

»Wie übernehmen?«

»Übernehmen hieß: mit der Kirche zusammenarbeiten, um unsere Ziele durchzusetzen.«

»Wer hat dir das nahegelegt?«

»Mein Chef.«

»Wer war dein Chef?«

»Der Name spielt keine Rolle. Ich musste die orthodoxe Volkswehr auf die Beine stellen. Ich bin jedenfalls in den Ural gefahren, habe Iwans Sohn mitgenommen und ihn in einem Kloster in der dortigen Kadettenschule untergebracht. In diesem Kloster wurde gerade auch eine Einheit der Volkswehr zusammengestellt. Du weißt, was das ist.«

»Allerdings. Das sogenannte *Banner*. Ich war in einem Konzert von Streljany, genau an dem Tag, als du mich im Flugzeug angerufen hattest.«

»Oh, der Dichter und Sänger! Er hat die Freiheit gewählt. Seinetwegen ist es überhaupt zu diesem Prozess gekommen. Koljan wollte Glöckner werden, fiel aber vom Glockenturm und wurde Krüppel. Er hasste das Kloster und war mir böse, dass ich ihn von zu Hause weggeholt hatte. Dann starb auch noch sein Vater bei einem Unfall. Verbohrt und aggressiv wie er war, wurde Koljan beim *Banner* aktiv, und nach dem Überfall auf die Ausstellung hat er dann in Moskau Karriere gemacht.

Als ich wegen all dieser Dinge in Gewissenskonflikte geriet – und das war nicht erst der Fall, nachdem du wie eine flüchtige Erscheinung plötzlich vor mir aufgetaucht bist –, ist mir meine Rolle bei der Verwandlung von Koljan in einen dumpfen Schläger bewusst geworden. Ich hätte ihn nicht aus seinem Zuhause reißen dürfen, nicht über sein Schicksal bestimmen, auch wenn ihm daheim nichts außer Knast blühte.«

»Aber du wolltest ihn sicher wegen seines Vaters unterstützen?«

»Jein. Das ist ja das Üble. Es hatte auch andere Gründe. Ich dürfte dir das eigentlich gar nicht erzählen, aber ich war damals ein Anhänger der Standesgesellschaft wie unser ganzer Orden.«

»Orden?«

»So hieß unsere Geheimorganisation. Hast du je vom *Wald* gehört?«

Tanja schüttelte den Kopf.

»*Wald* nannte man bei uns die Auslandsaufklärung, deren Zentrale sich am Stadtrand in einem Wald befindet. Anfang der Neunziger wurde er aus dem KGB ausgegliedert. Im *Wald* herrschte die Vorstellung, die Elite – also die Geheimdienste – müsse das Volk zu Gehorsam und Arbeitsdisziplin erziehen. Iwan war ein gutmütiger Bursche, eine Art Platon Karatajew. Darf ich wenigstens mein Tolstoi-Schulwissen ein bisschen anbringen? Ich hatte gehofft, dass sein Sohn nach ihm geraten wäre. Als ich begriff, was tatsächlich aus ihm geworden war, bekam ich Schuldgefühle. Und ich hasste ihn für das, was ich ihm angetan hatte.«

»Ich bin Koljan beim Prozess begegnet, und er hat mich im Kloster wiedererkannt.«

»Ich weiß. Ich habe ja den Prozess gegen diese Ausstellung mitorganisiert. Das ist jetzt mein Geständnis. Das wolltest du doch hören.«

Tanja biss sich auf die Lippen.

»Aber warum wurde Koljan nach Deutschland versetzt? Als Beförderung für gute Arbeit?«

»Weil er mich hasst. Er wurde auf mich angesetzt. Sie wollten anscheinend warten, bis das Kloster läuft, und mich dann in die Luft jagen.

Dann aber ging etwas schief. Ich schließe nicht aus, dass der Besuch einer aufdringlichen Journalistin sie zu überstürzten Handlungen verleitete.« Zärtlich strich er ihr übers Haar.

»Klara Gordon, die Angeklagte, war die Tochter von Juju.«

»Ist das ein Chinese?«

»Juju war mein Russischlehrer, ich habe ihn mal in einer Mail erwähnt. Du hast es nur vergessen. Die Mädchen nannten ihn Juju, die Jungs bevorzugten DoubleU: Jurij Juriewitsch. Er hat uns Rotznasen vor Augen geführt, dass der Mensch auch unter einem Unterdrückungsregime frei sein kann. Und dafür muss man keine Heldentaten vollbringen. Habt ihr in eurer Gegenaufklärung denn Kant nicht durchgenommen? Ohne diesen Lehrer und sein Zuhause wäre ich jedenfalls vermutlich wie du geworden. Mein Vater war U-Boot-Kapitän.« Gribojedow lächelte. »Lach nicht. Ich war eine orthodoxe Komsomolzin in der Schule, bis Juju zu uns kam. Erst dann hab ich den Scheiß hingeschmissen.«

»Wie der Zöllner Levi Matthäus das verfluchte Geld?«

»So ungefähr. Alle, die mit ihm in Berührung kamen, sind andere Menschen geworden. Er hat mir die Augen geöffnet. Und dann musste ich diesem Spektakel beiwohnen, diesem von dir inszenierten Autodafé an seiner Tochter. Sie war ihm wie aus dem Gesicht geschnitten. Ich habe mich schuldig gefühlt ... wegen ihm. Du hast sie nicht umbringen lassen, oder? Sag mir die Wahrheit.«

»Nein, ich habe sie nicht ermorden lassen.«

»Dein Verband da ist aber schon eine Verschwörerbande?«

Gribojedow seufzte.

»Als ich noch studiert habe, war Kritik am maroden Regime in unseren Kreisen sehr verbreitet. Doch von einem Geheimdienst im Geheimdienst, einem Orden, der die Machtergreifung zum Ziel hatte, wusste ich nichts. Als ich nach Wünsdorf geschickt werden sollte, hat mein Chef mir angedeutet, dass bald nichts mehr so sein würde, wie es einmal war. Ich habe die Reichweite dieser Andeutungen einfach nicht realisiert. Außerdem war ich damals schrecklich enttäuscht, in eine Garnison in der DDR zu müssen und nicht nach Hamburg gehen zu können.«

»Du Armer.«

»Dann fiel unser Land auseinander, ich blieb in Berlin und bildete mir ein, fein raus zu sein. Und auf einmal wurde mir die Ehre zuteil, an Stalins Sarkophag in den Orden aufgenommen zu werden. Ein Angebot, das ich nicht ablehnen konnte.«

»Wieso Stalin?«, fragte Tanja perplex. »Der liegt doch an der Kremlmauer.«

»Nein, der echte Stalin liegt unter dem Mausoleum.«

»Du spinnst!«

»Nein, der Führer ist so frisch wie Tutanchamun. Der Orden stand damals bereits in den Startlöchern, um die Macht von den korrupten Oligarchen zu übernehmen. Und dafür brauchte er eine Ideologie und eine Legitimation. Daher die Stärkung der Kirche und die Festigung der Standesgesellschaft, in welcher der Geheimdienst die Rolle eines neuen Adels einnehmen sollte.«

»Hast du diese Ansichten geteilt?«

»Ich musste meine Berufsidentität wahren. Es ging nicht anders. Ein Agent hat keine eigene Identität. Seine Identität wird vom Ziel sich ändernder Operationen bestimmt. Jetzt bist du meine Operation – und meine Identität.«

»Bist du da immer noch Mitglied?«

»Aus dem Orden wird man nicht ausgeschlossen, sondern rausgeschossen.«

»Die wollen dich also da nicht mehr haben.«

»Kann man wohl behaupten. Sonst säßen wir nicht in diesem Loch von Hotel.«

»Ich komme mit euren Geheimdiensten irgendwie nicht klar. Zuerst wart ihr beim KGB, dann hat sich der *Wald* selbstständig gemacht. Gehört der Orden nun zum *Wald* oder was?«

»Du wirst lachen, aber das weiß ich selber nicht. Ich verstehe nicht mehr, ob der Orden der ursprüngliche *Wald* ist, ein Teil davon oder eine eigenständige Struktur.«

»Vielleicht ist der Orden ja eine Art privatisierter Geheimdienst?«

»Das sowieso.«

»Und welche Funktion sollte dein Kloster haben? Wurde es wirklich als ein Agentenstützpunkt gedacht?«

»Ach, vergiss es. Das ist nur ein Täuschungsmanöver,

um die deutsche Öffentlichkeit hinters Licht zu führen. In Wirklichkeit war es nichts anderes als ein Geschäftsprojekt, eine neue und – man sollte zugeben – originelle Geldwaschanlage und lukrative Erwerbsquelle, was unter dem Deckmantel der Kirche viel einfacher umzusetzen war. Für die heilige Sache Geld auftreiben – einer Kirche konnte man schlecht eine Abfuhr erteilen – und dann ein fettes Geschäft aufziehen, das passte. Von den Steuerersparnissen ganz zu schweigen. Die Kirche war schließlich vom Steuerzahlen befreit. In den letzten Jahren sieht jedenfalls alles immer mehr nach organisierter Kriminalität aus. Kurzum, Glaube ist Fusel für arme Schweine.«

»Wann bist du hinter diesen Wandel gekommen?«

»In Etappen. Denn ich habe immer versucht, meine Zweifel wegzudrängen: im Boris-und-Gleb-Kloster, dessen Vorsteher mich anfangs unterwies; als ein schönes Museum in Nowgorod durch das Patriarchat enteignet wurde und alte Ikonen zu Schaden kamen; zuletzt nachdem ich dich kennengelernt hatte. Als mir das damals in den ›12 Aposteln‹ fast über die Lippen kam, war ich selbst erschrocken. Nicht, weil ich befürchtete, du würdest darüber schreiben. Ich habe dir grenzenlos vertraut, ich musste dir einfach vertrauen, weil ich mit dem Rücken zur Wand stand und mir einbildete, dich trotz allem ... für mich gewinnen zu können ... trotz meiner Vergangenheit.«

»Aber wie konnten sie überhaupt erfahren, worüber wir gesprochen haben?«

»Sie haben mich zu lange geführt, um nicht zu erkennen, dass ich ihre Ziele nicht mehr teilte. Die Begegnung mit dir war ein letzter Tropfen. Sie rochen Gefahr und schlugen sofort zu.

Im letzten Jahr konnte ich nur an zwei Dinge denken: an dich und an die Sackgasse, in der ich mich befand. Und daran, dass mein Makel wie eine Mauer zwischen uns stand. Ich hoffte trotzdem, sie durch Offenheit und meine Liebe einreißen zu können. Tanja, bitte flieg morgen nach Berlin! Sobald ich den Pass habe, komme ich nach. Dann überlegen wir in Ruhe, was aus uns wird.«

»Ich denke gar nicht dran! Ich bleibe bei dir bis zuletzt, und wir fliegen zusammen. Das, was du gemacht hast, verletzt meine Gefühle, verstehst du das nicht?«

»Ich kann es nicht ungeschehen machen.« Gribojedow erhob sich vom Bett.

»Ich muss mir mal die Füße vertreten.«

Er ging zur Uferpromenade und zündete sich eine Zigarette an. Vom Bosporus her wehte ein kalter, feuchter Wind. Ein unendlicher Zug von Containerschiffen und Tankern durchschnitt die Meerenge. Was für ein schöner, fremder Ort, in dem sie auf der Flucht waren! Er schloss die Augen und hatte das Gefühl, als ob Tanja neben ihm am Geländer stehen würde und das Gespräch mit ihm fortsetzte.

»Du hast eben gesagt, ich sei jetzt deine Operation. Damit wolltest du mir eins auswischen, stimmt's?«

»Nein, ich habe lediglich versucht, mich gegen deine Vorwürfe zu wehren. Gegen deinen *Juju* komme ich ja nicht an. Der sitzt im Himmel und passt auf, dass du dich bloß nicht auf so ein KGB-Schwein einlässt.«

»Das stimmt, er würde sich wahnsinnig aufregen. Aber ich könnte ihn überzeugen. Juju, würde ich zu ihm sagen und an einem Knopf an seiner Weste drehen, schau genau hin. Ihr habt euch immer auf vermintem Gelände bewegt, und immer wieder hat es einen von euch erwischt. Ich dagegen entschärfe gerade eine gefährliche Mine – und du wirfst mir vor, ich wäre eine Verräterin. Ich schwör dir, Juju würde ungläubig lachen, seufzen und mich umarmen.«

Gribojedow warf seine Zigarettenkippe in den Bosporus und kehrte ins Hotel zurück. Tanja stand angezogen am Fenster und rauchte. Er schaute sie verblüfft an. »Ich habe dich noch nie rauchen sehen.«

»Früher habe ich Kette geraucht. Aber Alex war dagegen. Nun ja, es war natürlich richtig, aufzuhören.« Ihr Gesicht war verheult. Gribojedow umarmte sie, und Tanja streichelte seine Haare und schluchzte.

»Na, die erste Beziehungskrise überstanden?«

Sie nickte. »Ich möchte in ein Internetcafé, ich muss in Moskau anrufen.«

Im Internetcafé hockten zwei Georgier und spielten Tavla. Tanja setzte Kopfhörer auf und wählte über Skype eine Moskauer Nummer.

»Lisa?«, schrie Tanja. »Hallo, Lisa, ich bin es, Legat! Hörst du mich?«

Die Georgier lauschten angestrengt, schienen aber kein Deutsch zu verstehen.

»Du, Tanja, ich kann dich schon seit einer Woche nirgends ausfindig machen. Bist du in Moskau? Ich habe Sergej angerufen, er war komplett aufgelöst und konnte kaum sprechen. Was ist denn los?«

»Lisa, ich bin gerade in Istanbul. Ich bin mit einem Penner durchgebrannt. Schrecklich, nicht wahr?« Gribojedow verdrehte die Augen und gab ihr einen Klaps. »In drei Tagen fliegen wir nach Berlin.«

»Machst du Witze?«

»Nix Witze, alles wahr. Lisa, wie lange bleibst du noch in Moskau?«

»Noch drei Monate, warum?«

»Wir sind so gut wie obdachlos, ich hab meine Wohnung aufgegeben. Dürften wir bei dir wohnen, bis ich eine neue finde?«

»Ja, natürlich. Hole dir den Schlüssel bei Martin, ein Stockwerk höher. Ich rufe ihn an. Ist der Penner Russe?«

»Ja.«

»Du warst doch immer so vernünftig. Du verblüffst mich.«

»Lisa, ich danke dir, du hast mir sehr geholfen. Ciao.«

Strahlend drehte sich Tanja zu Nikolaj um. »Wir haben eine Wohnung in Berlin. Ist das nicht toll?«

»Ja, toll«, sagte Gribojedow, doch seine Stimmung hatte sich verdüstert. Eine Wohnung in Berlin, in der sie zu sich kommen könnte, nachdem man ihn abgeknallt hatte. Er war fest davon überzeugt, dass ihm höchstens noch zwei Tage blieben. Sie würden ihn nicht lebend entkommen lassen.

»Lass mich auch jemanden anrufen«, sagte er zu Tanja, die gerade ihre Mails abrief. Sie machte Platz für ihn.

»Kolja, ich verliere grade all meine Aufträge«, sagte sie verärgert. Sie legte ihr Kinn auf seinen Kopf, während er eine deutsche Nummer wählte.

»Slavko, Čuješ li me? Pozdravljam te brate! Prepoznaješ li me?« »Nikolaj, brate, pokušao sam u prošle nedelji da te sretnem u Moskvi. Je li ima novosti.« »Ich musste Moskau verlassen.«

»Verstehe. Es gibt Nachrichten. Die Versicherung hat gezahlt. Ich habe mit den Gläubigern abgerechnet, und es ist noch ein ganzer Batzen übrig. Dein Anteil beträgt 30 000 Euro, ich habe dir ein Sonderkonto eingerichtet.«

»Das ist aber eine gute Nachricht! Ich kann gute Nachrichten brauchen. Du, Slavko, ich sitze ziemlich in der Klemme.«

»Schon verstanden, bin ja kein Idiot. Soll ich dir Geld überweisen?«

»Nein. Hör zu: Ich bin mit einer Frau unterwegs.«

»Wahnsinn, hätte ich gar nicht von dir erwartet, du warst doch ein eingefleischter Junggeselle.«

»Ich auch nicht. Aber diese Frau bedeutet mir sehr viel. Wenn mir irgendetwas zustößt, wird sie sich an dich wenden: Tanja von Nikolaj. Gib ihr dann mein Geld, okay?«

»Ist es sehr schlimm?«

»Ich glaube schon. Danke, Bruder. Das wird dir einmal hoch angerechnet werden.«

»Dass du Serbisch kannst, hast du mir nie erzählt«, bemerkte Tanja.

»Serbokroatisch.«

»Das gibt es doch seit dem Krieg nicht mehr.«

»Tja, Slavko sagt, er sei Jugoslawe«, Gribojedow zuckte mit den Schultern. »Aber ich habe nur ein paar Brocken von ihm aufgeschnappt, richtig gelernt habe ich die Sprache nie.«

Sie gingen zur Promenade. Tanja stützte sich auf die Brüstung: »Gib mir eine Zigarette, bitte.« Dann standen sie rauchend nebeneinander. »Du fürchtest dich. Du zählst die Stunden bis zu deinem Tod.«

Gribojedow umschlang sie von hinten und hob sie auf die Brüstung. »Ich wollte dir das ersparen. Aber mir ist in der Tat schwer ums Herz. Glaub mir, die schicken keinen

Idioten wie Nikifor, um mich zu beseitigen. Vielleicht hast du dich geirrt, als du meintest, ihn gesehen zu haben. Wenn er es aber doch war, soll er uns auf eine falsche Spur bringen. Dann wollten sie, dass wir ihn erkennen und glauben, er wäre da, um mich zu töten. Aber für so was haben sie Berufskiller. Die schießen präzise. Ich traue Dawydow allerdings auch zu, dass er mich, indem er Nikifor schickt, einfach verhöhnen und mir zeigen will, dass ich nicht mehr verdiene, als von einem dumpfen Krüppel beseitigt zu werden.«

»Dawydow, ist das der Chef des Ordens?«

Gribojedow nickte. »Ich schreibe dir Slavkos Telefonnummer auf. Das ist mein Geschäftspartner.«

»Hab verstanden.«

»Er hält 30 000 Euro für dich parat. Du meldest dich bei ihm in Berlin. Es ist mir sehr wichtig, dass du versorgt bist.«

Tanja schmiegte sich an seine Wange. Sie suchte nach Worten.

»Ach Kolja, ich war so unfair zu dir. Mir war der Ernst der Lage nicht bewusst. Du wolltest mich schonen, und ich habe dich ahnungslos bedrängt. Du sollst dir vor allem um mich keine Sorgen machen.«

»Lass uns was essen gehen und dann ins Hotel.«

In einem Imbiss abseits der Touristenpfade ließen sie sich unter den neugierigen Blicken türkischer Männer auf einer Bank nieder. Gribojedow küsste sie, und sie flüsterte: »Hör auf damit. Das ist hier beinahe Pornografie. In meinem fortgeschrittenen Alter wäre ich in der Türkei bereits Großmutter.« Sie kicherten. »Fass mich jetzt nicht an, bitte.«

Auf den Masten der Boote und Kutter in dem kleinen Hafen gingen die Lichter an. Sie spiegelten sich im grünen Wasser des Bosporus und bildeten zackenförmige, trügerische Pfade. Der Vollmond mit seinem sardonischen Lächeln lockte leichtgläubige Wanderer auf diese leuchtende Straße. Doch wer sie zu betreten wagte, fand sich auf einmal inmitten blinkenden Kräuselns wieder, verlor die Orientierung und hörte nur noch das Knarren der Ruderdollen und das Plätschern der faulig stinkenden Wellen. Tanja rollten Tränen über die Wangen, und Gribojedow wischte sie mit dem Finger fort, ohne ein Wort zu sagen. Gebannt starrte er auf ein Boot, das sich langsam dem Ufer näherte.

Charon, vom grellen Mondlicht wie von einem Scheinwerfer angeleuchtet, trocknete die Ruder und blickte ihn unverwandt an, abwägend, wie lange er wohl noch auf seinen Fang warten musste. Gribojedow stockte der Atem. Dann hob der Fährmann langsam wie in Zeitlupe die Ruder und stach sie in die Wellen. »Vielleicht ist heute unsere letzte Nacht«, dachte sich Gribojedow und sah dem sich entfernenden Boot nach. Er hörte sein Herz rasen und seine Schläfen pochen. Unter dem linken Schulterblatt verspürte er einen ziehenden Schmerz. »Mein Gott, ich krepiere noch, bevor man mich umlegt!« Die Liebenden verweilten noch lange an der Promenade. Erst um Mitternacht kehrten sie schweigend ins Hotel zurück. Gribojedow konnte seine Panik nicht mehr kontrollieren. Er hatte geschwitzt und nahm eine lange kalte Dusche, während Tanja im Bett auf ihn wartete.

Er legte sich zu ihr, küsste ein kleines Muttermal auf ihrer linken Brust, und der Schmerz ließ nach. Er drang so tief in sie ein, dass er es mit der Angst zu tun bekam, er könnte der Geliebten wehtun, aber im selben Augenblick zuckte ihr gesamter Körper und sie schrie so laut auf, dass er ihren Mund mit seinen Lippen verschließen musste, und in derselben Sekunde explodierte auch er.

»Du schreist wie dieser Muezzin da draußen«, sagte er, und sie krümmten sich vor Lachen und konnten sich lange nicht beruhigen.

In dieser Nacht starb Gribojedow keines noblen männlichen Todes. Tanja, eingehüllt in ihr knöchellanges Biene-Maja-Nachthemd, schnaubte leise neben ihm, und er lag da, ohne ein Auge zuzutun. Die Furcht vor dem morgigen Tag ließ nach. Er versuchte, seine wirren Gedanken zu ordnen und eine Bilanz dieses halsbrecherischen Jahres zu ziehen.

Es hatte im Zeichen seiner Leidenschaft gestanden, die ihn in den Schoß dieser Frau getrieben hat. Sie hatte sich gegen sein Verlangen gewehrt, und dieser Kampf hatte sie elektrisiert, hatte einen Funken zu einem Flächenbrand werden lassen. Sie war nun über ihr unstillbares Verlangen nach ihm, einem ihr noch bis vor Kurzem gänzlich unheimlichen Mann, der Dreck am Stecken hatte und ihr als ein Antipode ihrer selbst erschienen war, selbst fassungslos, ja erschrocken. Dieser Gefühlsspagat machte sie noch unwiderstehlicher.

»Tja, du hast sie makellos durchgeführt, deine letzte Operation. Die Frau, die so unerreichbar, so abweisend schien, hat sich ergeben. Schade, dass du keinen Orden dafür kriegst.

Na, bist du stolz darauf, du Eroberer? Du Arschloch von Schild und Schwert, was hast du deiner Geliebten bloß angetan? Du hast sie belogen, um nicht einsam krepieren zu müssen, hast aus ihr eine Flüchtende gemacht, ihre Bindungen gekappt, ihre Gefühle ausgenutzt. Du spielst mit ihrem Leben um deiner Gelüste willen.« Er betrachtete Tanja, wie sie vom Kissen rutschte und die Knie ans Kinn zog.

Gribojedow schloss die Augen und hörte sie an seinem Ohr flüstern.

»Kolja, ich weiß, dass du die Gefahr übertrieben hast. Du wolltest nur, dass ich mitkomme. Aber du hast nichts Falsches getan. Ich habe selbst entschieden. Ich danke dir, dass ich mitkommen durfte. Gräme dich nicht über mich, ich bin stark.«

»Hast du denn Charon nicht gesehen? Er wartete auf mich in seinem Boot.«

»Nein, das war nur ein Fischer. Fürchte ihn nicht. Jetzt ist der Mond hinter dem Hügel untergegangen, schau, wie finster es da draußen ist. Du musst jetzt schlafen. Komm zu mir.«

Gribojedow drehte sich auf die Seite und umschlang Tanja, drückte ihren warmen Körper an sich und versank in einen traumlosen Schlaf.

Er stand am Montag früh auf und weckte Tanja. »Ich fahre allein mit dem Taxi zum Konsulat. Warte bitte hier auf mich, und geh keinesfalls weg.«

»Wir haben doch entschieden zusammenzubleiben«, sagte Tanja im Halbschlaf. »Ich komme mit.«

Gribojedow brachte es nicht übers Herz, sie zurückzuweisen. Sie war fünf Minuten später fertig.

Im deutschen Konsulat hörte sie ihn nach einer langen Zeit wieder Deutsch reden. Es klang wirklich absolut perfekt. Die Frau am Schalter wunderte sich über seinen undeutschen Namen und musterte ihn beim Lesen der Polizeibescheinigung misstrauisch. Gribojedow fragte sie, ob der Reisepass nicht als Eilsache ausgestellt werden könne, gegen Aufpreis natürlich.

»Leider haben wir Personalmangel. Es geht nicht vor morgen. Um zwölf können Sie ihn abholen.«

Sie fuhren ins Hotel zurück.

»Kolja«, sagte Tanja am Abend zu ihm, »ich glaube, du baust eine Chimäre auf, es wird uns nichts passieren. Wir fliegen morgen nach Berlin.«

Am nächsten Morgen checkten sie aus und fuhren wieder zum Konsulat. Das Taxi musste vor dem Zaun warten. Zehn Minuten später hielt Gribojedow seinen Reisepass in der Hand, und sie fuhren los, zum Flughafen. Das Gesicht ihres Gefährten war aschgrau, seine Augen wirkten eingefallen. »Mein Gott, Liebster, beruhige dich, sonst fahren wir lieber gleich ins Krankenhaus.«

Sie drückte seine Hand, sie war kalt und feucht. Wenige hundert Meter weiter kam der Verkehr zum Erliegen. Der Taxifahrer hupte und fluchte.

»Was sagt er?«, fragte Tanja.

Gribojedow sprach ihn an. »Was ist los?«

»Wahlen, Wahlen, gesperrt«, antwortete der Fahrer in gebrochenem Deutsch. »Nix durchfahren, rumfahren.«

Das Taxi schloss sich anderen Wagen an, die unter lautem Gehupe zu drehen versuchten. »Stopp, stopp!«, verlangte Gribojedow plötzlich, der hinten neben Tanja saß. »Ich möchte nach vorne kommen.«

Er öffnete die Tür, stieg aus und machte zwei Schritte zur Beifahrertür, um den Platz neben dem Fahrer einzunehmen. Im selben Moment ertönte ein Knall, Gribojedow zuckte zusammen, dann knallte es ein zweites Mal, und er sank zu Boden.

Was danach geschah, lief vor Tanjas Augen wie ein verschwommener Stummfilm ab. Sie schrie auf, krabbelte aus dem Auto, kniete sich neben seinen Körper und sah seine blauen Lippen, aus denen rosa Schaum trat. Auf dem Asphalt bildete sich eine dunkle Blutlache.

Polizeisirenen,
sie sitzt im Krankenwagen,
er wird versorgt.
Er wollte sie vor der Kugel retten.
Sie wartet vor dem OP-Saal.
Wie viele Stunden?

Eine Ewigkeit verging, bevor der Chirurg herauskam und ihr etwas auf Englisch sagte, was nur langsam zu ihr durchdrang: »Ihr Mann hatte großes Glück, Madame. Die eine Kugel ging nur fünf Millimeter am Herzen vorbei, die andere in die Schulter. Er ist nicht in Lebensgefahr. Fahren Sie heim, er wird nach der Narkose auf der Intensivstation jetzt sowieso nur schlafen.«

»Ich habe hier kein Zuhause, wir sind aus unserem Hotel ausgecheckt. Darf ich hier auf einem Stuhl übernachten, Herr Doktor, bitte?«

Der Arzt rief eine Krankenschwester und sprach kurz mit ihr. Die Krankenschwester brachte Tanja zur Intensivstation, durch eine große Scheibe sah sie Nikolaj, der an Schläuche angeschlossen war.

Die Schwester öffnete die Tür und zeigte auf eine Liege an der Wand. »Nicht komme an«, befahl sie und zeigte auf Gribojedow. Tanja verstand, sie durfte ihn nicht berühren, nur eine Ruftaste an der Wand drücken, falls etwas passierte. Die Schwester verschwand. Auf Zehenspitzen trat Tanja an Gribojedow heran. Sein Anblick zerriss ihr das Herz, und trotzdem empfand sie ein Glücksgefühl. Er wird es schaffen.

Am nächsten Tag wurde sie von der Polizei vernommen. Er sei Autohändler, gab sie zu Protokoll, der geschäftlich in der Ukraine unterwegs gewesen und für einen Urlaub nach Istanbul gekommen sei, wo sie im Hotel Golden Horn auf ihn gewartet habe. Auf dem Weg vom Flughafen ins Hotel habe er dummerweise seinen Reisepass verloren und im deutschen Konsulat einen neuen beantragen müssen. Warum sie in ein anderes Hotel gewechselt seien? Weil es im Golden Horn so touristisch zugegangen sei, sie hätten dort wohnen wollen, wo auch normale Türken lebten.

»Haben Sie bemerkt, dass Ihnen jemand folgte?«

»Nein, wir haben das Hotel überhaupt nur für kurze Zeit verlassen.«

»Sie behaupten, Sie machen hier Urlaub. Istanbul ist schön, warum sind Sie dann im Hotel geblieben?«

»Nun«, sagte Tanja errötend, »weil wir uns den ganzen Tag geliebt haben.«

Die Polizisten grinsten. Einer von ihnen reckte seinen Daumen und sagte: »Geil.« Woraufhin der ältere Ermittler den Mann verärgert anfuhr: »Yalan söylüyor!«

Sie glaubte verstanden zu haben: »Sie lügt.«

»Wir sind übrigens erst seit Kurzem zusammen«, gab

Tanja weiterhin zu Protokoll, »ich kenne mich mit seinen Geschäften nicht aus.«

Sie unterschrieb das Protokoll und verließ die Station, sie hoffte, nichts Falsches gesagt zu haben.

Sie fuhr wieder ins Krankenhaus. Gribojedow hatte schon nicht mehr die Gesichtsfarbe eines Todgeweihten. Offenbar spürte er, dass sie da war, und öffnete die Augen. Tanja streichelte seine Finger. Er erkannte sie und versuchte zu lächeln. Seine aufgesprungenen Lippen flüsterten: »Trinken.« Tanja fand eine Pipette und tröpfelte ihm vorsichtig Wasser in den Mund. Sie versuchte, nicht zu weinen, aber ihre Hand zitterte. Dann kam die Krankenschwester. Die Frau musterte den Patienten und kontrollierte die Geräte, gab ihm noch einmal zu trinken und ging, ohne ein Wort gesprochen zu haben.

Gribojedow flüsterte: »Danke.«

Tanja neigte sich an sein Ohr: »Du schaffst es.«

Er schloss die Augen.

Sein Zustand besserte sich von Tag zu Tag. Der behandelnde Arzt hatte ihr vorgeschlagen, ihn nach Deutschland zu verlegen. Er habe bereits mit dem Chefarzt einer Berliner Klinik gesprochen.

Eine Woche später wurde Gribojedow nach Berlin geflogen, und Tanja zog in Lisas Wohnung ein. Jetzt erst spürte sie, wie der Stress des letzten Monats ihr zugesetzt hatte. Ihr war ständig übel, ihre Tage blieben aus, und sie dachte, vorzeitig in die Wechseljahre zu kommen. Aber sie hatte keine Zeit zum Grübeln. Hauptsache, Nikolaj würde rasch genesen. Inzwischen konnte er alleine aus dem Bett aufstehen. Nur seine Schulter machte ihr Sorgen.

Sie besuchte ihn jeden Tag in der Klinik, und einmal

musste sie sich in seinem Krankenzimmer übergeben, was ihm einen gehörigen Schrecken einjagte. »Du siehst krank aus, Liebes, total erschöpft. Ich habe dir doch gesagt, komm nicht jeden Tag. Ich weiß doch, wie viel du am Hals hast.«

Tanja seufzte. »Ich weiß selbst nicht, was mit mir los ist, ich fühle mich auch eigentlich gar nicht krank, bloß diese Übelkeit.«

»Du gehst morgen zum Arzt, keine Widerrede. Ich will dich hier nicht sehen, bevor du nicht beim Arzt warst.«

In Lisas Wohnung herrschte Durcheinander, in Tanjas Kopf und Mailbox auch. Ihr Postfach quoll über. »Liebe Frau Legat, ich konnte Sie weder in Moskau noch in Berlin erreichen. Würden Sie für uns eine wöchentliche Kolumne schreiben?« – »Liebe Frau Legat, ich gehe davon aus, dass Sie uns nicht mehr zur Verfügung stehen.« – »Chère Madame Legat, wir haben uns vor gut zwei Jahren anlässlich der Geschichte mit der Künstlerin Klara Gordon getroffen. Das war ein sehr inspirierendes Gespräch. Ich habe vor, im März nach Berlin zu reisen, und würde sehr gerne ein Interview mit Ihnen führen. Herzliche Grüße, Laetitia Condé.«

Tanja kapitulierte. Sie öffnete ein neues E-Mail-Dokument und schrieb eine Rundmail: »Liebe Auftraggeber und Kollegen, aus persönlichen Gründen konnte ich in der letzten Zeit keine E-Mails beantworten, daher hat sich sehr viel Post bei mir angesammelt. Ich bin jetzt wieder erreichbar und hoffe, dass wir künftig wieder gut zusammenarbeiten werden. Herzliche Grüße, Tanja Legat«

Danach überflog sie eine russische Nachrichtenseite. Unter der Überschrift »Werwölfe mit Epauletten gefasst« wurde über eine Affäre berichtet, bei der es um milliardenschwere Schiebereien mit China ging, an denen hohe Tiere aus den Geheimdiensten beteiligt waren. Vor einigen Jahren hatten sie einen Journalisten, der ihnen auf die Spur gekommen war, vergiften lassen. Sie öffnete den Link und las den Bericht über Villen an der Côte d'Azur, Jachten und den Wert der beschlagnahmten Juwelen. Der Artikel nannte auch einige Namen der Verhafteten: Staatsanwalt Dorin, General Leonid Dawydow, General Andrej Somow.

Tanja stutzte, und plötzlich ging ihr auf, was sie da las: das könnte doch Nikolajs Dawydow gewesen sein. Die Bande war zerschlagen worden, er saß hinter Gittern. Sie druckte den Artikel aus und stopfte die Papiere hastig in ihre Handtasche.

Es war schon zwei, und sie wollte noch zu ihrem Arzt. Doch sie entschied sich um, nachdem ihr ein komischer Gedanke durch den Kopf gegangen war. Sie verließ die Wohnung und betrat die nächste Apotheke.

Als sie im Krankenhaus ankam, schlief Gribojedow. Sein Zimmernachbar las Zeitung.

Tanja legte den Ausdruck auf den Nachttisch und setzte sich aufs Bett. Gribojedow öffnete die Augen. »Ich hab an dich gedacht und bin eingeschlafen. Warst du beim Arzt?«

»Noch nicht, aber ich habe dir etwas sehr Wichtiges mitgebracht.« Tanja nahm den Ausdruck vom Tisch und reichte ihn ihm.

Er überflog den Artikel. »Wo hast du den denn her?«

»Ist heute in der *Kommersant* erschienen.«

Gribojedow lehnte sich in sein Kissen zurück. »Begreifst du, was das heißt?«

Tanja lächelte und nickte. Sie umarmten sich, und seine

Küsse wurden fordernd. »Bist du verrückt? Du darfst dich nicht aufregen«, schimpfte sie.

»Du willst nur ablenken. Warum bist du nicht zum Arzt gegangen?«

»Es ist nichts Schlimmes. Alles in Ordnung.«

»Du lügst, das sehe ich an deinen Augen.«

»Lass uns einen kleinen Spaziergang machen. Du darfst, ich habe gefragt.« Er stand langsam auf und stützte sich auf seinen Gehstock, auf der anderen Seite hielt Tanja ihn am Ellenbogen. Sie gingen in den Park hinunter. »So, pack aus. Ich will jetzt wissen, was mit dir los ist.«

»Komm, wir setzen uns auf die Bank da. Kolja, ich wollte dich schon lange was fragen: Warum wolltest du in Istanbul im Taxi unbedingt den Platz wechseln?«

»Ich habe mir vorgestellt, wie mein Hirn auf dein Gesicht spritzt. Damit wärst du dein ganzes Leben nicht fertig geworden. Und das wäre schlimmer für mich gewesen als der Tod.«

»Warum haben sie denn so schlecht geschossen?«

»Vielleicht wurden sie durch irgendwas gestört. Hast du die Hubschrauber gehört?« Tanja schüttelte den Kopf.

»Als der Verkehr zum Erliegen kam, sind zwei Hubschrauber über uns gekreist, wegen dieser Wahlveranstaltung, ziemlich tief. Falls sie auf einem der umliegenden Dächer hockten, ist es ihnen sicher zu heikel geworden.«

»Weißt du, ich war immer gegen die Aufnahme der Türkei in die EU. Aber nachdem die türkische Demokratie dir das Leben gerettet hat, bin ich mir da nicht mehr so sicher.«

Er sah sie fordernd und ungeduldig an. »Tanja!«

»Ich trau mich nicht, es auszusprechen ...«

Er fasste sie so heftig am Handgelenk, dass sie aufstöhnte.

»Ich bin schwanger.«

»Was?«

»Ich bekomme ein Kind, Mensch.«

»Von mir?«

»Von wem sonst?«

»Gott, verzeih mir, ich spinne.«

»Sind wir nicht eigentlich viel zu alt dafür?«

Er zuckte mit den Schultern. »Könnten wir nicht heute ein zweites machen?«

»Du bist komplett verrückt«, sagte sie unter Tränen lachend.

Tanja merkte, wie aufgewühlt er war, und sie gingen gemächlichen Schritts wieder auf sein Zimmer. Am Türgriff sahen sie einen Zettel hängen: »Habe Besuch, bin zum Abendessen wieder da. Gartung.« Sie schlossen die Tür hinter sich.

»Wann habt ihr Abendessen?«

»In einer Stunde.« Er drückte Tanja an sich.

»Gartung ... Du hast aber einen verständnisvollen Bettnachbarn ...«

Nachdem Tanja das Krankenhaus verlassen hatte, bog sie in eine Sackgasse und trieb sich ziellos die leeren Straßen entlang. Sie war glücklich, durcheinander und erfüllt von all dem, was sich an diesem Tag ereignet hatte. Es dämmerte bereits. Tanja atmete den lauen Berliner Frühling ein und war mittlerweile an den Schlachtensee gelangt.

Die Bäume waren noch kahl, die leere Uferpromenade war übersät mit Laub. In der Ausflugsgaststätte Fischerhütte war eine geschlossene Gesellschaft versammelt, und Tanja sah Guido Westerwelle mit einem Weinglas in der Hand inmitten einer Menschentraube stehen. Ihr war zum Lachen und Weinen zumute. Tanja umarmte eine dünne Kiefer, die sich zum Wasser hinabneigte, und drückte sich an ihren Stamm.

Zu ihren Füßen tauchte auf einmal ein kleiner schwarzer Köter auf. Er lief ins Wasser und zurück, schüttelte sich und jaulte. Tanja trocknete die Tränen, hockte sich hin und zupfte ihn hinter den Ohren:

»Na, kleines Scheusal, bist du deinem Frauchen entlaufen?«

Vom Fußweg trippelte eine Frau auf sie zu und rief: »Sarko, Sarko!«

Tanja blickte sie ungläubig an, stand auf, und die beiden fielen sich in die Arme.

»Also dich hätte ich hier am wenigsten erwartet«, sagte Rita und schüttelte fassungslos den Kopf.

»Ich wusste nicht, dass du einen Hund hast.«

»Arafat, weißt du noch, mein Kater, er ist vor zwei Monaten gestorben. Jetzt habe ich Sarko. Bist du nun wieder zurück, oder wie soll man das verstehen? Ich ahnte ja, dass das nichts werden würde.«

»Doch, es ist etwas draus geworden, wenn auch etwas ganz anderes, als ich mir anfangs vorgestellt hatte.«

»Seit wann seid ihr schon in Berlin?«

»Seit zwei Wochen. Wir sind über Istanbul gekommen.«

»Warum Istanbul?«

»Wir haben da unsere Flitterwochen verbracht.«

»Hast du Sergej etwa geheiratet?«

»Nein, Sergej gibt es nicht mehr«, Tanja seufzte. »Ich

habe eine neue Beziehung. Lass dich überraschen: Ich bin jetzt mit deinem alten Bekannten zusammen.« Tanja zeigte auf den See.

Rita schien anfangs nicht zu verstehen, dann blickte sie Tanja ungläubig an.

»Meinst du *den*?«

Sie nickte. »Ja, Gribojedow, dein einstiger Beschatter.«

»Du bist verrückt. Wie kannst du dir so etwas antun?«

»Er ist ausgestiegen.«

»Ausgestiegen? Du weißt besser als ich, dass sie nicht aussteigen können, das ist lebenslänglich!«

»Lebenslänglich, sagst du?« Tanjas Gesicht verfinsterte sich. »Und dich, Sarko«, sie nahm den Hund auf den Arm und strich ihm mit dem Finger über die Nase, »dich wird Leticia bald abwählen, du kriegst von ihr nicht lebenslänglich.« Tanja drückte den Hund an Ritas Brust und holte tief Luft. »Sei es drum.«

[illegible] Lass [illegible] [illegible] bi[illegible]
[illegible] sich [illegible] Lampe [illegible]

[illegible] dazu verwenden [illegible]

[illegible] den [illegible] Beschla[illegible]
[illegible] samst [illegible] etwas [illegible]

[illegible] besser [illegible] dass sie [illegible]
[illegible] [illegible]
[illegible] Tante [illegible] verli[illegible]
[illegible] dem Hand auf den [illegible]
[illegible] [illegible] [illegible]
[illegible] [illegible] [illegible]
[illegible] [illegible]

DANKSAGUNG

Das Geschehen des Romans ist erfunden. Doch die Handlung bezieht sich auf viele Ereignisse, die tatsächlich stattgefunden haben und die in den letzten zwanzig Jahren immer wieder Thema der Berichterstattung auch in Deutschland waren. Diese Ereignisse sind leicht erkennbar, und der Bezug zur Wirklichkeit ist von mir gewollt.

Erst beim Schreiben ist mir bewusst geworden, wie sehr viele Menschen, mit denen mich Schicksal oder Zufall vor Jahrzehnten zusammengebracht hatte, mein Weltbild prägten. Manche sind heute über die ganze Welt zerstreut, andere leben nicht mehr. Im Roman sprach ich zu ihnen, stritt mich und lachte mit ihnen. Ihnen gilt meine Dankbarkeit, auch wenn ich nicht alle nennen kann und will.

Mein besonderer Dank gilt:

Galina Kozlowa, meiner Freundin
Tatjana Legat aus dem Institut
Boris Schapiro für sein Lebenswerk
Natalia Smirnowa, der Lehrerin für alle Zeiten
Natalia Timoschenkowa für paranormale Erfahrungen
Lew Gudkow, der immer noch an den Westen glaubt
Barbara Häusler, meiner ersten Lektorin

QUELLENHINWEISE

Gedichte von Wsewolod Jemelin, frei übersetzt

Die Milieustudie »Gopniki« von Wladimir Koslow, Ad Marginem, Moskau 2003

Das Ermittlungsprotokoll auf Seite 129 wurde entnommen aus: Michail Ryklin: Mit dem Recht des Stärkeren. Russische Kultur in Zeiten der ›gelenkten Demokratie‹, Frankfurt a. M. 2006

Zeugenaussagen: Anhang von www.openspace.ru

Historisch-publizistischer Almanach des KGB und der Nachrichtendienste »Lubjanka« (www.a-lubyanka.ru)

www.agentura.ru

www.kompromat.ru